느들마람

노들장애인야학 기획

노들바람

공부하고 투쟁하고 일하는 노들야학 30년의 기록

봄날의책

서문
노들야학의 서른 해를 기념하며

10년 전 노들야학 스무 해를 정리한 《노란들판의 꿈》(홍은전, 봄날의책)이라는 근사한 책이 나왔다. 홍은전은 지금도 계속 글을 쓰고 있고, 그가 낸 책들로 노들야학은 조금 더 유명해졌다.

여전히 매년 교사를 하겠다고 찾아오는 사람들이 있고, 또 누군가는 떠나갔다. 학생 구성원 중 소수였던 발달장애인은 계속 늘고 있고, 그 덕에 낮 수업이 더해졌고, 기존 노동시장에 맞추는 방식을 넘어 새로운 노동 개념을 만드는 활동으로 '권리중심 중증장애인맞춤형 공공일자리'가 생겨났다. 이제 노들야학은 낮부터 밤까지, 배움과 투쟁의 공간이자 노동의 공간으로 확장되었다.

30주년을 맞은 노들야학은 서른 해를 정리할 기록으로 그간의 노들 소식지 원고를 추려 책을 내기로 했다.

소식지 원고들을 읽고 고르는 일을 맡았다. 정리해서 글을 쓰는 것도 아니고, 있는 원고 중에 고르기만 하면 되는데 일은 더뎠다. 덜어내고 덜어내도 좀처럼 줄지 않는 글 더미에 묻혀 울렁거렸다. 읽고 또 읽느라 머리가 아파서였기도 했지만, 오랜 기억들이 떠올라 자주 멈춰야 했고, 여기저기 박혀 있는 그립고 애틋한 이름들로 자꾸만 먹먹해졌기 때문이다.

처음 골라낸 원고들은 대하소설 분량이 나왔다. 다시 벽돌 책 분량으로 줄이긴 했지만 더 덜어내야 했다. 그래도 계속 욕심이 났다. 시기마다 중요한 장애운동 이슈들뿐만 아니라, 정립전자 노동자였던 학생들의 주경야독 이야기, 대학교 화장실에 붙어 있던 야학 교사 모집 스티커를 보고 올라온 사연, 420 장애인의 날 요란한 위로연을 거부한다는 당찬 선언, 불러주는 대로 답안 작성만 해달라고 했음에도 자꾸 문제까지 읽어주는 대필자의 이상한 아량이 싫었다는 검정고시 후기, 노들에 흠뻑 빠졌던 교사가 군대에서 한시도 노들을 잊은 적 없다고 보낸 애절한 편지, 별일 많은 낮 수업 이야기, 이런 이야기를 자꾸자꾸 더 담고 싶었다.

좀처럼 줄지 않는 원고들이 알맞은 단행본 책으로 나올 수 있게 된 것은 과감히 덜어내주고 정리해준 편집자 박지홍 대표 덕분이다.

노들야학에서 30년간 발행한 소식지 《부싯돌》, 《노들바람》에 담긴 2,000편이 넘는 글 중 73편의 글을 묶었다.

2000년 겨울, 처음 야학에 올랐을 때, 다음 날 장애인 노동권 관련 거리 서명전에 같이 가자고 해서 명동으로 갔던 기억이 있다. 서명전이었는데도 경찰과 심한 몸싸움을 했던 날이다. 그즈음 노들은 혜화역 리프트 사고의 책임을 물어 지하철공사와 긴 법정 싸움을 하고 있었고, 서원대 입학거부사건으로 서주현 씨와 함께 교육권 싸움도 하고 있었다. 두 달 후 오이도역에서 리프트 사고가 일어났고, 그 한 달 후 서울역 지하철 철로를 점거했다. 노들은 내가 23년 전 왔을 때도 싸우고 있었고, 오늘도 싸우고 있다.

그 싸움이 많은 것을 바꾸었다. 지하철역에 엘리베이터를 만들었고, 도로에 저상버스가 달리게 했고, 활동지원제도를 만들었고, 장애인이 탈시설해서 살 수 있는 토대를 만들어냈다.

아직 턱없이 부족하기만 해서 20년 전 외쳤던 구호들을 지금도 외치고 있는 것이 가슴 아리지만, 20년 전과 똑같지만은 않다. 세상을 바꾸고, 자기 자신이 곧 역사가 된 사람들이 있기 때문이다.

22년 전 쓸쓸한 노숙농성장을 지키던 어느 날 혼자 소주 한잔하고 와서 고개를 떨구던 이규식은 싸움이 성과 없이 끝나버릴까 봐 겁이 났었다. 그는 지금도 아침마다 지하철 승강장에 있지만 그때처럼 막막하고 외롭지 않다. 온몸으로 그 시간을 통과해 세상의 벽을 허물었던 사람의 확고함과 여유가 있다. 올봄 《이규식의 세상 속으로》(후마니타스)라는 책도 냈다. 오래전 2001년 《노들바람》 소식지에도 자신의 얘기를 글로 썼던 적이 있다. 중증뇌병변장애인 자신의 삶을 세상 사람들에게 들려주고 싶었던 오랜 바람을 이룬 것이다.

1993년 개교할 때부터 학생이었던 김명학은 30년 동안 야학을 쉬어본 적이 없다. 휠체어에 노들 깃발을 꽂고 투쟁이 있는 곳이면 어디든 갔고, 저녁이면 꼬박꼬박 수업을 들었고, 지금은 노들야학 공동 교장 선생님이 되었다.

2006년 활동보조제도화를 위해 시청 앞에서 삭발했던 이영애는 2022년엔 장애인권리예산 확보를 위해 삼각지역에서 삭발을 했다. 노들에서 한글을 배웠고, 권리중심 공공일자리 노동자로 참여해 난생처음 돈도 벌고 있다. 얼마 전 수업 시간에는 "지옥철 타보는 게 소원이에요"라는 말로 교사를 울렸다.

49년 만에 탈시설한 박만순은 요즘 매일 신나는 날들이다. 수줍은 미소는 '하하' 호탕한 웃음으로 바뀌었고, 난생처음 생긴 '나만의 방'에 침대도 있고 TV도 있다고 자랑을 한다. '안 돼. 하지 마'란 말을 제일 많이 듣고 살았던 그는 해보고 싶은 것을 하느라, 가보고 싶었던 곳을 다니느라 매일 바쁘다. 얼마 전에는 '탈시설 장애인 상'도 받았다. 이런 그를 49년이나 시설에 가둔 이 사회가 놀랍고 기가 막힌다. 박만순의 자립생활을 계속해서 응원한다.

"그게 가능해요?", "그걸 지금 우리가 어떻게 해요?" 많은 우려와 머뭇거림에도 늘 길을 냈고, 결국에는 만들어내었던 노들의 영원한 '고장샘' 박경석. 살면서 제일 잘한 선택 중 첫

번째가 노들야학이란다. 그 선택이 지금의 노들야학을 가능
하게 했다고 믿는다.

노들야학은 교사에게도 새로운 배움이 열리는 공간이다

오래전 한 초보 교사가 수업을 끝내고 나오면서 오늘 수업
은 망했다며 울상이 되었던 적이 있다. 한창 유행하던 '느림
의 미학'에 대한 수업을 하려고 했는데 수업을 시작하자마자
평생을 느리게만 살아온 학생들의 하소연과 얼마나 더 느리
게 살아야 하냐는 원망을 들어야 했기 때문이다. 좀 느리게
살고 싶었던 그 교사는 학생들과 함께 공부하고, 먹고, 이동
하며 저절로 그동안 살아왔던 속도와는 다른 속도로 지내게
되었고, 더 이상 느림을 예찬할 수 없게 되었다. 대신, 장애인
을 배제하고 빠르게 내달리기만 하는 세상을 멈추는 투쟁에
함께하게 됐다.

하나라도 더 많은 내용을 알려주겠다는 야무진 포부를 품
고 들어간 수업에서 교사들은 먼저 학생들이 하는 말부터 알
아들어야 했다. 땀이 맺힐 정도로 온몸을 짜내어 한 마디씩
내뱉는 말, 수십 번을 말해야 겨우 한 마디 알아들을 수 있는
말, 그리고 제각각 다른 속도, 그 속에서 단순히 일방적으로
지식을 전달하는 수업은 소용이 없음을 깨닫는다.

노들야학은 지하철 타기, 버스 타기, 기자회견, 숱한 농성장
지키기에 늘 정신없는 일정이지만, 길바닥에 나앉아도, 공사

때문에 교실에 못 들어가도, 코로나 19가 덮쳐도 30년 동안 수업을 멈춰본 적이 없다. 30년 동안 격주 토요일마다 열리는 교사 회의와 매달 열리는 학생 회의를 쉬어본 적이 없다. 이 꾸준한 일상이 지금의 노들을 만들었고, 또 앞으로 30년 노들의 새로운 역사를 만들어갈 것이다.

초창기부터 20년이 훨씬 넘는 동안 《노들바람》을 만들어준 크리에이티브 다다에 머리 숙여 감사드린다.

여기 실린 사진들 중 초창기 노들야학 사진은 한명섭 작가님의 작품이다. 장애인 이동권 투쟁을 치열하게 기록한 사진 작가들의 사진도 실렸다. 그리고 노들야학 교사들이 시기마다 찍은 사진들을 모았다. 노들야학의 모습을 사진으로 기록해준 분들에게 머리 숙여 감사드린다.

그동안 발행한 소식지 편집위원, 편집장들의 노고 덕분에 노들의 이야기와 역사가 기록될 수 있었다. 특히 13년의 긴 시간 동안이나 편집장을 맡아준 김유미에게 고마움을 전한다.

끝으로 《부싯돌》, 《노들바람》의 저자이자 독자였던 노들야학의 학생, 교사, 활동지원사, 후원인, 연대단체 활동가들에게 존경과 고마움을 보낸다.

2023년 9월 한혜선

차례

30

10

'노들인의 밤' 중에서

안명옥

선생님! 내 어찌 이 어설픈 글로 당신들의 사랑을 표현할 수 있으리오. 난 아마도 당신들을 평생 사랑할 수밖에 없을 거예요.

"승애야! 빵 먹어, 지금 잔업 끝나고 오는 길이야."

"선생님, 영자 언니가 야학 올라오다 길바닥이 얼어붙어 미끄러져 넘어졌어요."

"선생님, 엉덩이 아파 죽겠어요."

울고 웃던 많은 일들, 여러 아픈 일들로 술렁이기도 했던 우리 노들야학이 숱한 우여곡절 끝에 오늘 이 밤, 세 번째 노들인의 밤을 맞이함에 있어 우리 눈시울이 뜨거워짐을 감출 길이 없습니다. 선생님들! 어쩌면 선생님들과 우리의 만남은 필연이었는지 몰라요. 당신들과의 만남을 통해 작으나마 사랑이란 추상적인 말을 입에 담을 수 있었고 우리네 삶들이 멋없고 무의미하지만은 않다는 것을 깨닫게 되었으니 이 얼마나 큰 행복입니까. 우린 아무것도 할 수 없는 바보인 줄만 알고 이 시대를 살아갈 뻔했는데 이제부터 우리가 꾸려나갈 많은 시간들을 우리는 두려워하지 않을 거란 사실이 우리 자신을 흐뭇하게 하는군요. 짧다면 짧고 길다면 긴 2년 동안 변화도 많았고 보람된 일도 많았다고 생각됩니다.

처음에는 '이 어려운 공부를 어떻게 하나' 하면서 뛰어든 우리들, 지금은 쑥쑥 진도도 나가고 수능시험도 보고, 좁게만 보던 우리들이 넓게도 보는 마음의 눈도 가졌어요. 무슨 행사를 한다고 하면 이리 빼고 저리 빼던 학생들이 이제는 연극도 잘하고 춤도 잘 추고 노래도 합창단 못지않게 잘하지요. 남 앞에 서서 무엇을 한다는 게 영 어색하기만 한 우리들, 하지만 이런 기회로 남 앞에서 우리의 노력한 모습을 보여줄 수 있다는 것이 참 좋은 것 같아요.

노들야학을 거쳐가신 많은 선생님들! 저희들은 선생님들을 잊지 못할 거예요. 왜냐하면 사랑하니까요. 힘들고 모든 것을 포기하려고 할 때 선생님들이 안 계셨다면 지금의 제가 있을까 하는 의문이 생기는군요. 나이는 비록 학생들보다 어리지만 우리한테는 때론 언니같이 오빠같이 감싸주니 얼마나 큰 힘이 되는지 몰라요.

선생님! 지난 10월 모꼬지 때, TV에서 보았던, 그렇게 부러웠던, 모닥불 피워놓고 노래 부르고 얘기하는 것을 해보았을 때 너무 좋았어요. 그때 하늘을 보신 분이 많으리라 생각해요. 모든 별들이 우리 곁으로 다가와서 비추어주는 것 같았어요. 그땐 정말 눈물이 나와서 울 뻔했어요. 무언지 모를 눈물이 나오려고 하더군요. 지금도 그때를 생각하면 마음이 뭉클해진답니다. 방 안으로 들어와서는 누군가 카세트 버튼을 누르니 너 나 할 것 없이 부끄럼도 없이 일제히 일어나 춤을 추었습니다. 그때 춤을 주면서 모든 것을 잊어버리고 각자의 마음속에는 새로운 각오들이 자리 잡았다고 생각합니다.

선생님! 올 한 해가 저물어가면서 학생들도 마찬가지겠지만 선생님들도 생각이 많겠지요. 남은 기간 열심히 공부하고 열심히 가르치면서 1996년 새해에도 힘차게 나아갈 수 있는 우리 노들야학이 될 수 있도록 노력하고 또한 서로가 서로에게, 우리 노들야학의 교훈처럼 '밑불이 되고 불씨가 되는' 학생이 되도록 열심히 공부하겠습니다. 감사합니다.

엄마의 울음소리

임은영

난 날마다
전쟁하면서 나온다
나하고의 전쟁
엄마하고의 전쟁을…….

가끔은 여기서
그만하고 싶을 때가 있다.
엊그제 엄마의 울음소리를 들었다.
난 왜 우냐고 소리를 버럭 질렀지만
속으로는 같이 울었다.

나의 바람

나는 늘
독립을 생각한다.
날 위해서
엄마를 위해서…….

누군가 그랬다.
좀 더 강하고 자신감 있게 살라고,

좀 창피한 얘기지만
얼마 전까지도 이런 생각을 할 때마다
늘 눈물부터 났는데
이젠 좀 더 강하고 자신감 있게 살고 싶다.

노들바람의 창간을 축하하며

박경석

　노들야학이라는 공간에서 우리의 젊은 날들이 머물렀고 가까이에서 서로의 모습을 바라보며 오늘을 만들어왔습니다. 그리고 함께 가야 할 날들을 생각합니다. 서로의 차이를 넘어 노들 속에서 함께 생활했던 동기들, 비록 함께 활동했던 시간은 달랐지만 '노들'에 애정과 관심을 가졌던 선배님들, 그리고 노들을 후원해주시는 모든 분들에게《노들바람》으로 인사를 드릴 수 있다는 것이 정말 기쁩니다.

　《부싯돌》을 통하여 학기에 한 번 노들 소식을 전하고 인사를 대신했지만 앞으로는《노들바람》을 통하여 더 자주 노들이 만들어가는 일상의 삶을 노들인 모두와 나눌 수 있게 된 것은 그만큼의 세월이 우리를 단련하고 키워왔던 결실이라고 생각합니다.

　'노들바람'은 해석하기에 따라 의미가 다양할 수도 있겠지만, 여기에서는 두 가지 의미를 여러분과 나누고 싶습니다. '바람'은 시원하게 부는 바람이라는 뜻입니다. '노들'이 가을날 곡식이 무르익은 노란 들판을 의미하듯 우리의 공간에서 모두의 땀을 시원하게 식혀주는 바람의 역할을 생각합니다.

또 하나의 의미로 '바람(願)'을 생각합니다. 우리 노들의 바람이 무엇인가를 생각해봅니다. 많은 바람을 가질 수 있겠지만이 땅에서 장애라는 이유로 차별받지 않고 함께 더불어 살아가는 해방된 세상을 바라고 있다고 생각합니다. 장애라는 이유로 차별받지 않는 해방된 세상을 만들어갈 '바람'을 가지고노란 들판에 시원하게 불어줄 '비람'을 기대하는 마음을 《노들바람》을 통해 전하고 싶습니다.

꿈보다 해몽이 좋은가요? 처음 시작하는 발걸음입니다. 꿈을 지키기에 현실이 버겁지만 지켜나갈 수 있도록 노들인 모두의 관심을 부탁드립니다. 4월입니다. 점령군처럼 다가온IMF로 인하여 4월의 잔인함이 더욱 잔인하게 다가옵니다. 하지만 노들을 사랑하는 마음으로 서로에게 힘이 될 수 있기를바랍니다.

노들바람의 창간을 축하하며
최정숙

처음 야학 생활을 할 때였습니다. 선배들이 꼭 야학에 '올라온다', '내려간다'라는 표현을 쓰는 것이 참으로 생소했지요. 그저 '온다', '간다'라는 말 대신에 '올라'와 '내려' 자를 붙이는 이유를 야학 생활이 익숙해질 무렵 몸으로 깨달았습니다. 선배 교사들이 그랬던 것처럼 저도 어느덧 '올라온다', '내려간다'라는 말을 아주 자연스럽게 씁니다. 그건 머리로 생각해서 하는 말이 아니라 몸에서 나오는 말 같습니다. 수없이 아차산 언덕길에 다리품을 팔고 나서 나오는 말 말입니다.

종종 언덕길을 오르며 김민기의 〈봉우리〉라는 노래를 떠올립니다.

"하여, 친구여 우리 《노들바람》을 통해 더 많은 사람들이 노들의 봉우리를 함께 오르길 소망합니다. 우리가 오를 봉우리는 바로 지금 여긴지도 몰라. 우리 땀 흘리며 가는 여기 숲 속의 좁게 난 길…… 그래 친구여 바로 여긴지도 몰라……."

우리가 오를 봉우리는 바로 여기 '노들야학'입니다. 그리고 봉우리는 매일 조금씩 높아져만 갑니다. 다시 한번 《노들바람》을 통해 우리의 봉우리가 높아짐을 느낍니다. 봉우리가 높아졌다고 주저앉아 땀이나 닦고 그러지는 마십시다. 땀이야 '노들바람'이 시원하게 식혀줄 것입니다.

우리 반 소식

이규식, 윤혜정, 문애린

청솔반 이규식

5월 4~6일

2박 3일 동안 노들 모꼬지를 갔다 왔습니다. 특히 이번 모꼬지에서는 평소엔 말씀이 없으신 영희 누나가 말을 많이 하셨는데, 처음으로 집을 떠나 밖에서 생활하면서 자기 자신이 많이 컸다고 느끼셨답니다.

5월 21일

26일에 있을 중학교 입학 자격 검정시험을 대비해 모의고사를 치렀습니다. 이를 토대로, 며칠 후 있을 실전(!)에서 좋은 결과 있으시길 기원합니다. 파이팅!

5월 26일

저희 반에서는 정영희, 최미은 학생이 시험을 봤습니다. 이번에 처음으로 검정고시에 도전해 전 과목을 응시한 영희 누나는 좀 긴장한 모습이었지만, 모두 무사히 시험을 잘 치렀습니다. 하지만 많은 학생, 교사들이 시험 시작 시간에 조금씩 지각을 했고, 응원하러 온 사람도 그리 많지 않아서 조금은 섭섭했습니다.

불수레반 윤혜정

5월 7일

불수레반 도덕 선생님이 홍송대 선생님에서 양현준 선생님으로 바뀌었습니다.

홍송대 선생님! 그동안 수고 많으셨습니다. 학생들에 대해서 더 많이 알고 싶어서 복직하셨다는 양현준 선생님! 앞으로 수고해주세요!

그런데 양현준 선생님과는 3분 이상의 진지한 대화가 불가능하다는 일부(?)의 소문이 있던데, 설마 수업 시간에도 그럴까요???

5월 8일

검시 합격자 발표가 있었던 날입니다. 불수레반에서는 이정민 언니와 강병의 반장이 전 과목을 합격했는데요, 특히 정민 언니의 합격은 불수레반으로 진급한 지 한 달여 만의 결과라서 모두 놀랐구요, 강 반장의 합격은 불의(?)의 사고로 인한 오랜 공백 후의 결실이라 기쁩니다. 어버이날 선물로 최고였으리라 생각합니다.

불합격하신 분들께는 다시 용기 내시기를, 그리고 다음 검시에 처음 도전하시는 분들과 함께 열심히 노력하시라고 응원해드릴게요.

한소리반 문애린

5월 8일

학생들이 가슴 졸이는 가운데, 검정고시 결과가 발표됐습니다. 한소리반에서는 무려 네 명이 전 과목 합격의 기쁨을 누렸습니다! 규호, 영호, 영진이, 현이 형! 다시 한번 추카!!! 다른 분들도 수고 많이 하셨습니다!

5월 20일

순천 언니네 집에서 한소리반 단합대회를 했습니다.

이날 단합대회엔 담임인 보연 언니, 혜선 언니, 여송이 형, 정재 형, 병철이 형, 규호, 윤수 언니, 병준이 형, 진희 언니, 송대 등이 참석했고, 조금 늦게 장실련의 상민이 형, 희정이, 만선이 형, 영진이가 도착했습니다. 그러나 반장인 영호가 몸이 아파 불참해서 아쉬웠습니다(앞으로 한 달간 쉴 예정이라고 하는데, 하루 빨리 몸이 완쾌되길 빌어봅니다).

그래도 삼겹살도 구워 먹고, 도란도란 모여 앉아 게임도 하면서 화기애애한 시간을 보냈습니다.

5월 23일

현이 형이 이사를 하셨답니다. 진구 형, 여현이 형, 홍호 형과 함께 이렇게 남자 넷이 함께 생활한다고 하는데, 글쎄, 좌충우돌 많은 사건들이 있을 거라는 예감이 듭니다.

암튼, 형! 집들이 한번 하세요!

나도 '자립생활'을 할 수 있다!

이규식

장애를 가지고 이 땅에 태어나다

나는 1969년 8월 5일 경북 함양에서 농부의 아들(2남 4녀 중 차남)로 태어났다. 어머니가 나를 임신하고 계셨을 때, 연탄가스를 마시고 가스에 중독되어 잠시 정신을 잃었다 깨어나셨으며 그로 인해 태어나면서부터 뇌성마비 장애를 갖게 되었다. 어렸을 때, 나는 늘 먹고 자는 일만 하였다.

1976년 여덟 살이 되던 해에, 부모님들께서는 우리 형제들의 교육을 위해 서울 마천동으로 이사하였으나, 이사와 상관없이 나는 서울에서도 먹고 자는 일만 하였다. 그러던 중 내가 열다섯 살이 되던 해에 형이 신문 배달을 하다가 삼육재활원이 소개된 전단지를 보고 이를 어머니에게 건네주었고, 어머니는 삼육재활원에 전화하셨다. 나에게 공부를 가르쳐주기 위해 대학생 봉사자들이 우리 집에 왔고, 이때 처음으로 집 밖으로 나오게 되었다.

1988년 9월(열아홉 살 때)에 경한 장애를 가지고 있는 친구를 만나게 되었는데, 그 친구의 도움으로 자주 외출할 수 있었으며 그 친구의 권유로 광장교회를 다니게 되었다. 이때부터는 교인들의 도움으로 일주일에 두 번씩 교회에 나가게 되었는데, 처음으로 정기 외출을 하게 되어 참으로 좋았다.

10여 년의 공동체 생활을 하다

1989년(스무 살 때)에는 광장교회 목사님의 소개로 집을 떠나 의정부시에 위치한 장애인 공동체에서 4년간 생활하게 되었다. 그곳에서는 신체장애를 가진 다섯 명을 전도사님이 잘 돌보셨으나, 특별히 하는 일 없이 먹고 자는 일만 반복하였으며 식구들과 함께 생활하고 싶어 많이 힘들었다. 나의 장래가 전혀 보장되지 않는 그곳에서 사는 것이 아무런 의미가 없다는 생각을 자주 하게 되었으며, 결국 공동체 생활을 접고 집에서 다시 생활하게 되었다.

의정부시의 공동체에서 나와 6개월 동안 집에 있었으나 집에서 생활하면서도 부모 형제들의 눈치를 보게 되고 다투게 되는 일이 반복되자, 1994년(스물다섯 살 때) 경기도 광주군 퇴촌면에 위치한 공동체에 다시 들어가게 되었다. 그곳에서 정신장애와 신체장애를 가진 10여 명 정도와 함께 4년간 생활하였으며 목사님 부부가 돌봐주었다. 그곳의 생활은 매일매일이 늘 똑같아 참으로 지겨웠으며 그때부터 '혼자 살 수 있는 방법이 없을까?'를 고민하게 되었고, 집에 돌아와 컴퓨터 개인지도를 받으면서 혼자 살 수 있는 방법을 찾기 시작하였다. 하지만 그때 부모님이 하시던 사업이 망해서 집안 형편이 좋지 않아, 나의 뜻을 부모님이 받아주실 수 없었다. 6개월 동안을 집에 있다가 다시 공동체로 발길을 돌렸다.

1997년(스물여덟 살 때) 5월부터 1999년 5월까지 경기도 양평군에 있는 공동체에 들어가게 되었으며, 이것이 세 번째 공동체 생활이었다. 그곳에는 정신장애와 신체장애, 그리고 노인들까지 20여 명이 생활하였으며, 장애를 가지신 목사님 부부가 뒷바라지를 해주셨다. 이곳에서 후원자의 도움으로 스쿠터를 구입하게 되었고, 내 마음대로 움직일 수 있어서 너무도 좋았다. 스쿠터 덕분에 혼자서도 살 수 있다는 생각을 하게 되었으며, 만 2년 만에 다시 서울로 올라오게 되었다. 서울에 올라와서 스쿠터 덕분에 여기저기 돌아다닐 수 있었는데, 여기저기 특별한 목적 없이 돌아다니다가 갑자기 '이렇게 쓸데없이 돌아다니기만 할 것이 아니라, 뭔가 의미 있는 일로 돌아다녀야겠다! 뭐든지 배워야겠다!'는 생각을 하게 되었다. 그래서 문득 집 근처에 있는 정립회관으로 가야겠다고 생각했다.

스쿠터를 타고, 장애운동을 시작하다

정립회관의 소개로 1998년 5월 노들야학에 입학하게 되었고, 이때부터 공부를 하기 시작했으며 더불어 30일 만에 에바다 집회에 참여하게 되었다. 처음 집회에 참여했을 때 참으로 놀랐으며 마스크를 쓴 전경들을 볼 때 너무 무서웠다. 우리 장애인은 아무런 힘도 없는데 싸우기 위해 준비된 전경들과 마주치니 간이 콩알만 해졌다. 하지만 그때부터 많은 집회에 참석하게 되었고 이러한 집회를 몇 차례 경험한 이후에는 전경들과 함께 싸울 수 있는 용기까지 갖게 되었고, 나도 모르게 콩알만 했던 간이 부어버렸다.

그러고 나서 1년 후 내 인생에서 매우 중요한 사건이 생기게 되었다. 지난 1999년 6월 28일 7시경에 친구의 콘서트를 보기 위해 지하철 4호선 혜화역에서 장애인 편의시설인 지하철 리프트를 이용하던 중 스쿠터와 함께 지하철 계단으로 곤두박질치는 사고를 당하게 되었다. 떨어지는 순간 '아이고! 나는 가는구나' 하는 생각을 했는데 다행히도 전치 3주의 부상을 입게 되었고 국립의료원에 입원하여 목과 머리 등의 타박상 치료를 받았다. 사고 직후, 노들야학을 중심으로 서울장애인연맹, 장애여성공감, 장애인실업자연대준비위원회, 장애인편의시설연대모임 등의 장애인 단체들이 참여하는 대책위가 구성되었는데, 대책위에서는 서울시와 지하철공사를 상대로, '사고에 대한 책임을 규명하고 언론매체를 통해 공식 사과할' 것을 요구했으며 지하철공사를 상대로 손해배상을 청구하였다. 이러한 활동을 통해, 서울시와 지하철공사는《한국일보》,《중앙일보》, 경제신문 등을 통해 공식 사과하였으며, 손해배상 청구 소송에서 승소하여 500만 원의 배상금을 받았고 현재 혜화역에는 우리나라 최초로 양방향에 엘리베이터가 설치되어 있다.

자립생활을 접하다

2001년 5월 초 노들야학 인권반에서 '자립생활'에 관한 강의가 있었다. 그때, 자립생활에 관한 설명을 듣고 비디오를 보면서 정말로 깜짝 놀랐으며 많은 것을 느꼈다. 미국과 일본에서 중증장애인들이 '자립생활'운동을 펼쳤으며 그로 인해, 많은 장애인들이 정부의 지원을 받으면서 자립생활을 하고 있다는 사실을 알게 되었다. 나는 장애를 가지고 태어나 20여 년 동안 집에서 밥 먹고 잠만 잤고, 나머지 10년 정도는 공동체에서 밥 먹고 잠만 잤는데, 선진국의 장애인들은 비장애인들처럼 가고 싶은 곳에 가고, 하고 싶은 일을 한다는 사실을 알게 되었던 것이다. 자립생활에 관한 이야기를 처음 듣는 순간부터, 나에게는 꿈이 생기기 시작했다.

자립생활에 관심을 갖게 되면서, 나는 자립생활과 관련된 일에는 빠지지 않으려고 노력했으며, 지난 6월 14일부터 3박 4일 동안은 '정립동료상담학교' 상담 기초과정에 참여하였다. 장애인 동료상담학교에서 지금까지 내가 한 번도 제대로 하지 못했던 나의 주장을 어떤 식으로 해야 하는지에 관한 구체적인 방법을 배울 수 있었다. 특히 나는 지금까지 언어장애가 있기 때문에 다른 사람들이 내 말을 잘 들어주지 않을 것이라 미리 생각하고 말을 하지 않는 버릇이 있었는데, '그렇게 하면 안 되겠구나!' 하는 생각을 하게 되었다. 그리고 나 자신의 성격에 대해서도 긍정적인 생각을 갖게 되었다. 내 성격이 적극적이며, 다른 사람들에게 호감을 준다고 생각하는 계기가 되었다. 또한 상담학교에 참석한 다른 동료 장애인들로부터 일상생활에 필요한 정보들도 많이 얻게 되었다. 특히 옷을 입고 벗는 일이나 나에게 필요한 보조기기들에 대해서도 여러 가지 새로운 정보를 알게 되었다. 더불어, 나는 지금까지 못 배웠다는 열등감 때문에, 혹은 비장애인들과 대화를 자주 못했기 때문에, 내 마음을 다른 사람들에게 열어 보일 수 있는 경험이 없었는데, 이번 동료상담을 통해 내 마음을 다른 사람에게 완전히 털어놓는 경험을 하게 되어, 가슴이 확 트이는 느낌을 받았다.

자립을 향하여, 우리 모두 힘을 모으자!

지금까지 나의 삶을 돌아보면, 열아홉 살에 집을 나와서 세 곳의 공동체에서 생활해봤는데, 거기는 내 맘대로 하지 못해서 짜증도 나고 나의 생각들과 맞지 않아서 결국 나오게 되었다. 생각해보면, 지금까지 살아오면서 내 꿈은 자립생활이었으며 자립생활에 관한 이야기를 들으면서 내 꿈은 더욱 구체적으로 변하고, 내가 막연히 생각했던 혼자 살겠다는 꿈이 이루어질 수 있다는 생각을 하게 되었다. 혼자서 사는 게 진정 나의 꿈인데, 이번 기회를 잘 활용할 수 있도록 최선을 다할 것이며 내 일생의 커다란 전환기로 삼으려고 노력하고 있다.

현재 내가 자립생활하는 데 가장 큰 문제는 집을 얻는 것이다. 우리 식구들이 예전에 살던 집이 있는데, 그 집에 들어가 살려고 한다. 그곳은 장애인 편의시설이 되어 있지 않은 지역에 위치해 있다. 그곳에 스쿠터가 들어갈 수 있도록 길을 만들 생각이다. 입주는 아직 확실하지는 않지만 장마가 언제 끝나는지에 따라 8월 혹은 9월쯤으로 계획하고 있다.

집에서 독립하면 집에 있는 것보다 더 열심히 살아야 할 것이다. 혼자서도 살 수 있다는 것을 보여주고 싶다. 집안 식구들과 지역사회 주민들에게 중증장애인도 혼자서 살 수 있다는 사실을 보여주고 싶다. 그들이 나를 불쌍하게 보지 않도록 하겠다. 혼자서 할 수 있는 것은 스스로 하고, 혼자서 할 수 없는 일은 지원받을 수 있도록 내 권리를 주장하겠다.

지금 내 머릿속에서는 '나 같은 사람도 혼자서 살 수 있겠다!'는 확신으로 가득하다, 지금까지는 단지 내 머릿속에 있는 그저 꿈만 같은 생각이었는데, 많은 사람들이 장애인의 자립생활을 위해 함께 고민하고 함께 뛰어주니 그 확신이 점점 커진다. 이 기회를 결코 놓치지 않을 것이며, 잘 활용하여 꼭 자립할 것이다. 32년을 살면서 지금까지 나에게는 이런 부푼 꿈이 없었다. 이제는 꿈이 생기고, 계획도 생기고, 많은 것이 새롭게 느껴진다.

모두들 중증장애인이 혼자서 살 수 없다고 생각할 것이다, 나도 32년 동안 그렇게 생각해왔다. 올해 처음으로 들은 자립생활에 관한 이야기가 정말일까 혹은 거짓말일까, 실감이 나지 않았다. 나도 중증장애를 가지고 있으며 혼자서 집을 나가면 죽을 수도 있다고 생각했는데, 이번에 많은 것을 알게 되고 느끼게 되었다. 우리 모두, 미리 포기하지 말자. 자립생활을 위해 힘 있게 나아가자. 장애를 가진 우리가 우리의 자립 생활을 향해 나갈 때, 주위에 있는 사람들의 지원도 가능할 것이다. 중증장애를 가진 사람들, 경증장애를 가진 사람들, 비장애인, 사회복지 전문가들, 모두 서로서로 힘이 되어 중증 장애인들의 자립생활이 가능하도록 힘을 모으자!

돌이 비처럼

이진희

Raining stone······
삶이 힘들고 고단할 때,
마치 하늘에서 돌이 비처럼 쏟아지는 것 같습니다.
유독 우리에게만······

돌 하나, 그래서!

학생 열두 명, 교사 다섯 명······ 청솔반은 합이 열일곱 명이다. 우리들은 일주일에 3일 정도는 꼭 만난다. 월, 수, 목요일은 수업이 있는 날이기 때문에 (당연히!) 만나게 되고, 광화문, 혜화로터리 등 집회 현장에서도 종종 만난다. 이렇게 우리는 적어도 일주일에 서너 번을 만난다.

청솔반 누구는 직장을 다니고 누구는 학생이고 다른 누구는 백수다. 사실 백수가 더 많다. 그래서 우리는 자주 만날 수 있는 조건 중 하나를 갖추게 된다. 널널한 시간······.

하지만 자주 만나기가 어렵다. '언제, 어디서 몇 시에 만날래?' 보통 약속을 정할 때 이런 정도의 대화가 오고 갈 것이다. 그런데 우리는 몇 가지 더 추가된다. '이동은? 봉고가 가

야겠지? 지하철로 혼자 오실 수 있나요? 리프트도 없는 역이 니깐 역무원보고 들어달라 그래요.'

그래서! 우리는 널널하게 시간이 남아도는데도 자주 만나기 어렵다. 술 한번 마실라치면 화장실이며 휠체어가 접근할 수 있는 구조인지를 먼저 따진다. 그래서! 우리는 가는 술집만 간다. 포장마차…… 선택의 여지가 없다. 어떨 땐 지겨워서 새벽 5시에 다른 술집 가보자고 온 거리를 이 잡듯이 뒤졌다. 잠시 후 찾다 지친 우리는 야학 사무실로 돌아오고 말았다. 그래서! 술 확 깨는, 더불어 얼큰한 분위기도 확 깨는 형광등 조명 아래서 술을 마셔야 했다.

돌 둘, 그런데

청솔반은 한때 없어질 뻔한 적도 있었다. 학생이 한 명밖에 없는 상황에서 그 반을 존속시키느냐, 마느냐, 선택의 기로에 선 것이다. 당시 우리의 고장님, 이렇게 말했단다. "안 됩니다. 장애인의 절반 이상이 초등학교 교육도 못 받았는데 없애는 것은…… 어쩌구저쩌구." 이렇게 청솔반은 유지되고, 지금은 야학 제1의 학생 수를 자랑하는 반이 되었다. 그런데! 문제가 생겼다. 청솔반 학생 수가 갑자기 열한 명으로 늘어남에 따라서 안 그래도 상태 불량인 야학 봉고가 포화상태가 된 것이다. 자원활동가의 힘을 빌리고 야학의 자가용부대를 총동원해도 꾸역꾸역~ 휴우~ 장애인 이동권 씨 빨랑 찾읍시다.

돌 셋, 왜냐하면

검정고시 보는 날! 얼마 전 머리를 다친 하이디는 울기 시작한다. 으앙~ 긴장 된다구!!

왜냐하면, 태어나서 처음 보는 시험이니깐. 격려해주던 미니도 같이 울었다. 으앙~ 괜찮을거야!

시험 시작 시간은 2시였다. 스쿠터 타고 10시 30분에 도착한 용이 형 "너무 일찍 왔나 봐. 피곤해 죽겠어!" 왜냐하면 용이 형은 스쿠터 타고 다닌 지 얼마 안 돼서 아직 이동하는 데 걸리는 시간을 가늠하지 못한다.

보호자는 나가라고 감독관이 말하는데도 진태는 계속 식이 형 붙들고 앉아서 나불나불~ "절대로 백지 내고 오면 안 돼요. 꼭 다 풀고 나오세요." 왜냐하면, 아직 한글이 어려운데, 포기하거나 다 찍고 나올까 봐…….

결국 그날 식이 형은 전 과목에 걸쳐서 전체 응시자 중 제일 늦게 나오는 기록을 세웠다.

어쨌든, 나란 사람과 교사 일당

야학에서 나는 오래 있었던 사람 중 하나이다. '몇 년 됐다'라는 말보단 처음 왔을 때 사진과 현재의 사진을 비교해보는 것이 그 세월을 짐작케 하는 데 더 실감 날 것이다. 뭐 본인이 본래 잘 늙는 체질인지는 모르나, 이렇듯 야학과 함께 청춘의 한 시기를 보내고 있다. 지금은 청솔반 담임이라는 지위를 맘껏 누리며 으하하 형들 괴롭히고, 국어시간엔 사전에 잘 나오지 않는 은어, 속어 팍팍 섞어가며 수업을 진행하고 있다. 청솔반의 모든 일상에 의미를 부여하고 오버해서 해석하며, 고민하는 척한다. 공부하면서 밤은 못 새도, 술 마시며 밤새는 건 자신 있었던 사람. 지금은 청솔반 학생들과 대작하다 쓰러져버릴 것 같은 이제는 한물간 술고래!!

(지루한 관계로 간략하게) 그 외에 술고래팀 멤버 진태와 은전이가 있고, 복부 비만 현준이 형, 나의 긴 다리를 항상 부러워하는 만선이, 이상 교사라고 불리는 사람들이다.

오늘도……

야학 교실 위엔 오늘도 해 대신 달이 뜨고 우리는 또 만난다. 가끔은 평범한 듯 보이는 일상의 하늘에서 돌덩이가 떨어지는 것 같다는 말에 동감한다. 그래서…… 그런데…… 왜냐하면…… 한 시간에 여러 과목을 배우면 헷갈리니깐 한 과목만 배우자는 제안부터 장애인의 권리를 찾기 위해서 포기하지 말고 싸우자는 결의까지…… 엎치락뒤치락 청솔반은 머리도 아프고 가슴도 아프다. 너무 많은 돌을 맞고 살아서인지, 본래 잘 잊어버리는 노들인의 특성 때문인지 그깟 괴로움 금세 잊고 힘내는 것이 사실이지만. 어쨌든 모든 아픔엔 원인이 있을 터, 특별히 지식적이거나 세련된 언어를 쓰지 않아도, 일상의 장면장면에서 우리는 그 아픔을 같이 보고 같이 느끼고 싸우고 있다.

늘 조용하고 특별히 튀지도 않지만, 소박하고 진실한 청솔반 사람들······ 누군가는 그런 진실함을 어리숙함이라 말하기도 하지만 이것이 바로 우리의 무기다. 아직 세상에 덜 적응한 사람들이라는 것!

남들이 모르는 저력을 나는 여기서 본다. 음······ 이 또한 나의 오버란 말인가?

(아주 일상적인 이야기를 쓰라는 편집부의 부탁은 들은 척만 척, 성질을 이기지 못하고 아무렇게나 써버리다. 100년 후 나오게 될 노들사엔 꼭! 망나니로 기록해주시길······.)

나는 초보 운전자(?!)

김상희

　지난달 《노들바람》에 동료상담학교에서 처음으로 누군가의 도움 없이 전동휠체어를 타며 이동했다고 자랑하듯 글을 쓴 적이 있다. 사실 그때 동료상담학교를 끝마치고 전동휠체어를 반납할 때 허탈함과 아쉬움이 교차했었다. 그런 나에게 한 달 전 정립회관 측에서 전동휠체어를 지원해주겠다는 연락이 왔다. 사람이 살다 보면 좋은 일 하나쯤은 생긴다고 하더니 나에게도 이런 행운이 찾아올 줄은 정말 몰랐다(저를 적극적으로 추천해주신 박경석 교장 선생님과 박현 오빠한테 다시 한번 감사하다는 말을 전합니다).

　그리고 몇 주 후 정립회관에서 전동휠체어 전달식이 있었다. 사진 찍는 걸 별로 안 좋아하지만 이날은 필름 한 통을 다 찍었어도 마냥 기분이 좋았다. 나는 자동차를 처음 운전하는 초보 운전자처럼 지나가는 사람과 부딪칠까 마음을 졸이며 전동휠체어를 몰았다. 그렇게 며칠을 이곳저곳을 쾅~ 당~ 부딪치며 적응해나가면서 어느 정도 자신감이 생겼었다. 그래서 전동휠체어를 타고 전철을 이용해 혜화동 야학 사무국으로 가보기로 결심하고 진희 언니랑 기룡이 오빠랑 함께 사무국으로 향했다.

아차산역에서 혜화동으로 가려면 동대문운동장역에서 갈아타야만 했다. 동대문운동장역에 가보신 분은 아시겠지만 리프트로 가는 거리가 보통 리프트로 가는 거리보다 두 배나 긴 거 같다. 내 전동휠체어 무게가 상당한데 그 허술한 리프트가 감당할 수 있을지……. 마치 선반 위에 매달려 올라가는 기분이었다. 전철 안으로 승차하는 것도 쉬운 일이 아니었다. 턱이 너무 높아서 전동휠체어 바퀴가 잘 안 올라갔고 플랫폼과 전철 사이가 너무 벌어져 있어서 앞바퀴가 그 사이로 빠지기도 했다. 전동휠체어를 운전하는 것이 그렇게 어려운 일인지 몰랐다.

다음 날 아침 윤경이가 자신의 모교인 학교에 갈 일이 있는데 같이 가자고 했다. 나는 전동휠체어를 타고 전철 타는 연습도 할 겸 같이 갔다. 근데 장애인시설이 아무것도 없는 전철역 도착했는데 거의 200킬로그램이 넘는 전동휠체어로 어떻게 내려가야 할지 난감 그 자체였다. 윤경이는 공익요원들을 불러온다고 내려가고 나는 그 수많은 계단을 보며 한숨을 쉬고 있었다.

그때 어떤 아저씨가 도와주시겠다며 지나가는 고등학생들에게도 역할 분담을 시키는 것이었다. 한 학생이 날 업고 그 아저씨를 포함한 나머지 학생들은 전동휠체어를 들고 낑낑거리며 그 많은 계단을 내려가주었다. 그렇게 어렵사리 전철을 타고 도착해 또 어렵게 전철역을 빠져나왔다. 그런데 한쪽 도로로 전동휠체어를 몰고 가는데 뒤에서 오던 택시가 빵빵거리며 인도로 가야지 도로로 나오면 어떡하냐며 소리를 질렀다. 충분히 옆으로 비켜 가도 될 길이었고 어차피 내 전동휠체어가 아니었어도 옆으로 비켜 가야 할 상황이었다. 가슴을 졸이며 윤경이 학교에 도착해 학교에서 한두 시간을 보내다가 다시 야학 사무국으로 향했다.

우리는 장애인시설이 돼 있는 동대문역에서 4호선으로 갈아타기로 했다. 하지만 예상했던 것과는 달리 동대문역에 설치된 리프트는 전부 고장이 나서 움직이지를 않았다. 할 수 없이 또 공익요원들을 불렀다. 세 명이 와서 한 명은 날 업어서 올려다 놓고 또다시 내려가서 세 명이 전동휠체어를 올렸다. 이 과정을 지켜본 옆에 있던 아줌마가 윤경이한데, 몸도 불편한 아가씨를 이런 데 데리고 나오면 되냐고, 저 기계도 엄청 무거워 보이는데 남의 아들들 왜 고생시키냐고 했다. 나는 기가 막히기도 하고 화가 나기도 했지만 그 자리에서 빨리 벗어나고 싶은 마음에 아무런 대꾸도 못 하고 지나쳐버렸다. 엉망으로 된 기분으로 4호선으로 바꿔 타려니 그곳 역시 리프트가 고장이 나서 역무원들을 불렀다. 10분, 20분, 계속 기다려달라고만 하는 것이었다. 순간 여태 참았던 서러움이 밀려와서 그 많은 사람들 앞에서 눈물을 보이고 말았다. 그리고 역무원들한테 전동휠체어를 들고 내려가줄 것을 요구했고 몇 번의 말싸움 끝에 내려올 수 있었다.

그렇게 이날은 복지관에서 매년 실시하는 사회적응프로그

램을 한 것만 같았다. 나는 전동휠체어만 있으면 어디든지 다닐 수 있을 것만 같았는데 수동휠체어와는 또 다른 어려움이 있었던 것이다. 정말 언제쯤이면 자유롭게 장애인도 안전하고 편리하게 이동할 수 있을까?

노들야학 학생들의 교육 차별 이야기

교육부

천 모 씨(만 24세, 남, 지체 1급)

천 모 씨는 충북 진천에서 공고를 다니던 중 1997년 3월(19세, 고 3) 교통사고로 장애를 입게 된 중도장애인이다. 서울에 있는 병원에 입원하게 된 그는 휴학계를 내고 치료를 받을 수밖에 없었다. 입원 기간이 길어지자 학교에서는 자동 자퇴 처리되었다고 통보해 왔고, 그 역시 휠체어를 타고는 생활이 거의 불가능한 학교의 사정을 알고 있었으므로 어쩔 수 없이 응할 수밖에 없었다고 한다. 입원해 있던 병원이 그와 같이 학업을 중도에 그만들 수밖에 없었던 중도장애인이 많은 재활병원임에도 불구하고, 교육에 대한 어떤 배려나 정보도 주어지지 않았다. 뒤늦게 고졸 검정고시를 보려고 했지만, 학원비도 부담이 되었고 그가 다닐 수 있게 편의시설이 갖춰진 학원도 찾기 힘들었다. 혼자 준비하는 것도 한계가 있어 어려워하던 차에 친구를 통해 알게 된 노들장애인야간학교를 찾게 되었고 그는 이곳에서 고졸 검정고시에 합격하여 현재 대입을 준비 중이다.

이 모 씨(만 33세, 남, 뇌병변 1급)

충남 조치원이 고향인 그는 여덟 살 때까지 휠체어도 없이 집에서 누워만 지냈다. 입학통지서가 날아왔지만 그가 학교에 다니기 위해서는 어머니가 등하교에서부터 일상의 모든 신변처리를 도와주어야 했다. 그 모든 책임을 맡기에 어머니는 너무나 연로하셨고, 그래서 그의 입학은 동생이 입학할 때까지 미뤄져야 했다. 1년 후, 동생이 입학할 나이가 되었을 때 부모님은 학교에 찾아가 동생이 모든 신변처리를 책임질 수 있다는 조건으로 입학을 허락해달라고 했으나, 학교 측은 편의시설이 전무하다는 이유로 입학을 거부했다. 그렇게 그는 다시 1년을 집에서 지내야 했다.

열 살이 되었을 때 충남 유성에 있는 기숙사가 달린 ㅅ재활원 안에 있는 특수학교에 입학하게 되었다. 운이 좋게 기숙사에는 이 씨처럼 중증장애인을 돕기 위한 보모도 있었다. 그렇지만 이 학교에서 매일 오후에 진행되던 재활훈련프로그램(걷기, 신변처리 등)을 중증장애인인 그로서는 감당하기 힘들었다고 한다. 결국 기숙사 측에서도 이 씨에게 퇴사를 요구했고, 그때부터 그는 학교 근처에서 할머니와 함께 지내며 학교에 다니게 되었다. 하지만 열두 살이 되던 해, 할머니가 돌아가셨고, 그 생활도 유지할 수 없어졌다. 그를 도와줄 사람이 어머니밖에 없었지만, 집에 다른 형제들도 있었기 때문에 어머니가 집을 비우고 이 씨만 돌보며 살 수 없었다. 하는 수 없이 그는 집으로 돌아와야 했지만, 교육의 의지가 강했던 어머니의 뜻으로 버스를 타고도 1시간여나 되는 거리를 어머니의 등에 업혀 학교를 계속 다닐 수 있었다. 그러기를 1년. 어머니의 체력도 한계에 다다랐고, 그는 학교를 더 이상 다닐 수 없게 되었다. 그때가 열세 살. 이후 그는 서른이 다 되도록 집에서만 지내야 했고 어느 날 TV에서 우연히 노들장애인야학을 본 후, 공부를 하고 싶은 마음에 무작정 상경했다. 그는 지금 고졸 검정고시를 준비 중이다.

강 모 씨(만 23세, 여, 뇌병변 2급)

서울 중화동에 살고 있는 강 모 씨는 힘들게 초등학교를 졸업했다. 지금은 휠체어를 타고 다니지만 당시만 해도 부축만 해준다면 어렵게 걸을 수도 있었다고 한다. 등하교는 어머니가 부축해서 도와주었고, 학교에서는 책을 들고 혼자 다녔다. 그녀가 학교 전체의 속도를 따라가기는 당연히 힘들었을 터. 좌변기가 설치되어 있지 않았던 화장실은 한번 다녀오기 위해 다른 친구들보다 두세 배의 시간이 걸려 쉬는 시간을 놓치기 일쑤였고, 수업 내용을 받아 적는 것도 너무나 힘들었다고 한다. 게다가 그 학교 규칙상 모든 학생은 실내화를 착용해야 했지만, 그녀의 발은 실내화를 신을 수 없도록 뒤틀려 있어 6년 동안 맨발로 다녀야 했다. 그렇지만 교사들은 그녀의 장애와 속도에 대해 아무런 배려도 해주지 않았고, 주위 친구들 또한 무관심하여 이 모든 짐을 그녀 홀로 져야 했다. 그 학교에는 그녀와 같은 장애인이 서너 명 더 있었지만 모두 마찬가지였다.

힘들게 초등학교를 졸업했지만 중학교 진학 또한 문제였다. 중화동에 소재한 중학교는 모두 버스를 타고 등하교해야 할 만큼 거리가 있었고, 어머니 또한 일을 하고 계셨기 때문에 도와주기 힘들었다. 또한 초등학교를 어렵게 졸업한 그녀에게 더 이상의 학교생활은 생각만 해도 공포스러운 것이었다. 고민 끝에 중학교 진학을 포기할 수밖에 없었다. 이후 집에서만 지내다 열일곱 살 때 동네 복지관에 다니기 시작했지만 그곳에서도 교육을 받을 수는 없었다. 그리고 스물두 살, 복지관을 통해 알게 된 노들장애인야학을 다니기 시작했다. 그녀는 현재 고입 검정고시를 준비 중이다.

박 모 씨(만 30세, 남, 시각장애 3급)

박 모 씨는 일반 중학교 중퇴의 학력을 가지고 있다. 시각장애 판정을 올해 5월에 받게 된 그는 어려서부터 칠판 글씨가 보이지 않을 정도로 시력이 나빴음에도 전혀 장애에 대한 인식이 없었다고 한다. 시력이 나쁠 뿐만 아니라 심장판막증까지 앓았던 그가 학교에서 진행되던 수업 내용을 따라가지 못해 성적이 나쁜 것은 당연한 일이었지만, 공부 못해서 반 평균 깎아먹는 놈 취급을 받으며 교사들에게 맞기도 많이 맞았다고 한다. 교사들은 칠판 글씨가 보이지 않는 그에게 좌석 배치를 앞자리로 해주지도 않은 채, "보고 싶으면 앞에 나와서 봐라"라고만 무관심하게 얘기했을 뿐이다.

중학교 3학년 재학 중일 때는 집안 문제까지 겹친 데다 학교에서 무시당하고 맞는 게 싫어 결석이 잦아져 학교에서는 자동 자퇴 처리되었다고 알려 왔다. 그도 더 이상 학교를 다니기가 싫어 자퇴를 받아들였다. 그때부터 공장에 다니기 시작했지만 그것도 체력이 달려서 오래 다닐 수는 없었다고 한다. 그러다 30대가 되어 뒤늦게 공부를 하기 위해 노들장애인야학에 다니기 시작하였고, 현재 고입 검정고시를 준비 중이다.

이 모 씨(만 34세, 남, 뇌병변 1급)

그는 27년 동안 휠체어도 없이 집에서만 지냈다. 그렇게 지낼 동안 동사무소 등에서 아무런 정보도 주지 않아 그는 자신에게 입학통지서가 날아왔는지도, 자신이 학교에 다닐 수 있다는 사실도 전혀 몰랐다고 한다. 스물여덟 살 때 양평에 있던 장애인시설에 들어갔지만 억압적인 분위기와 먹고 자는 것 외에 아무런 활동도 없는 생활을 참다못해 시설을 나오게 되었고, 서른 살 때 교회 친구를 통해 노들장애인야학을 알게 되어 다니기 시작했다. 그는 지금 고입 검정고시를 준비 중이다.

김 모 씨(만 45세, 남, 뇌병변 1급)

전북 부안이 고향인 김 모 씨는 부유한 가정 환경에도 불구하고 30여 년 동안 누나로부터 한글을 배운 것 외에 교육의 경험은커녕 집 밖으로 나올 일도 별로 없었다고 한다. 답답한 생활을 참다못해 1993년, 형의 도움으로 기숙하며 일도 할 수 있는 ㅈ전자에 취직하게 되어 상경했다. 이듬해인 1994년, 같은 건물에 있던 노들장애인야학에 다니기 시작했고, 현재까지 학업을 계속하고 있다. 현재 고입 검정고시를 준비 중이다.

김 모 씨(만 30세, 남, 뇌병변 2급)

경기도 포천군이 고향인 김 모씨는 현재 목발을 짚고 걸어 다니지만 어린 시절에는 목발 없이도 걸을 수 있었다고 한다. 여덟 살 때 입학통지서가 날아왔고 그가 다닐 학교는 자신의 걸음으로 30~40분 거리에 있었지만 워낙 시골이라 도로 사정이 너무나 나빠 걸어 다닐 엄두를 못 내었다. 더구나 아버지가 직업군인이었기 때문에 자주 이사를 다녀야 했고, 이사하는 곳마다 외진 시골이라 부모님도 그를 학교에 보낼 생각조차 못했다. 열다섯 살 때, 집에서만 지내던 그를 안타까워한 이모님이 그를 1년여 인천 자신의 집에서 데리고 살면서 기초 한글과 수학을 가르쳤다

스무 살이 되던 해 그는 취직을 하기 위해 다섯 군데의 직업훈련학교를 전전하며 전자공학, 칠보공예 등 전문기술교육을 수료했다. 그러나 그 학교에서 알선해준 일자리가 모두 자신이 배운 기술과는 전혀 상관없는 단순 노무직이었고 환경 또한 열악했으며 이마저도 면접에서 떨어지는 경우가 허다하였다. 그는 더 이상 직업훈련교육을 받기를 포기하고 복지관에서 운영하는 학교에 다니기 시작했다. 그러나 교사 대부분이 대학생 자원봉사자로 이루어진 이 학교는 수업도 과외 형

태로 불안정적이었다. 이후 친구를 통해 알게 된 노들장애인
야학에 다니기 시작했다. 그는 현재 고졸 검정고시를 준비 중
이다.

이 모 씨(만 31세, 남, 뇌병변 1급)

이 모 씨의 아버지는 사고로 한쪽 다리를 절단한 중도장애
인이고, 형 또한 뇌전증을 앓고 있다. 자신의 힘으로는 손가
락 하나도 까딱할 수 없는 중증장애인인 이 모 씨는 26년 동
안 집 밖으로 나간 일이 딱 세 번이었다고 한다. 그런 그에게
학교란 감히 엄두조차 낼 수 없는 것이었다. 그의 어머니조차
초등학교를 다니지 못해 한글도 모르는 상태라 기본적인 한
글도 배울 기회가 없었다. 스물여섯 살 때, 스스로 복지관 전
화번호를 알아낸 그는 자원봉사자를 보내달라고 계속 전화
를 했다. 그러기를 6개월여 만에 대학생 자원봉사자가 집으
로 찾아오게 되었고, 그의 도움으로 1년여 동안 한글을 배우
게 되었다. 그러나 자원봉사자가 군대를 가게 되면서 다시금
교육의 기회를 잃게 되었다. 그러다 TV를 통해 학교를 다닐
수 없는 중증장애인에게 지원되는 순회교육프로그램을 알게
되었다. 그는 동사무소에 전화하여 순회교육을 지원해달라고
요구하였지만 그곳에는 그러한 지원 체계가 없고 보내줄 교
사도 없다는 무책임한 답변만 들을 수 있었다고 한다. 그 뒤
서른 살이 되어 노들장애인야학을 알게 되었고, 그는 현재 야
학에서 기초 한글 수학반을 다니고 있다.

이 모 씨(38세, 여, 뇌병변 1급)

스스로 손가락 하나 까딱할 수 없이 누워서만 생활하는 중
중의 장애 여성이다. 부모님 모두 일을 하고 계시고 집안 사
정도 좋지 않은 편이며, 어머님이 일을 하다 중간중간 들어오
셔서 이 씨의 모든 신변처리와 식사를 도우신다. 여덟 살 때
입학통지서가 날아왔지만 부모님은 그녀의 의향은 묻지도 않
은 채, 학교를 보내줄 수 없다는 말만 하셨고, 그녀 또한 당연
하게 받아들였다고 한다. 이후 30여 년 동안 아무도 없는 집
에서 가만히 누워 TV를 보는 것이 그녀의 유일한 활동이었
다. 어렸을 때 가족들에게 한글을 가르쳐달라고 했지만 부모
님은 일하느라 바쁘셨고, 사이가 좋지 않던 오빠와 동생 역시
도움을 주지 않았다고 한다.

서른일곱 살이 되었을 때, 어머니마저 나이가 드셔서 그녀
를 수발하기 힘들어지자 가족은 장애인시설을 알아보았고,
그러던 중 ㅈ회관 주간보호센터를 알게 되었다. 그러나 이곳
을 이용하기 위해서는 하루 1만 원의 이용료를 지급해야 했
고, 좋지 못한 집안 형편으로 이마저도 차단당할 위기에 처하
자 회관에서 후원인을 연결해주어, 그녀는 그렇게 37년 만에
첫 바깥 생활이 시작되었다. 그러나 37년을 집 안에서 살아온
이 씨는 기본적인 한글, 수학 개념도 없어 생활에 어려움이
컸고, 그녀 자신도 공부를 하고 싶은 욕구가 강하여 같은 관
내에 있던 노들야학을 다니기 시작하였다. 그녀는 현재 야학
에서 기초 한글 수학반을 다니고 있다.

조 모 씨(31세, 남, 뇌병변 2급)

조 씨의 고향은 경기도 용인이다. 여덟 살 때 입학통지서를 받고 부모님의 등에 업혀 배정받은 학교를 찾아갔다고 한다(지금은 걸을 수 있지만 당시에는 걸을 수 없었다). 그러나 학교에서는 그의 입학을 거부했다. 이후 인근 시에 있는 특수학교를 알게 되었지만, 기숙사가 없는 그 학교는 통학이 가능한 학생만 다닐 수 있어 그마저도 포기할 수밖에 없었다. 열네 살 때 서울 석관동으로 이사를 왔고, 스무 살 때 다른 지역에 있던 특수학교를 알게 되어 부모님과 함께 찾아갔다. 가까운 거리였고 기숙사도 딸린 학교였다. 그렇지만 그 학교에 다니고 있는 학생들은 모두 학령기의 아동들이라 조 씨와 상당한 나이 차가 있어 그는 거북스럽고 또 두렵기도 하여 학교 다니길 포기했다고 한다. 스물네 살 때 동네 복지관에 다니기 시작했고 그곳에서 자원봉사자들을 통해 한글 공부를 시작하게 되었다. 그렇지만 심한 언어장애까지 있는 그에게 한글 공부는 쉽지 않았고, 그마저도 교사가 수시로 바뀌어 효과가 없었다고 한다. 그러던 중 서른 살 때 노들야학을 알게 되어 다니기 시작했다. 조 씨는 현재 야학에서 기초 한글 수학반 과정을 다니고 있다.

장 모 씨(26세, 남, 뇌병변 1급)

장 씨는 그 스스로 신변처리를 할 수 없는 중증장애인이다. 학교 갈 나이가 되었을 즈음 그의 어머니가 자신을 붙들고 한

없이 우셨던 기억만 있을 뿐, 입학통지서를 받았는지, 자신이 갈 수 있는 특수학교가 있는지, 아무것도 몰랐다고 한다. 자원봉사자들의 도움으로 가끔 밖으로 외출을 하기도 했지만 교육 경험은 전혀 없었다. 한글은 TV나 한글 자막이 있는 비디오를 통해 혼자 깨쳐 어느 정도는 쓰고 읽을 수 있는 수준이다. 사람을 만나고 싶은 욕구가 강했던 장 씨는 인터넷을 통해 교육받을 수 있는 이곳저곳에 대한 정보를 스스로 얻었다. 복지관에서 장애인을 대상으로 하는 사회적응훈련교육프로그램(컴퓨터, 노래 배우기 등)에 참여하기도 했다. 스물다섯 살 때, 노들야학을 알게 되어 다니기 시작한 그는 지금 기초 한글 수학반을 다니고 있다.

백 모 씨(23세, 여, 뇌병변 2급)

백 씨는 지금은 힘들게나마 걸어 다닐 수 있지만 아홉 살 이전까지만 해도 전혀 걸을 수 없었다. 입학통지서를 받았을 때, 당시만 해도 학교를 가기 위해 어머니의 도움이 있어야 했으므로, 부모님이 힘들어하시는 것을 알고 스스로 학교에 가지 않겠다고 했다. 이후 가족이 다니던 성당에서 수녀님이 찾아와 한글을 가르쳐주었다고 한다. 열두 살 때 서울 다른 지역에 있던 특수학교를 알게 되었다. 그 학교는 기숙사가 없어서 어머니가 백 씨의 학교생활을 모두 돌봐주어야 했고, 통학 스쿨버스 역시 계단이 높은 일반버스라 자신과 같은 중증장애인이 타고 다니기에는 무리였다. 어머니는 그 모든 상

황을 감당할 수 있으니 학교를 다니자고 하셨지만, 백 씨는
어머니에게 미안하여 다시 한번 학교에 가기를 포기했다. 그
러다 열아홉 살 때, 다시금 지방에 기숙사가 딸린 특수학교가
있다는 정보를 듣고 가족과 함께 그 학교를 찾아갔다. 그러
나 외진 산속에 자리한 그 학교는 학교라기보다는 수용시설
같은 분위기였고, 딸을 맡기기에 도무지 믿음이 가지 않았던
백 씨의 부모님은 다시 백 씨를 데리고 서울로 돌아와야 했
다. 그녀는 현재 성당에서 운영하는 장애인 공동체에서 생활
중이며 스물한 살 때 노들야학을 알게 되어 다니기 시작했다.
현재 기초 한글 수학반 과정에 있다.

김 모 씨(31세, 남, 뇌병변 2급)

서울 창동에 살고 있는 김 씨는 지금은 걸어 다닐 수 있지
만 아홉 살 이전에는 그렇지 못했다고 한다. 여덟 살 때 집으
로 온 입학통지서를 아버지는 아예 찢어버리셨다. 집안 형편
이 어려워 부모님은 모두 일을 하셔야 했고, 당시만 해도 걸
을 수 없었던 김 씨가 학교를 다니기 위해서는 할머니가 그를
업고 다니며 모든 신변 처리를 도와야 했기 때문이다. 김 씨
스스로도 자신이 학교를 다닐 수 없는 상황에 대해 큰 불만은
없었다고 한다. 이후 집에서만 생활해야 했던 김 씨를 안타
까워한 친척들이 여기저기 특수학교를 수소문해보았지만, 모두
버스를 타고 다녀야 하는 거리에 있었고(그는 걸어 다닐 수는
있지만 혼자서 버스를 타고 다니기에는 무리가 있다), 무엇보

다도 그의 어려운 가정 형편으로는 사립학교의 학비를 감당하기 힘들었다고 한다. 그러던 중 열두 살 때, 동네 유치원에서 홍보를 나온 사람에게 사정을 이야기하고 유치원 교사들에게 과외를 부탁하여 이후 3년 동안 유료로 한글 수업을 받게 되었다. 그러나 늦은 나이이기도 했고, 교사들도 그의 장애에 대한 이해가 부족해 그마저도 계속 바뀌는 통에 그다지 효과가 없었다고 한다. 과외를 그만두고 열아홉 살 때까지 계속 집에서만 지내다가 동네에 있던 복지관에 다니기 시작했고, 그곳에서 자원봉사자들에게 초등과정을 배우게 되었지만 이 역시 불안정한 것이었다. 서른 살 때, 복지관에서 알고 지내던 친구의 소개로 노들야학을 다니기 시작했고, 지금은 초등과정에 있다.

송 모 씨(29세, 남, 뇌병변 1급)

송 씨는 어린 시절, 노원구에 위치한 산동네에 살며 휠체어도 없이 집에서만 지냈다고 한다. 집이 산동네라 휠체어가 있더라도 이동은 불가능한 상황이었던 것. 아버지는 당시 자영업을 하고 있었기 때문에 송 씨의 등하교 정도는 업어서라도 책임질 수가 있었다고 한다. 입학통지서가 오자 아버지는 상담을 하기 위해 송 씨가 배정받은 학교로 그를 업고 찾아갔다. 그러나 학교 측에서는 등하교 외에도 그가 학교생활을 할 수 있게 할 편의시설이 없으며, 다른 학부모들이 싫어할 거라며 송 씨의 입학을 거부했다.

송 씨는 아홉 살 때 복지관을 통해 연결된 자원봉사자가 2년간 집으로 찾아와 한글을 배우기 시작했다. 이후 아랫동네로 이사를 가게 된 그는 복지관을 통해 휠체어를 구입하게 되었고, 그때부터 스스로 돌아다니기 시작했다고 한다. 스물다섯 살 때 복지관에서 운영하는 기초과정 컴퓨터교육프로그램에 1년간 다녔고, 스물일곱 살 때 복지관 모임을 통해 노들야학을 알고 다니기 시작했다. 그는 현재 초급과정반에 다니고 있다.

1. 2001년 '장애인도 버스 타고 싶다' 장애인 이동권 투쟁.

2

2. 2001년 노들야학 학생과 교사들이 서울역 철로를 점거하고
장애인 이동권 보장을 외치고 있다.

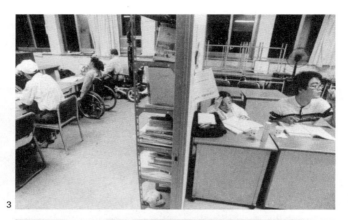

3

4

5

6

7

3~6. 1990년대 정립회관 시절 노들야학.
7. 2002년 상반기 졸업식.

20

노들바람 53호 | 2005. 4

나의 자립생활기 1

최진영

창문 너머로 들어온 오후의 햇살을 받으며 오랜만에 집에 있으면서, 여유롭게 커피를 마시며 음악을 들었다.

2년이 되어가는 나의 홀로서기. 요즘 전문용어로 중증장애인 자립생활을 시작한 지 2년이 되어간다. 나는 아직 자립생활이 뭔지 잘 모른다. 자립생활? 하지만 적어도 자립생활은 장애인이 혼자 사는 것만은 아니라는 것쯤은 알고 있다.

사람들이 흔히 말한다. 자기 얘기를 책으로 쓰면 몇 권은 나온다고. 그러나 문득 이런 생각을 해봤다. 나는 34년의 시간을 살면서 책으로 쓰면 과연 몇 페이지이나 적을 수 있을까. 또 앞으로 그 페이지마다 적고 기록하기 위해 얼마나 노력을 할 수 있을까? 하고.

지금의 나의 자립생활이 있기까지를 돌아보자면, 먼저 분명 내 나이는 서른네 살(72년생)이지만, 법적인 나이는 스물여덟 살(78년생)로 되어 있다. 경북 포항 넓은 바닷가 출신인나는, 배를 타는 일을 직업으로 하신 아버지, 일명 어부의 딸로 태어났다. 우리 어머니는 시어머니를 잘 모시고, 아들 셋을 잘 키우는 동네에선 효부로 불리는 분이셨다. 그런 분에게 소박한 바람이 있었다면, 아들 셋이 있으니, 딸을 하나 낳아서 이쁘게 키우는 것이었다. 그래서 딸을 낳았건만. 난 태어난 지 5개월 만에 장애인이 되어버렸다.

내가 장애인이 된 원인은, 잘 모른다. 어머니의 배 속에서부터 그런 건지, 아니면 열병으로 그런 건지 나도 궁금하다. 내가 금방 죽을까 봐 출생신고도 하지 않고 있다가 친척들의 온갖 눈총과 만류에도 불구하고 부모님의 정성으로— 아버지는 외국에서 좋다는 약을 구입하여(당시 아버지는 외항선을 타셨으니까 외국에 다니셨다) 먹이고, 어머니는 용하다는 침술인을 찾아 몇 달씩 침술인의 집에서 아직 아기인 나를 데리고 기거하며 내게 침을 맞게 했다. 그런 어머니의 정성 덕분인지, 일곱 살까지 죽지 않으니까 — 오빠들을 공부 시킨다는 명분으로 서울에 상경한 기념(?)으로 나도 호적에 올려졌다. 서울에 올라와 친척의 소개로 어떤 재활원에 엄마 등에 업혀 가게 되었다. 그렇게 공부와 재활을 시키려고 했는데 다행인지 불행인지 그 재활원에선 내가 혼자 신변처리를 못한다는 이유로 나를 받아주지 않았다.

그래서 그날 이후 집에만 있는 평범한(?) 장애아이로 지냈다. 그러다가 가족들과 떨어지기 싫어 외항선을 그만두신 아버지는 사업을 하셨는데, 세상물정 모르셨던 아버지는 서울에 온 지 2년 만에 우리 식구들을 셋방으로 이사하게 했고, 어머니는 궂은일을 하시게 되었다.

아픈 딸의 점심밥과 신변처리가 걱정되어 부랴부랴 일을

하는 중간에 잠깐씩 시간을 내어 내게 와야만 했던 어머니. 그런 어머니의 고생하시는 모습을 보고, 작은 도움이나마 되고 싶어 밥도 혼자 먹게 되었고, 신변처리도 집에서는 혼자 어느 정도 가능하게 되었고, 간단한 집안일도 조금씩 하게 되었다.

열두 살 때 국민학교에 들어갈 수 있는 취학통지서를 받았건만, 나는 장애아이라는 이유로 학교에 들어가지 못했다. 어머니께 떼를 쓰고 싶었지만, 하루하루 생활고에 시달리시는 어머니께 나도 학교에 보내달라고 떼를 쓸 수 없었다. 우리를 가난하게 만든 아버지가 미웠고 원망스러웠다. 물론 아버지도 잘살아보고 싶어서 그러셨겠지만.

어릴 적에 제일 듣고 싶은 말이 있었다. "공부 좀 해라"였다. 내 또래들이 매일 접해 듣기 싫어하는 말이었지만, 나는 가장 듣고 싶은 말이었다.

그래도 오빠들이 누이동생을 이뻐해 기초적인 공부를 시켰다. 나는 집에서 라디오를 들으며 작은 창문을 통해 하늘을 쳐다보면서 학교에서 돌아와 오빠들이 공부 가르쳐주기를 기다렸다. 한글을 어느 정도 익혀 읽고 쓸 수 있게 되어서 책도 보고 별로 기록할 것도 없었지만 매일 일기를 쓰다시피 했다. 언어장애도 있고, 늘 혼자 집에만 있는 내게 일기를 쓴다는 것, 그것은 유일한 나만의 스트레스 해소법이었는지도 모른다.

남들이 말하는 사춘기일 때, 나는 소원이 있었다.

지금 생각하면 우스운 소원이고, 장애인으로 생활을 하는 사람으로서 가질 수 있는 소원이라고 할 수 있다. 그 소원은, 스무 살이 되기 전에, 세상을 떠나고 싶었다. 스물. 나이 스무 살이 되면, 어른이 되어가는 나이이고, 책임을 져야 하는데, 언제까지 부모님이나 다른 사람에게 나를 책임져달라고 할 수 없다는 생각에, 막연하게 스무 살이 되기 전에 떠나고 싶었다.

내가 만약 용기가 있었고, 어머니의 마음을 아프게 할 수 있는 용기가 있었다면, 한 번쯤 그런 쇼(?)를 했을지도 모른다. 그래도 어머니는 나를 귀한 딸로 키우셨다. 비록 교육도 못 시키고 가끔 답답할 때 내게 화풀이도 하셨지만 어머니를 마음 아프게 할 수 없었다. 아니 죽을 용기가 없었는지도 모르고, 그런 쇼를 할 수 있을 만큼 여건이 안 되었는지도 모른다.

언제부터인가 나는 스스로 약속을 한 것이 있었다. 아무리 힘들어도 남들에게 "죽고 싶다"라는 말 함부로 하지 말자고. 아마 그건 어릴 적부터 너무 지겹게 자주 들어서 그런지 모른다. 할머니도 어머니도, 어른들이 너무 쉽게 그 말을 했기 때문에, 나는 그런 다짐을 했는지 모른다. 지금까지는 그 약속을 잘 지켜왔다고 본다. 앞으로는 나도 잘 모르지만.

그렇게 스무 살을 보내고 있는 내게 또 한 번의 큰 슬픔이 다가왔다. 정말 아팠다. 성인이 되고 결혼할 나이가 된 오빠들, 그러나 이런 누이동생 때문에 결혼에 방해가 되어, 신부 쪽 부모님의 반대로 결혼식을 못 하게 되었다. 홀로 되신 어머니께 너무 많이 죄송스러웠고, 이런 자신이 너무 원망스럽

고 미워서 그날 하루 종일 울었다. (아버지는, 내가 스무 살이
되기 전에 심장병으로 돌아가셨다.)

그래도 둘째 새언니는 우리 식구가 되었고, 둘째 오빠와 새
언니 사이에 낳은 딸, 내게는 조카이지만, 잠시 나를 엄마가
된 기쁨을 맛보게 해준 아이이다. 내가 기저귀도 갈아주고 우
유도 먹이고 2년 가까이 키운 녀석이기에 지금도 나를 잘 따
르는 조카이다.

내가 처음으로 정기적으로 밖에 나오게 된 것은, 아마도 이
아파트에 이사 와서일 것이다. 서울로 올라온 지 22년 만에
남의 집 셋방이 아닌 (비록 임대아파트이지만) 우리 집이 생
겼다. 주인집 눈치도 안 보고, 목욕도 자주 할 수 있어 어머니
와 나는 좋아라 했다. 그러다가 장애인복지관을 알게 되어 간
단한 컴퓨터 교육도 받고, 가끔 외출도 하게 되었다.

여기까지가 재가 장애인으로 있었던 나의 이야기이다.

나의 자립생활기 2

최진영

이제 지하철 타는 게, 내 일상이 되어버렸지만, 처음으로 대중교통인 지하철을 타는 날을 더듬어본다. 그때의 기분을 적은 것이 있다.

2003년 1월 7일 화요일 처음으로 대중교통인 지하철을 이용하기 위해 길을 나섰다. 막상 밖에 나가보니, 만만치 않은 세상이었다.

우선, 내가 살고 있는 행당 지하철역엔 리프트도 엘리베이터도 없어, 좀 거리가 있는 신금호역을 이용해야만 했다. 그런데 신금호역엔 인도도 없고 길도 비탈길이어서 나처럼 휠체어를 탄 장애인이 다니기엔 힘든 길이었다. 지하철역에까지 힘들게 온 일행은, 전동휠체어와 지하철 출입구 높이가 안 맞아 나를 보조하는 사람이 애를 먹었다.

우리 집에서 구의동에 있는 정립회관에 가기 위해 아차산역에 내리면 정립회관까지 가는 데도 멀고 먼 난코스가 기다리고 있었다. 내게 길을 안내해주던 동료가 달리 보였다. 정말 위대하게 보였다.

또다시 정립회관에서 우리 집으로 오기 위해 길을 나섰다. 우리 일행 네 사람은 길이 안 좋은 신금호역을 포기하고 왕십리역을 택했다. 왕십리역에서 장애인용 리프트를 탈 때 사람들의 시선이 싫었다. 도움을 주지 않으려면 쳐다보지 말고 그냥 지나갔으면 좋으련만. 나도 언제부터인가 외출할 때 사람들의 시선 피하지 않고 똑바로 보는 그 정도의 배짱은 생겼지만, 그래도 이상하게 쳐다보는 사람들의 시선이 싫다. 그래서 장애인들은 가족이랑 외출하는 걸 꺼려하는지 모른다. 그 시선이 가족에게 부담이 되기에.

우리 집으로 오기 위해, 리프트를 타고 엘리베이터를 타고 그나마 왕십리역 길은 인도가 있어 신금호역보다는 안전하게 올 수 있었다. 우리 동네에 다 와서 행당 지하철역을 보니, 왠지 화가 났다. 가까운 곳에 지하철역이 있는데도 왕십리역까지 가야 한다는 현실에 화가 났다. 왕십리역 길이 인도이지만 완전한 평평한 길이 아니기에 나처럼 휠체어 장애인이 다니기엔 힘든 길이다. 장애인으로 태어난 게 잘못이라면 잘못이겠지만 질병이나 사고로 인해 누구나 장애인이 될 수 있다. 물론 고위층분들은 만약 어떤 일로 인해 장애인이 되어도 자가용만 이용하겠지만, 단 하루만 휠체어를 타고 대중교통을 이용해보면, 인도와 차도를 그렇게 만들지 않을 것이다. TV에서 보여지는 장애인 편의시설이 그나마 많이 좋아졌다고 하지만 막상 내가 몸소 체험해보니 불편한 점이 많았다. 장애인 콜택시가 있지 않으냐고 할지 모르지만, 서민 장애인들에겐 부담이 된다. 장애인 편의시설이라고 하지만 따지고 보면, 비장애인들에게도 편한 시설이 아닐까. 우리나라와 외국이 비교되지 않게끔 우리나라도 보다 발전했으면 좋겠다. 우리 동네 아파트촌도 이런데 아파트촌이 아닌 다른 동네는 오죽할까.

지금 바람은, 행당 지하철역에 엘리베이터가 있었으면 좋겠다. 아니, 모든 지하철역에 엘리베이터가 있었으면 좋겠다. 우리나라는 공사를 많이 한다고 한다. 무엇을 공사하며 누구를 위해 공사를 하는 건지, 길도 평평하게 만들지 않으면서 말이다.

이때부터 밖에 나오기 시작했다. 밖에 나오기 시작하고 전동휠체어를 타면서 얼마 동안 전동휠체어가 익숙지 않아 외출해서 돌아오면 토하고 멀미 증상이 있었다. 수동휠체어도 잘 타지 않은 내가 전동을 운전(?)하며 지하철을 타고 외출을 한다는 게 여간 힘든 일이 아니었다. 한번은 전동휠체어의 충전이 다 떨어져 집에 못 가서(그때는 중고 전동이라 충전기가 너무 무거워서 갖고 다니지 않았다) 길 가는 사람한테 밀어달라고 부탁을 하고, 또 어떤 날은 집에 오는 길에 비가 와서 비 맞은 새앙쥐 꼴로 들어가 어머니께 걱정을 들었다. 그래도 혼자 힘으로 밖에 나오면서 제일 하고 싶었던 일을 해봤다. 한번의 기회였지만 말이다. 그건 다름이 아니라 어버이날에 누구의 손도 빌리지 않고 카네이션을 사서 어머니께 선물을 하고 싶었다.

여태까지 어버이날에 부모님께 선물을 하기 위해 돈을 모 았고, 그 선물을 사기 위해선 누구에게 부탁을 해야만 했다. 그러나 꼭 한 번은 내 손으로 카네이션을 사서 어머니께 선물 하고 싶었는데, 정말 한 번뿐이었다. 그런 기회가 내게 주어 진 것이.

30년 넘게 집에만 있다가 밖에 나온 나는 바깥 생활에 적 응하기 위해 나름대로 열심히 활동을 했다. 그러다가 몸이 안 좋은 상태가 되어 난생처음으로 수술을 하고 병원에서 보 름 동안 입원하게 되었다. 웬만해선 약도 먹지 않고, 한번 병 원에 가는 것도 힘든 장애인 삶인데……. 수술할 때 마취하기 전에 처음으로 내 몸무게를 재고 몇 킬로인지 알았다. 지금까 지도 내 키가 몇 센티미터인지 모른다. 암튼, 보름 동안 병원 에 있으면서 면회 온 사람들을 보면서 어머니는 뿌듯해하셨 다. '우리 딸이 사회생활을 잘하고 있구나!'라는 생각이 믿음 이 그렇게 빨리 나를 홀로서기 하게끔 했을까?

2003년 7월 15일 나는 보름 동안의 지루한 병원 생활을 정 리하고, 가벼운 마음으로. 너무나 가벼운 마음으로 집에 왔 다. 맛없는 병원 밥이 아닌 오랜만에 어머니가 해주신 맛있는 저녁을 먹었다. 어머니가 해주신 꽁치찌개와 따뜻한 밥, 당연 히 또 있을 줄 알았던 그 밥이 그다음 날은 없었다. 그다음 날 아침 6시 30분에 나는 중증장애인의 몸에 아픈 다리를 이끌 고 현관 앞에 나와 고함을, 나오지 않는 목소리로 소리를 질러야 했다. 이웃의 아줌마께 "엄마, 엄마가 아파요, 빨리 와주세요"라고. "빨리 빨리요!"

어머니는 화장실에서 피를 토하고 쓰러진 채였고, 아줌마가 119를 부르고, 어머니가 실려 가고……

그날부터 나는 홀로서기를 해야만 했다. 조금 늦게 시작한 자립생활 공부(운동)…… 그러나 아무 준비 없이 현실로 너무 빨리 다가왔다.

이제 아침에 나를 깨워주는 것은 늘 곁에 있을 줄 알았던 어머니의 다정한 목소리가 아니라 핸드폰 모닝콜이다. 전엔 밖에 나가 밥을 잘 못 먹었고, 친한 사람 아니면 얘기도 제대로 하지 못했던 내가 이젠 집에서 밥 먹는 것보다 밖에 나가 밥 먹는 게 맛있고, 친하지 않은 사람에게도 얘기를 한다. 아직도 혼자 잠들 때 불을 끄지 못하고 자고, 이따금씩 불면증에 시달리지만.

집에서 어머니가 기다린다는 생각에 빨리 오고 싶었고, 좀 늦으면 어머니께 전화해 "빨리 들어갈게 엄마" 하고 내 손으로 순대를 사 들고 가면 그렇게 좋아하셨던 어머니……

세상에서 제일 편한 활동보조인이며 힘들 때 기댈 수 있는 기둥이 없어졌지만, 마지막으로 가시는 길에 나는 어머니를 위해 상복을 입었다. 10여 년 전에 나는 아버지를 위해 상복도 입지 못했고, 아무것도 못 해드렸다. 그러나 어머니 가시는 길에 상복도 입었고, 딸의 손님들이 찾아와 위패에 인사드리고, 조금이나마 자식 노릇을 할 수 있었다.

얼마 동안, 외출할 때마다 집에 들어오기 싫었다. 이웃이 불쌍한 눈으로 쳐다보는 것도 싫었고, 지나친 관심도 싫었다. 무엇보다 혼자 있을 때 눈물 흘리는 밤이 될까 봐…… 남 앞에선 조금이나마 흐트러진 모습을 보이지 않으려고 노력했다.

형제들에게 짐이 되기 싫어, 또는 시설 같은 데 가기 싫어 더욱 열심히 하루하루를 보냈다. 앞으로도 내가 잘할 수 있을지 걱정이지만, 난 나 자신을 한번 믿기로 했다. 그냥 충실히 내게 주어진 하루하루를 게으름 피우지 말고 살아보자고…… 지금 나를 지켜보고 있는 사람들에게, 나를 염려하는 주변 사람들에게, 홀로 살고 있지만 최소한 약한 모습은 보이지 말자고…… 나의 이 하루들이 앞으로 닥쳐올 중증장애인의 하루가 될 수 있으니까.

처음에 자립생활을 시작하면서 다짐했던 것들을 지금도 잘 지키고 있는 것일까?

나의 자립생활기 3

최진영

하루 24시간, 누구나 똑같이 주어진 시간이지만, 요즘 내게는 너무 짧은 시간이다. 아침 7시 핸드폰 모닝콜 소리에 부스스 떠지지 않는 눈꺼풀을 비벼서 단잠을 억지로 깨우고, 씻고, 사무실 출근 준비를 서두르고 있다. 어쩌다가 늦잠이라도 자는 날엔 중증장애인의 몸으로 초스피드로 해야 한다.

자립생활을 한 지 2년도 안 되고, 사회 속에 뛰어든 지 3년도 안 된 아직 초년생인데 나는 일과 공부와 집안일을 한꺼번에 해야 하니, 어떤 때는 숨이 가쁘게 느껴진다.

처음 내가 자립생활을 하게 되었을 때, 형제들에게 걱정을 하게 만들기 싫어 아파도 아프다는 소리를 하지 않았다. 경제적인 어려움이 있어도 내색하지 않았다.

자립생활을 시작해 얼마 동안은 엄마가 보고 싶어 많이 울었고, 아침에 눈을 떴을 때, 알 수 없는 공포감에 질려 소리 죽여 많이 울었다. 사실, 지하철을 탈 때마다 선로에 뛰어내리고 싶은 충동을 이기지 못할 때도 있었다. 밤이면 무릎 수술 후유증으로 잠을 못 잘 때도 많았다. 밤에 집으로 들어와 휠체어에서 혼자 내려오다가 다친 적도 있었고. 겨울에 보일러가 고장이 나서 추운 겨울밤을 혼자 떨며 보낸 적도 있었다. 내가 과연 자립생활을 잘할 수 있을지 많이 두려웠다. 혹시 실패해 시설에 가게 되지 않을까. 아니면, 형제들에게 부담스러운 짐이 되지 않을까 하고.

다른 중증장애인들은 자립생활이 선택일지 몰라도 내게는 선택으로 받아들일 수 없는 운명이었다. 그러하기에 나는 이를 악물고 내 운명에 도전을 했고, 운명을 나의 선택으로 바꿀 수 있도록 정말 열심히 게으름 피우지 않고 하루하루를 보냈다.

지금은 오히려 형제들이 내게 시간 있냐고 물어보곤 한다. 늘 집에만 있고, 아무것도 할 줄 모르고 돌봐줘야 할 동생이, 이제 자기 일을 알아서 하는 어른이 되어가는 게 대견한가 보다.

중증장애인의 자립생활, 정말 힘들다. 하지만 힘들다고 해서 뒤로 미루지 말고 비장애인 속도에도 맞추지 말았으면 좋겠다. 20~30년 넘게 집에만 있다가 밖에 나와서 적응하기란 어려운 일이다. 1~2년의 사회생활에서 중증장애인들을 과대평가도 과소평가도 하지 말았으면 좋겠다. 예를 들어, 어린 아이가 이제 막 걸음마를 시작했는데 그 아이에게 홀로서기를 하라고 한다면 그 아이는 금방 쓰러질 것이다.

지금의 우리 사회는 자립생활이라는 면에서 중증장애인들에게 어떤 것을 원하고 있는 것일까? 결정권, 선택권? 이제

막 걸음마를 시작한 아이에게 홀로서기의 책임성을 부과하는 것과 같다는 생각이 든다.

지금 나의 자립생활은 운명도 선택도 아닌 일상이 되었지만 아직 재가 중증장애인이 많은 상태에, 그래도 밖에 나와 활동할 수 있으니, 선택받은 사람이라고 할 수 있을까? 힘들다고 해도 배부른 소리에 지나지 않는다고 할 수 있을까?

그러기에 조금 더 먼저 자립생활을 알았다는 책임감으로 나는 오늘도 바쁜 나의 하루를 맞이한다.

우리 안의 이야기
노들의 일상
편집부

졸업 및 퇴임
역시나 인(人)은 떠나는 것.
즐겁게 보냈지만 벌써 가슴 한 자리가 짠하다.
노들로 수십 권의 책을 낼 만한 10년 차 현준,
수십 권의 책 중 사건사고 페이지의 한 자락을
화려하게 도배했을 법한 용국,
그리고 작은 분량이지만 알뜰하게 채웠을
화연의 기록에 다시 한번 감사하고 기억한다.

용국이 형 졸업장 받다
지난 호《노들바람》에 지명수배되었던 용국이 형.
다사다난한 사건사고로 우리의 가슴을 태우고 울린 그가
졸업을 한다.
그래도 보고 싶을 것 같다. 술 줄이세요, 용국이 형.

현준 퇴임하다

독특한 카리스마를 가진 휘담 아빠.

어느덧 그의 역사가 10년이 되었다 하니

그가 버텨온 시간의 무게가 만만치 않다.

세월만큼 아쉬웠겠지만 이제 야학을 내려간다.

10년 세월 야학을 지킨 비결을 묻는다면

그는 분명 범상치 않은 유머로 답하겠지만

범상치 않은 유머만큼 범상치 않은 역사를 만드셨다고

수고하셨다고 자주 보자 하고 싶다.

화연 퇴임하다

안양시 공무원.

공무원답지 않지만 그녀는 공무원이다.

1년이 짧고 아쉽지만

안양서 일하고 밤이면 야학에 오르던

그녀의 뒷모습을 잊지 못할 것 같다.

아차산을 힘겹게 오르던 그녀의 뒷모습을 본 적이 있다.

어깨를 들썩이며 걷는 폼이 제법 씩씩했으나

잰걸음으로 오르는 발걸음이 쓸쓸해 보였던 그녀.

야학의 한 페이지를 제법 멋지게 장식했다고 그녀를 좋아
했던 학생들만큼이나 아쉽다고

꼭 놀러 오라고 반갑게 맞아주겠다고 하고 싶다.

2005년 하반기 해오름제

이번 학기 기조는 '공부 좀 하자!'

점점 학습 의욕을 잃어가는 학생들과

무기력해진 노들의 수업에게 이제 더 이상은 안 된다고

교육 공간으로서의 자존심을 걸고 이번 학기 배수진을 치다.

해오름제와 함께 진행된 학생 간담회를 시작으로

수업을 사수하고자 하는 교사들의 역습이 시작됐다.

다시 한 학기를 시작하는 해오름제.

이번 학기 바람이 꼭 이루어지길 빌어본다.

'수업 사수, 공부 좀 하자!'

일장 훈계 중이신 교장샘

훈계 좀 하라 했더니만 주저리주저리

공부하란 말만 쏙 빼놓고 한다.

아무래도 수업 사수를 위해서는

제거해야 할 듯.

아니! 내 발에서도 냄새가?!

이정민

(지금부터 몇 년 전에 있었던 일을 쓰려고 한다. 내가 야학 오기 전에 집에만 있을 때다.)

언니! 언니한테서 냄새가 나.

TV를 보고 있는데 여동생이 조심스레 하는 말.

악! 나는 천둥이 치고 벼락이 치고, 집이 무너지는 줄 알았다.

윽, 세상에.

그날부터 난 나의 몸 어디서 냄새가 나는지 수색작업에 들어갔다.

그런데 냄새는 발에서 났던 것이다. 내 발에서 냄새가, 꼬린내가.

말도 안 돼! 내 발에서 냄새가 난다는 건 상상도 못 했다.

사실 좀 창피한 얘기지만 위생 면에서 내 발은 신경을 안 썼다. 아니, 항상 소외시켰다.

음, 샤워를 해도 안 씻어주고 불쌍해라.

나는 내가 걸어다니지 않으니까 내 발에서는 냄새 같은 것이 안 나는 줄 알았다. 아니 냄새라는 거는 아주 없는 줄 알았다. 상상을 못 했으니까 말이다. 나의 작은 왼쪽 발가락들은 좀 촘촘히 붙어 있어서 물기가 있고 축축하고, 그러면 안 좋을 거 같다. 요즘은 발가락 사이가 뽀드득 뽀드득 뽀송뽀송하라고 존슨즈 베이비파우더를 뿌려주지.

야~ 내 발가락들은 주인을 잘 만나 팔자도 좋지, 푸하하하.

엄마한테 말씀드렸다. 내 발에서 냄새난다고. 무좀에 걸렸다고 그러신다.

아하! 나도 그런 거에 걸리는구나.

그렇구나, 몰랐어.

다른 사람들의 것과 같구나. 내 발은 발이 아닌 줄 알았다. 진짜! 씻지도 않고, 신경도 안 썼으니 말이다.

지금 나처럼 생각하는 사람은 아마 없겠지?

장애인 발도 발이다!

더 이상 불수레반을 우습게 보지 말라

안소진

급훈하고는 참~! '불수레반을 우습게 보지 말라!'랍니다. 앞에는 '더 이상'이 붙습니다. 불수레반, 대체 어쩌고 살아왔 길래.

불수레반, 참 뜬금없습니다.

뜬금없이 새벽녘에 문자가 옵니다 '안소진~ 재수없어~.' 어느 날 또 뜬금없이 문자가 옵니다. '사랑하는 안소진.' 전화 는 시도 때도 없이 옵니다. 맨날 수업 째고 놀 궁리만 합니다. 그런데 수업하면 또 안 어울리게 성실히 임하십니다.

불수레반, 참 매혹적입니다.

재작년, 불수레반 수업을 맡았을 적엔 참 대책 없는 반이었 습니다. 수업을 시작해도 썰렁~, 수업이 끝나도 썰렁~, 생 기 없고 무기력한, 노들야학 교사들도 기피 1위의 반이었던 불.수.레 반.

불수레반 10년을 버텨온 명학 형이 진급하고, 청솔반 사람 들이 새로 올라오고, 휴학 학생이 생기면서, 또 신입 학생이 생기면서 지금의 불수레반은, 여전히 대책 없는 반입니다. 너 무너무 활발하고, 너무너무 깜찍하고, 엽기발랄한 반이 되어 여전히 기피 1위이자, 선호 1위의 반이 되었습니다.

불수레반, 정신없습니다. 회의를 하려 해도 어찌나 말들이 많은지, 소리는 또 어찌나 큰지, 듣기는 또 얼마나 힘든데. 소란스러운 학생들과 정신 나간 담임은 그래도 즐겁습니다.

불수레 사람들.

부적 신일이 형이 성실해졌습니다. 수업에 꼭꼭 참석하기, 수업 시간에 졸지 않기, 약속 잘 지키기. 우와~ 놀라워라~. 경기도 하남이 집인지라, 이동과 활동보조 문제가 항상 걸려 하루가 멀다 하고 전화를 하십니다. 저로서는 이게 또 굉장히 귀찮은 일인지라 불성실하게 전화를 받다 안 받다 합니다만, 사실은 참 죄송하고 안타까운 일이 아닐 수 없습니다.

'공부반장' 공대식이 언젠가부터 '술반장'으로 통합니다. 뒤풀이, 단합대회 등등을 아주 좋아합니다. 신났습니다. 얄밉게 공부도 잘합니다. 흥~

'사랑한다면 그들처럼' 미은과 덕민, 연애를 한답니다. '우리 사랑하고 있어'라는 낯부끄러운 말을 콧구멍 후벼 파듯, 참으로 자연스럽고 시원하게 이야기하십니다. 아름다우세요. 두 분.

진영 언니, 주경야독의 대표적 인물. 낮에는 성북센터 사무국장으로 고군분투하시고, 밤이면 노들야학에서 잠과 싸워가며 공부하는 최진영 씨. 기운내세요. 힘내십시오!

연극을 시작하면서부터 마음이 열렸다는 미정 언니.

요즘도 연극 연습으로 하루하루가 바쁩니다. 또 성북센터에서 한 달간 실습도 하게 되어 더욱 바빠진 미정 언니, 결석하믄 미워요~.

정민 언니가 불수레반에서 함께하게 되셨습니다. 노들공장에서 힘들게 번 돈으로 가끔 쏘시는 언니의 모습, 참으로 싸랑스러워요~.

수연과 그녀의 엄마 말숙 씨. 수연 언니는 불수레반 반장이에요. 근데두요, 말숙 씨는 전혀 반장 엄마 티를 내지 않아요. 수연 사랑, 아빠 사랑 말숙 씨는 야학 사람들의 간식거리를 해 먹이시느라 늘 바쁘세요. 어머니~ 감사합니다!

봄입니다. 봄인데, 봄바람이 불지 않네요. 봄인데 흩날리는 벚꽃이, 피어오르는 개나리가, 따스한 햇빛이 그닥 달갑지가 않은 불수레 담임입니다.

노들바람을 여는 창
안소진

내가 부른 노래는 / 꽃으로 핀다. / 빨강, 노랑, 파랑의 /
꽃으로 피어 / 마음과 마음에 / 웃음이 된다.
내가 부른 노래는 / 동시가 된다. / 맑게 차고 넘는 /
옹달샘처럼 / 마음과 마음 적셔주는 / 생각이 된다.

비가, 또, 옵니다. 빗소리가 톡톡톡. 빗소리가 유리창을 톡
톡톡톡.
그러곤 또 거짓말처럼, 맑고 깨끗한 하늘이 얼굴을 들이댑
니다.
정립회관에서는 노들야학에 대해 2007년 12월 31일까지
퇴거해달라는 공문을 보내왔고, 교장샘은 욕창이 번져 뼈까
지 야금야금 갉아먹어 '대수술'을 곧 거행하셔야만 하고, 사
무국에 몰아친 거대한 사건(?)은 상근자들의 몸도, 마음도 휘
청휘청 매가리없이 축축 처지게 만들어버립니다.
이렇듯, 거친 바람이 하루가 멀다 하고 야학을 강타하고, 허
공에 헛발질을 날리듯, 하루하루가 싱숭생숭 오묘한 날들이
지만요, 무엇보다도 중요한 건, '마음먹기'에 달렸단 걸, 잊지

않고 있습니다. 14년을 버텨온 뚝심으로, 우리 또, 치열하게 헤쳐나가면, 곧 좋은 날을 마주하겠지요? 교육할 공간이 없어도, 재정이 열악해도, 우리 지금보다 더 처절하게 살아가야 한다 해도, 노들의 질척함과 절실함으로 굳건히 밀고 나가자고요.

(그래도 혹여나 교육 공간이 하늘에서 '퐁' 하고 나타나는 기적 같은 일이 노들에도 생길까요?)

2007년 8월 4일, 노들야학 14주년 개교기념제 및 하루주점에서 뵙겠습니다.

'노들야학 9∼하기 프로젝트'에 함께해주십시오.

죽도록 슬펐습니다

영애의 또 다른 나, 활동보조인?

이영애

저는 42세 중증장애인 여성입니다. 저는 어렸을 때, 열병으로 병원에 가서 주사를 맞았는데, 그 주사가 잘못돼서 팔다리를 전부 사용하지 못하는 중증장애인이 되었습니다. 겨우 한 살, 돌이 겨우 지난 무렵이었습니다. 그때부터 저는 아무것도 못 하게 되었습니다. 부모님께서는 일 나가시고, 오빠, 동생은 학교 가고, 전 혼자 집에 남았습니다. 점심때 엄마가 오셔서 밥을 먹여주시고 다시 일을 가셨습니다. 그러면 저녁때가 되어서 엄마, 아버지가 오시면 그때부터 엄마가 저를 돌봐주셨습니다. 엄마가 안 계시는 시간이면, 볼일이 보고 싶어도 꾹꾹 참고 참아야만 했습니다. 정 급할 때는, 저도 어찌할 수 없었습니다.

낮에 혼자 있을 때는 라디오를 듣거나 혼자 노래를 부르다가, 잠이 들곤 했습니다. 라디오를 혼자 끄거나 켤 수도 없어서 아침에 엄마가 나가실 때 켜주고 나가셔야 했습니다. 그러다가 학교 갈 때쯤 돼서 입학통지서가 나왔습니다. 엄마, 아버지께서 그걸 받아보시고 영애를 어떻게 학교를 보내냐고 그러셨습니다. 엄마, 아버지는 다 나가면 누가 학교를 데려가 냐고 그러셨습니다. 그래서 아버지께서 "어떻게 하긴, 어떻게 해, 보내지 말아야지" 하셨습니다. 두 분이서 많이 우시면서 속상해하셨습니다. 그래서 나는 평생을 집에만 있다가, 2002 년, 서른여덟 살이 되어서야 집 밖으로 나올 수 있었습니다.

노들야학을 다니고, '버스 타기' 집회를 나가면서부터, 중 증장애인의 현실이 내 잘못만이 아니라는 것을 알 수 있었습 니다. 밖을 나가보니 계단도 많고 턱도 많고, 사람들도 신기 한 듯 날 쳐다봐서 슬펐는데, 그때부터 나만의 문제가 아니 고, 모두의 문제라고 생각했습니다. 그때부터 투쟁을 하게 되 었습니다. 활동보조인 제도화는 나뿐만이 아닌 중증장애인에 게 없어서는 안 될 일입니다. 활동보조인은 나에게 너무나 절 실히 필요하고, 내 몸과 같은 소중한 존재입니다.

이영애는, 활동보조가 없어서

- 교육을 받지 못했습니다.

- 화장실도 못 가고

- 밥도 못 먹고

- 옷도 못 갈아입고

- 씻지도 못 하고

- 밖으로도 못 나가고

- 영화도 못 보고

- 쇼핑도 못 하고

- 사람을 만날 수 없었습니다.

그래서 이영애는, 죽도록 슬펐습니다.

그러나 이영애는, 활동보조가 생기면

- 공부도 하고

- 여행도 가고

- 일도 할 수 있고

- 밖으로 나갈 수 있고

- 조용필 콘서트도 갈 수 있고

- 뭐든지 할 수 있습니다.

나, 김선심??

김선심, 편집부

김선심. 2007년 8월 20일 자로 체험홈 입주 만 1년 차. 40여 년을 집 안에서 누워만 있다가, 2년 10개월간의 시설 생활을 쫑내고 체험홈 입주 성공. 그러나, 혼자 산다는 것은 너무도 힘들고 외로운 투쟁임을 아는 그녀.

40여 년, 집 안에서

가족이랑 함께 살았다. 내 맘대로 하는 것은 숨 쉬는 것밖에 없어. 참말로 그랬다. 내 맘대로 하는 것은 숨 쉬는 것밖에 없고, 뭣 한 가지 할 수 있는 것도 없고, 학교도 못 가고, 놀러도 물론 못 가고, 친구도 없었지. 아냐, 친구 하나 있는데 바로 텔레비전이야. 맨날 텔레비전만 보고 누워 있어. 텔레비전 보는 것이 하루 일과였어.

2년 10개월, 그곳

집에서 도저히 살 수가 없었어. 집안 식구들한테 짐이 되기 싫었어. 나 하나 때문에 집안 식구들이 너무 고통 속에 있는 것 같아서. 엄마도 연세가 많으시니까 날 돌볼 수가 없었어.

나는 시설을 택했지.

시설에 들어갔는데 내가 생각했던 시설이 아니었어. 친구들하고 대화도 하고, 하고 싶은 것도 하고, 집하고는 전혀 다를 거라고 생각했었는데 집에 있는 거나 시설에 있는 거나 마찬가지였어. 하루 종일 천장만 쳐다보고 그렇게 3년여를 보냈어.

알을 깨고 나오다

내 집이 생겼고, 이곳에서 나만의 생활이 생겼지. 반찬도 내가 하고, 밥도 내가 하고, 물론 활동보조인을 시켜서 하는 거지만. 친구들도 생겼고, 학교도 갈 수 있고, 영화도 보러 가고, 쇼핑도 하고. 다른 사람들한테는 지극히 평범할지도 모르겠지만 나한텐 너무 소중한 생활. 내가 사고 싶은 것도 사고. 살 수 있다는 것이 얼마나 행복한 일인지 모를걸? 그래도 혼자 자는 밤은 참 무섭다. 다리도 아프고, 벌레도 지나가고, 모기가 물어 가려운데 긁지도 못하고. 활동보조가 없는 밤은 참 불안해서 이제 불안증이 생겨버렸응게.

그러나, 이제는

아이고 걱정이 많다. 체험홈을 나가서 혼자서 살아야 할 텐데. 집도 얻어야 하고, 여러 가지 가전제품도 사야 하고, 돈도 벌어야 하고, 그러려면 직장도 있어야 할 텐데. 내가 돈을 어떻게 벌어? 직장을 어떻게 가져? 집은 어떻게 구해?

뭐 먹고 살지? 활동보조도 있어야 할 텐데, 활동보조가 계속 있을까? 활동보조가 안 오게 되면 난 어떡해? 내게는 싸우는 방법밖에 없지. 이 사회에서 내가 살아갈 수 있도록 하는 것은, 보건복지부 등과의 싸움밖에 안 남았다.

　나는 24시간 살아 있고 싶어. 그저 누워서 천장만 바라보는 것이 아니라, 활동보조가 있어서, 자립할 수 있어서, 내가 살아 있다는 것을 느끼고 싶제. 만날.

노들바람을 여는 창
안소진

2007년 12월 31일

14년, 그간의 역사와 손때가 고스란히 담겨 있는 정립회관을 뒤로하고,

노들은 정립회관을 성큼, 떠나옵니다.

1993년 8월 8일 정립회관 교육관 한 칸의 탁구실에서 시작하여,

3층 두 칸의 교실에 자리 잡은 노들야학의 교실까지.

사람을 제외하고, 그 무엇 하나 가진 것 없이 시작하여,

물리적인 공간을 제외하고, 최선을 다해 노들의 교육 공간을 만들어온 지금까지.

노들의 사람과 함께한, 노들의 역사와 함께한

정립회관에 작별에 고합니다.

그리고 2008년 1월 2일

해야 솟아라, 해야 솟아라, 말갛게 씻은 고운 해야 솟아라~

새해라고, 스테미너 가득 찬, 소원 성취 100퍼센트 효력 만땅의 새로운 놈이

떠오르는 것은 아닐 테지요.

달라지는 건 오로지 우리의 마음가짐일 테고,

일상을 성실히 살아가는 나날들일 테니까요.

2008년 무자년 첫해의 시작을,

대학로 길바닥에 천막을 쭈욱 펼치면서, 시작했습니다.

차가운 바닥에, 시린 바람을 맞으면서 말이죠.

처음부터 노들의 공간이 주어지지 않은 듯,

마로니에 공원에서 새롭게 시작하는

노들야학의 교육 공간 마련을 위한 우리들의 적극적인 행동을,

기쁘게, 겸허하게 받아들이겠습니다.

그리고 실천으로 이어가겠습니다.

우리의 일상이 바뀌는 곳에 바로 우리의 해방이 있는 것.

우리의 손으로, 외침으로, 우리의 일상을, 이 교육을,

치열하게 지켜나가겠습니다.

노들의 적극적인 실천과 모습을, 함께해주십시오.

모진 세파 속에서 그 무엇보다도, 노들을 지키는 힘은,

따뜻하게, 때론 따끔하게, 끈끈히 이어가는 사람들일 테니까요.

자, 늘 그렇듯, 우리 또,

노들야학의 교육 공간 마련, 장애 성인의 정당한 교육,

교육받고자 하는 누구나 받을 수 있는 평등한 교육을 꿈꾸며

한 걸음, 또 한 걸음, 걸어나가요.

길바닥에 나앉아도 수업은 계속된다
편집부

1. Bye~ 정립회관!
  -우리, 당당한 권리로서의 교실을 만들어 올게
2007년 12월 31일, 정립회관에서의 마지막 날입니다.
'Bye~노들 in 정립'임에도 불구하고, 수업은 계속되었지요.
휘담의 아빠이자 혜선의 배우자,
노들 동문 현준이 형의 추억 속으로.
"캬~ 그때는 말이야~"
부산에서 달려온,
노들 봉고 1호기 프레지오의 운전자 종민의 방문.
2007년 12월 31일, 짐을 꾸립니다.
몸집이 큰 놈들은 가져간들 둘 곳이 없으니,
정립회관의 양해를 구해 두 달간 그대로 놓아두기로 합니다.
당장 필요하니 가져가야 할 놈들과 그렇지 않은 놈들을
골라내면서 교사들끼리 실랑이를 벌입니다.
부루마블 가져가?
그걸 뭐하러.
밤에 천막 지키는 당번들 심심하잖아.

시계 가져가?

천막에 어디다 달라고.

쉬는 시간 기다리는 재미도 없이 어떻게 수업해.

쓰레기통 가져가?

그냥 새로 하나 사. 얼마나 한다고

그래도 우리한테 험한 꼴 당하던 놈인데 데리고 가지.

14년하고도 다섯 달.

언제 어디서 누가 주워왔을지도 모르는 책상, 의자, 캐비
넷…….

짐을 꾸리며, 그간의 고마운 기억들도 함께 꾸립니다.

불 끄고 돌아본 교실,

남겨진 우리의 세간들에게 왠지 미안합니다

상자를 꾸리고, 어깨에 이고 지고, 책상을 밀고 끌고,

짐을 옮겨요.

교실을 정리하고, 현판을 떼어내고,

텅.텅.텅. 비어버린 교실.

정립회관 교육관 3층 한켠의 노들야학.

기다려. 다시 돌아올 땐,

당당한 권리로서의 교실을 만들어 올게.

잘 싸우길 빌어줘.

이별 의식, 정립회관에서의 마지막 단체 사진을 박습니다.

우린 14년을 늘 거기에 있었는데도, 지난 3개월 동안

'노들 in 정립회관' 그 기록 남기기에 마음이 급했습니다.

지난 앨범들을 들추고, 선배들의 기억을 모아내고,
얼마 남지 않은 시간 한 장면 한 장면이 아까워
쉴 새 없이 카메라를 들이댔습니다.
눈치 볼 것도 많았지만, 좁았지만, 추웠지만…….
14년의 공간, 이젠 안녕.
2007년 12월 31일은, 노들이 '다시 떠나는 날'입니다.
안녕, 정립회관. 그동안 고마웠어.
구의동 16-3 정립회관 내 교육관 3층
두 칸 교실은 참으로 아늑한 우리들의 아지트였습니다.
그 안에서 만난 소중한 인연들, 그곳에서 키운 14년
노들의 꿈과 치열했던 실천들을 기억하겠습니다.

2. 천막 교실부터, 교육 공간 쟁취까지
― 그대들과 함께 두려움 없이, 버티고, 밀고, 나아가기
새해 벽두부터, 마로니에 공원엔
노들을 걱정하는 많은 이들이
장애 성인 교육의 전초기지를 건설하기 위해
스스슥 모여들었습니다.
하나둘씩, 셋넷씩 모여 말이죠.
혹여나 경찰이 들이닥칠까,
공무원들이 철거하지 않을까 하는 우려와는 딴판으로,
마로니에 공원에는 오로지 수많은 비둘기 떼와 우리 무리
들(!)밖에 없었으며,

공원 경비원 아저씨의

태산 같은 걱정을 제외하곤(흑흑, 죄송스럽습니다),

아무런 탈 없이 사사삭 판을 깔고 천막을 치고,

천막 전문가들의 심란한 밀고당기기 끝에

튼튼하고도 아주 훌륭한, 요 판에서는 보기 힘든

아름다운 천막야학이 탄생되었습니다. 짜짠.

그리고, 어김없이 해가 땅속으로 꺼져들고,

매서운 바람이 들이닥치기 시작하는 저녁엔요,

야학 수업이 진행되었답니다.

천막 세 동. 교실로 쓸 공간 둘과 교무실 겸 물품보관실 하나.

정립회관에서도 그렇더니,

새로운 공간을 찾고자 나온 이 길바닥에서도,

우리의 공간은 여전히 북새통을 이루었지요.

분반 수업할 공간이 나오지 않아 교사는 수업을 저버리고,

방음이 전혀 이루어지지 않아, 두 반의 소리가 뒤섞여

'내가 이 반인지, 니가 저 반인지' 헷갈리기 일쑤며,

수업을 기다리는 교사와 지지 방문 오신 분들까지,

모조리 추운 천막 밖에서 코 흘리며 덜덜덜.

그리고 장애계 신문부터 시작하여,

방송 3사와 5대 일간지 신문 취재까지 문전성시를 이루며

노들천막야학은 이렇게,

많은 분들의 관심과 걱정 속에서 문을 엽니다.

그리고,

많은 분들이 든든한 힘을 보태주셨습니다.

한 분 한 분의 소중한 후원, 너무나 감사합니다.

노들의 이야기를 더 많은 사람들과 함께 나누게 될 때,

노들을 지키고,

좀 더 평등한 공동체로 만들어갈 수 있을 테니까요.

2008년, 장애 성인의 평등한 교육 쟁취를 위해,

그대들과 함께 두려움 없이, 버티고, 밀고, 나아가기.

3. 길바닥에 나앉아도 수업은 계속된다

2008년 1월 2일, 마로니에 공원에서 길거리 수업을 시작했습니다.

노들장애인야학은 1993년에 개교하여 2008년 현재까지, 15년 동안 장애 성인을 위한 교육을 제공하고 있습니다. 한글과 숫자를 배우는 문해 교육부터, 고등 검정고시 수준의 4개 반을 운영하며 서른일곱 명의 학생과 열아홉 명의 교사가 다양한 활동을 진행하고 있습니다.

장애 성인의 45.2퍼센트가 교육받지 못하고 있는 현실입니다. 약 100만 명의 장애 성인이 초등학교 졸업 이하의 학력을 가지고 있습니다. 이것은 정부가 장애 성인 교육을 외면한 산 증거이자, 복지국가임을 내세우는 이 사회의 얼룩진 자화상입니다.

이러한 현실에도 불구하고, 노들장애인야학은 장애 성인을 위한 교육을 진행했으나, 야학이 거처하고 있던 정립회관에

서는 '운영 및 공간 부족의 이유'로 퇴거할 것을 요청하였습니다. 또한 교육청과 교육부는 '지원할 법적 근거가 없다'는 이유로 노들야학을 외면하였습니다.

땅값이 나날이 치솟는 이 서울 땅에, 노들야학의 60여 명이 갈 곳이 없었습니다. 우리에겐 수업할 공간이, 사람을 만날 공간이, 그저 사람들 눈치 보지 않고 편하게 쉴 수 있는 곳이 필요했는데, 그 어느 곳도 갈 곳이 없었습니다.

그리하여 '노들천막야학'. 사활을 건 싸움이 시작되었지요.

노들장애인야학에 다니는 학생분들 대다수가 학교 문턱을 밟아보지 못했거나, 학교를 다녔다 해도 중도 퇴학 혹은 외부적 조건들로 그만둘 수밖에 없었습니다. 그나마 졸업을 했다 한들 일할 곳도, 갈 곳도 없어 다시금 야학으로 찾아드신 분들입니다.

이제 20대 후반에 들어선 한 학생은, 고개를 가누는 것조차, 손가락을 까딱하는 것조차 어려운 근육장애인입니다. 초등학교를 다니다가 장애가 심해져서 다니던 학교를 금세 그만둬야 했지요. 그렇게 집에만 있다가 스물이 넘어 야학에 다니기 시작했습니다. 검정고시에 합격하게 되었고, 일을 할 수 있게 되었고, 소심한 성격이 조금은 쾌활해졌습니다.

나이 서른이 훌쩍 넘어, 처음으로 집 밖으로 나오고 사람을 만나게 되었다는 한 언니가 있습니다. 물론 한글도 배우기 시작했지요. 아직 잘하지는 못하지만, 이젠 더듬더듬 읽기를 시작하셨어요. 처음으로, 시집간 언니의 선물을 사주며 동생 노룻도 했다 하고 그토록 좋아하던 조용필 콘서트도 다니기 시작하셨지요.

나이가 오십에 가까운, 야학을 다니시는 머리가 훌쩍 벗겨진 분이 있습니다. 스무 살까지 밖에 한 번도 못 나가보다가, 아차산 등허리에 있는 정립전자 기숙사로 옮겨 30여 년 가까이 살면서, 바깥 외출 한번 자유롭게 못 하셨어요.

그분에게 그곳은 '보이지 않는 울타리'가 쳐진 시설과 같은 곳이었으니까요. 그분은 노들야학이 '충격'이었다 고백합니다. 평생을 집에서, 정립전자에 옭매여 살다가 처음으로 해방을 맞은, 충격의 공간이었다 합니다.

이런 사람들이 행복해야지 않습니까?

대학등록금이 1,000만 원에 육박하고, 학원이나 과외는 필수이며, 어학연수는 통례인 이 사회에서, 가진 것 없이 가난하고 장애가 있고 시기를 놓쳐 나이는 이미 많이 들어버린 장애 성인은 가장 낮은 학력 계층으로 더 이상 사회에 설 곳도, 기댈 곳도 없습니다

많은 것을 바라는 것이 아닙니다.

단지 다니지 못했던 학교, 배움에 대한 설움에서 시작합니다. 장애를 가졌다는 이유로 학교를 가지 못했습니다. 집이 가난하여 엄두를 못 내기도 했고, 입학 거부를 당하기도 했고, 편의시설이 마땅치 않기도, 친구들의 괴롭힘에 또 섧기도 서러웠습니다.

학교를 가지 못하니, 내세울 변변한 학벌 하나 없고, 일을

할 수도 없었습니다. 교육을 받지 못함은 단지 배우지 못한 설움이 아니라, 삶 전체의 차별과 억압으로 귀결되어 이 사회의 가장 낮은 위치에서 열악하게 살아갈 수밖에 없습니다.

더 이상 이러한 악순환을 반복하고 싶지 않습니다.

무리한 일이라고 생각지 않습니다. '사람이 사람답게 살고 싶은' 아주 사소하고 일상적인 삶을 희망할 뿐입니다. 추운 길바닥에 천막을 치고 수업을 이어가는 우리는 그저 교육이 받고 싶고, 교육할 공간이 필요한 '교육받지 못한' '장애 성인' 입니다.

교육받고자 하는 누구나 받을 수 있는 평등한 교육.

노들장애인야학은 그러한 세상을 꿈꿉니다.

시설이 사라지는 그날까지

편집부

석암, 성람 비리 사회복지법인 취소와 탈시설 권리 쟁취를 위한 공동투쟁단이 50일 넘게 시청 앞 광장에서 노숙 투쟁을 했습니다. 매일 시청 앞을 지나는 시민들에게 그들의 목소리를 알리려 더운 날씨도 무자비한 경찰들의 진압에도 이기며, 하루하루를 지켜왔습니다.

그렇게 420이 다가왔습니다. '420장애인차별철폐투쟁의 날' 무대에 올라선 열한 명의 시설 생활인분들은 삭발을 했습니다.

그들의 이야기입니다.

우리는 석암의 시설에 살고 있는 열한 명의 장애인입니다.

오늘 우리는 머리카락을 자르기로 했습니다.

시커멓고 짧은 이 머리카락들이 어떤 의미를 갖는지 모르겠습니다.

설령 잘려 나간 자리마다 시뻘건 피가 철철 넘쳐흐르고, 살점이 떨어져 나가듯 아프다 해도, 반쪽의 몸뚱아리,

평생의 한과 아픔을 대신해줄 수도 없을 텐데 말이지요.

그래도 혹여나 잘려 나간 머리카락 덕에

고통으로 얼룩진 우리의 삶에 사람들이 귀 기울여줄까 하여,

우리를 외면하고 기만하는 시장과 시설장이

우리를 돌아볼까 하여…….

그런 혹여나 하는 마음으로, 지푸라기라도 잡는 심정으로

한 올의 머리카락도 남기지 않고 밀어내기로 약속했습니다.

형제는 나를 이곳에 가져다 버렸습니다.

숨을 거두는 부모의 곁을 지키지도 못했습니다.

어딘가 묻혔을 부모의 묘석 위에 술 한잔 따르지 못한

불효를 하고 말았습니다.

마누라는 도망가고,

눈에 넣어도 아프지 않을 자식들은 어찌 사는지도 모릅니다.

장애를 갖게 된 순간,

죄인처럼 쫓겨서 시설에 들어와,

수십 년을 보내고 몸뚱이는 늙어졌습니다.

그러나 늙은 우리는 여전히 어린아이와 같은 대접을 받습
니다.

이곳이 바로 시설입니다.

이것이 바로 시설에 사는 장애인의 모습입니다.

시설에서는 해가 뜨지 않은 이른 아침밥을 먹고,

해가 채 지지 않은 저녁이면 잘 준비를 합니다.

하루 세끼,

이렇다 할 반찬도 없이

시어빠진 김치를 밥에 올려 입에 욱여넣는 것이
우리가 할 일의 전부이고, 우리가 할 수 있는 일입니다.
매일 같은 자리에서 현관 밖을 지켜봤습니다.
그러다가 해가 질 때쯤이면 서글픔이 밀려옵니다.
발길 끊긴 지 오래인 부모 형제, 마누라와 자식들을
수년, 수십 년째 같은 자리에서 기다려야 했습니다.
오지 않을 사람을 기다리는 내 모습이 서글퍼서,
그리운 사람을 기다릴 수밖에 없는
내 처지와 나의 몸을 원망했습니다.
그렇게 하루를 일 년처럼,
수십 년을 하루처럼 반복하며 이 시설에서 살아왔습니다.
갇혀 사는 것이 억울하고,
이것은 사람이 사는 모습이 아니라고 생각했지만,
받아줄 곳도, 갈 곳도 없는 우리의 몸뚱이를 의지할 데는
시설밖에 없다고 생각했습니다.
시어빠진 김치조차 눈치 보며 먹어야 했지만,
그래도 이곳이 나의 집이라고 생각하며 살아왔습니다.
그러던 어느 날,
우리가 겪어왔던 설움들이
당연한 것이 아니라는 걸 알게 되었습니다.
우리를 돌봐주고 있다고 온갖 거드름과 생색을 내던 시설장.
얼굴 뒤에선,
우리를 짐승마냥 돈으로 셈하고 있었음을.

우리의 삶이 서러우면 서러울수록,

고달프면 고달플수록

시설장은 더 많은 재산을 불려나간다는 것도 알게 되었습니다.

쌓여왔던 설움이 밀려옵니다.

그래서 정말 열심히 싸웠습니다.

쫓겨나도 갈 곳 없는 앞으로가 두려웠지만

죽을힘을 다해 싸웠습니다.

그러나 이사장의 사위가 시설장이 되고 이사장이 되고,

우리의 처지도, 시설도 여전합니다.

우리는 더 이상 시설 안에서 싸울 수가 없었습니다.

제발 우리의 말을 들어달라고, 우리도 사람처럼 살고 싶다고,

오며 가며 여덟 시간, 버스를 타고 지하철을 타고

시청 앞, 구청 앞에 가서 이야기했지만

누구도 우리의 이야기를 들으려 하지 않았습니다.

그래서 시청 앞에서 천막을 치고 농성을 하기로 했습니다.

종일 휠체어에 앉아 소리를 지르고,

전단지를 나눠주면 엉덩이가 아프고 다리가 저립니다.

낮에는 온몸으로 햇볕을 맞아야 하고,

저녁이면 추위에 떨어야 합니다.

그렇게 농성을 시작한 지도 어느덧 한 달이 다 되어갑니다.

그러나 오세훈 시장과 시청은

우리가 무엇을 이야기하는지 들으려 하지도 않고

눈엣가시처럼 쫓아낼 궁리만 하고 있습니다.

수천억을 횡령했던 이사장 이부일은 풀려났고,

죄가 있다며 기소된 이부일의 사위 제복만 원장은

아직도 그 자리에 있습니다.

이제 우리는 시설로 들어갈 수도 없고,

여전히 갈 데도 없습니다.

여러분, 이런 우리가 더 이상

무엇을 할 수 있겠습니까?

그나마 여기에 나와 있는 사람들은 이 고생도 자유라고 말하지만,

시설 안에서는 여전히 더 힘들게,

하루 종일 누워만 있어야 하는 더 많은 사람들이 남겨져 있습니다.

수십 년을 함께 살았기에

우리는 시설에 있는 사람들을 외면할 수 없습니다.

그렇다고 할 수 있는 무언가도 없습니다.

아무것도 할 수 없어서, 더 이상 할 것이 없어서,

오늘 우리는,

아무 의미도 가지지 못하는 머리카락이라도 잘라내기로 했습니다.

사실, 이따위 머리카락은

수십 번 수백 번이라도 잘라낼 수 있습니다.

몸뚱이 편하자고 원장을 바꾸고

시설 밖에 나와 살고 싶다고 이야기하는 것이 아닙니다.

인생의 당연한 과제인,

누구라도 그렇듯, 내 몫의 삶을

내가 책임지고 살고 싶은 것입니다.

우리는 더 이상 시설에서 살기 싫습니다.

단지 '시설이기 때문'이어서가 아니라,

시설에서는 우리의 자유도, 우리의 삶도

존재하지 않기 때문입니다.

우리가 외치는 건 정말 거창한 것이 아닙니다.

그래서 우리는 우리의 외침이 받아들여질 때까지

외칠 것입니다.

"우리에게 자유를 주십시오. 우리도 사람처럼 살고 싶습니다."

(현재 석암 시설에 생활하고 있는 생활인분들의 외침입니다.)

노들 검정고시 보는 날
홍은전

개학이 어느 때보다 늦어져서 많은 염려 속에 진행되었던
검정고시!

막판에 몇몇 교사들이 만들었던 검시 드림팀이 두 번 정도
진행이 되었습니다.

뭔가 나사 하나 빠진 듯 긴장감은 찾아볼 수 없었던 1교시
시작 1분 전, 교사 대표 안소진은 수험표를 들고 열심히 기다
렸지만 대부분의 학생들이 시험이 시작되고 왔다고 합니다.

매년 찾아오는 경운학교, 원래 교실 하나를 내주었었는데
그곳에서 쫓겨나 컨테이너 박스 같은 곳에 학부모 대기실과
합쳐져, 있을 곳도 마땅히 없었습니다. 기다리는 교사와 학생
들은 운동장으로 향했고 추억의 놀이를 하나둘씩 하기에 이
르렀습니다. '콘티찐빵'이라는 놀이를 아시나요? '새마을'이
라는 놀이를 아시나요?

분명히 응시생은 아홉인데,

아침엔 정말 딱 그만큼만 있었는데,

점심 먹을 땐 공기밥 추가 10인분을 더하고도 모자라고

저녁 먹을 땐, 30인분.
흔히 우리에게 4월 검시라고 통칭되는
제1회 고입, 고졸 검정고시는,
요리경연대회인 듯도 하고
꽃놀이인 듯도 하고
반가운 동문들을 보는 날인 듯도 하고
시험 삼아 자기 실력 테스트하는 날이기도 하지만,
노들의 총무인 나에게 4월 검시는
…… 단체 단합대회에 다름 아니다.
시험 잘 보셨어요?라고 물을 틈이 없다.
누가 더 왔노? 몇 명 더 왔노? 살피기 바쁘다.
이봐요들, 검시라고~ 검시~.

노들야학이 연구공간 수유+너머를 만날 때
정민구

안녕하세요. 저는 노들장애인야학 08년 교육부장 정민구라
고 합니다. 지금부터 노들야학이 인문학 강좌를 시작하게 된
사연과 진행 과정을 말씀드릴게요. 짜잔.

우리 만남은 우연이 아니야
술과 안주, 그리고 일상의 치열함이 넘쳐나는 노들야학 어
느 술자리. 누가 얘기했던가요. 역사는 술자리에서 이루어진
다고. 그날도 어김없이 역사가 이루어지는 교사 회의 뒤풀이
술자리였죠. 이런저런 얘기를 하던 중 누군가 말합니다. "야
학 학생들에게 공부란 무엇일까. 아니, 삶의 의지가 있긴 한
걸까? 수업 시간엔 무슨 생각을 하는지 멍한 표정으로 앉아
있고 매사에 수동적이야."
그 얘기를 시작으로 봇물처럼 터져 나오는 불만들…….
그렇게 한바탕 뒷담화를 나눈 뒤의 문제는 '그럼 어떡하
지?'였죠. 그러던 중 누군가 우리 학생들도 인문학 공부를 해
봤으면 좋겠다는 얘기를 했고, 인문학 공부를 통해 삶을 되돌
아보고 고민도 풍요로워질 수 있지 않을까라는 말에 혹한 교

육부장은 무작정 연구공간 수유+너머를 찾아가 고병권 선생님과 얘기를 나누었답니다. 반신반의하는 마음으로 찾아갔는데 수유+너머의 반응은 뜨거웠어요. 수유+너머는 노들야학에서 현장 인문학을 하겠다는 조직적 결의를 하고, 야학 학생들이 어떤지 감을 잡는 수업을 1회 진행한 뒤(고병권 - 철학하며 산다는 것) 총 18회의 강의 계획을 짜서 야학에 우르르 몰려오셨죠. 강의마다 차이가 있지만 대체로 '철학, 혁명, 문화예술, 과학 같은 영역에서 강렬한 삶의 밀도를 생산한 인물들'의 삶과 철학 그리고 코뮨주의가 강의 핵심에 있었죠.

1(10.2) 좋은 삶이란 무엇인가-고추장

2(10.9) 공부란 무엇인가- 문리스

3(10.16) 코뮨적 삶의 상상-권용선

4(10.23) 붓다- 김법사

5(10.30) 청년예수- 손목사

6(11.6) 노래가 시가 될 때(1)- 정경미

7(11.13) 맑스- 이진경

8(11.20) 스피노자- 만세

9(11.27) 니체- 이수영

10(12.4) 영화(1)-변성찬

11(12.11) 박지원- 최순영

12(12.18) 루쉰- 최진호

13(1.8) 전태일- 권은영

14(1.15) 스콧 니어링 - 김디온

15(1.22) 노래가 시가 될 때(2) - 정경미

16(1.29) 헤러웨이 - 황희선

17(2.5) 고흐 - 채운

18(2.12) 영화(2) - 변성찬

농성장에서도 인문학 강좌는 계속되었죠. 그리고 위는 지금까지 진행되고 있는 인문학 강좌 순서예요. 재밌었겠죠? 무지하게 재밌답니다. 야학 학생 중 한 분은 인문학 강좌가 자신의 삶을 바꿨다고 말씀하시기도 할 정도니까요. 사실 인문학 강좌는 학생분들보다 교사들에게 더 인기 있지 않았나 싶어요. 하긴 인문학은 장애인/비장애인/남/녀/노/소를 떠나 누구나 공부하면 좋은 것이겠죠. 더구나 투쟁하는 사람들에겐 더욱 강력한 무기가 될 수 있겠구요. 여하튼, 인문학 강좌 한 번 한다구 노들야학이 변하진 않겠지만 지금 노들은 꿈틀꿈틀 변화하고 있습니다. 그 노들의 변화 속에는 분명 인문학 강좌도 한몫하고 있겠죠.

앞으로 더욱 변화하는 노들야학 기대해주세요.

2009년, 블록버스터급 신개념 교육, 인문학 강좌 시즌 2!
그들이 돌아왔다.

올해에도 인문학 강좌는 계속됩니다. 인문학 강좌 시즌 1에 비해 더욱 업그레이드되고 강력해졌는데요, 소개해드릴게요.

우선, 매월 첫째 주 목요일에는 누구나 들을 수 있는 교양 인문학 강좌를, 그리고 매주 수요일마다 집중 세미나를 진행하려고 합니다. 집중 세미나는 인문학 공부에 대한 무한한 결의를 가지고 계신 분들만 추려 모아 빡쎄게 공부 한번 해보자는 거지요. 그리고 간간이 주제 토론을 진행하기로 했어요.

혹시 인문학 강좌 시즌 2에 관심 있으신, 노들을 좋아라 하시는 분들은 망설이지 말고 연락주세요. 노들을 아끼고 사랑해주시는 분이라면 누구나 환영합니다.

2008년 종업식 '노들 시상식'
정민구

안 받으면 섭섭할 정도로 수상 남발!

상의 이름도 가지각색! 정민구 교사의 구수한 상장 내용이 돋보이는 상들입니다.

더 열심히 공부하고 활동하라는 하늘의 계시라고 생각하시고, 2009년에는 더욱 활기찬 노들야학을 만들어갔으면 좋겠습니다.

이 사람 좀 본받으 상

명단: 재연, 기훈, 주원, 성진, 대식, 은경

위 학생들은 노세노세 늙어서 노세 분위기인 노들야학에 걸맞지 않게 의외의 학업 성취를 이룬바, 타의 모범이 되기에 이 상을 드립니다. 위 학생들을 본받아 공부하는 노들야학을 기대하며 우리 모두 공부합시다.

투쟁 상

명단: 최우준, 효성, 미은, 덕민, 제희, 승연

위 학생들은 장애인 차별을 철폐하고 사람이 사람답게 살 수 있는 아름다운 세상을 만들기 위해 서울시청 앞마당을 제 집 앞마당인 양 드러눕고, 국가인권위 화장실을 제 집 화장실 인 양 들락거린바, 노들야학의 모범이 되었기에 이 상을 드립 니다.

그동안 욕봤네 상

명단: 혜선, 상욱, 라나, 용안, 영희

위 교사들은 노들야학의 온갖 궂은일을 도맡아 하며 한 학 기 동안 볼 꼴 못 볼 꼴 다 보고 무지하게 욕봤기에 앞으로 더 욱 욕보라고 이 상을 드립니다.

노들에 살어리랏다 상

명단: 허정, 준수, 정란, 동훈, 정민, 수연

위 학생들은 비가 오나 눈이 오나 바람이 부나 노들야학에 출근 도장 찍으며 노들야학 행사에 성실히 참여한바, 누가 보 면 노들야학 상근자로 착각할 정도이기에 이 상을 드립니다.

장군감 상

한명희 교사

위 사람은 작년 여름 혜성처럼 나타나, 거침없는 언사와 괴 력을 선보이며 많은 사람을 두려움에 떨게 했으며 들리는 소 문에 의하면 집회 나가 전봇대를 뽑았다는 흉흉한 소문이 나 돌 정도로 열심히 활동하고, 노래반 수업할 때 그 목소리가 어찌나 쩌렁쩌렁한지 미술반과 연극반에서 경찰에 신고하려다 참았을 정도로 열정적으로 수업에 임한바, 이 상을 드립니다.

쭈뼛쭈뼛 할 건 다해요 상
박준호 교사

위 사람은 소리 소문 없이 쭈뼛쭈뼛 노들야학에 들어와 이번 학기 그 누구보다 열심히 투쟁하고, 열심히 수업하고, 열심히 술 먹고 뻗으며 치열한 삶을 살았으며 쭈뼛쭈뼛 명희-준호 라인을 형성해 몇 날 며칠 밤새 피켓을 만드는 등 쭈뼛쭈뼛 할 건 다 하였기에 이 상을 드립니다.

미운 놈 떡 하나 상
정우준 교사

위 사람은 많지 않은 나이에도 불구하고 얇고 넓은 지식을 스스로 자랑하며 수많은 안티를 거느리고 살지만 그 속내는 여린 캐릭터로서 그 누구보다 노들야학을 사랑하며 쓰레기 분리수거 등의 잡일도 마다 않고 성실히 하며 준비팀이란 준비팀은 죄다 들어가 왕성한 혈기로 성실히 일하는바, 미운 놈 떡 하나 더 준다는 심정으로 이 상을 드립니다.

넌 어느 별에서 왔니 상
이라나 교사

위 사람은 귀여운 외모와 나긋나긋한 목소리로 만인의 연인이 될 뻔하였으나 술 먹고 행패 부리길 밥 먹듯 하며 그 행실이 방정맞아 만인의 지탄을 받으면서도 꿋꿋이 청솔 1반 담임으로서 책임을 다하고 노들야학 대소사에 빠지지 않고 충실히 임했으며 비록 센터 사정이 여의치 않아 다음 학기 휴직하지만 언젠가 좋은 세상 오면 다시 돌아오길 기대하며 이 상을 드립니다.

슬금슬금 잘한다 상
김유미 교사

위 사람은 신임 교사 시절 그렇게 수업 맡기 싫다고 빼더니 이번 학기 낮밤을 가리지 않고 성실히 수업하였으며 석암공투단에서 명희, 준호와 더불어 빛나는 투쟁을 만들어나갔기에 이 상을 드립니다.

개과천선 상
김호식 학생

위 사람은 이번 학기 들어 그렇게 좋아하던 술도 자제해가며 극단에서 배우로 활동했을 뿐만 아니라, 인문학 강좌, 장애해방학교 등에서 불타오르는 학구열을 보이는 등 전에 보여주지 않던 활기찬 모습을 보여줘 이를 지켜보는 이로 하여금 흐뭇한 미소를 짓게 만들었지만, 그것도 잠시. 요즘 들어 다시 술 마시고 수업을 쩬다는 소문이 들리는바, 그러지 않았으면 하는 바람으로 이 상을 드립니다.

교장 선생님을 구해줘

"하고 싶은 말이 있습니다. 해야 할 말이 있습니다.
지금 들어주시겠습니까?"

한명희

(탄원서 접수 용지 1, 2, 3으로 묶어서 냈는데, 나중에 추가 접수해서 결국 4번째 묶음까지 있었다.)

하고 싶은 말이 있습니다

비리를 저지른 사회복지재단의 이사진을 교체하려 했다. 2006년, 재단의 관리감독 기관인 종로구청 앞에서 농성하고 집회하였다. 이 투쟁에 검찰이 시비를 걸었다. 박경석 노들야학 교장 선생님과 장애와인권발바닥행동 정하 언니에게 재판을 요청했다. 2009년 3월 13일, 재판에서 검찰은 교장 선생님에게 징역 2년 6개월에 벌금 50만 원을 구형했다. 그리고 3월 31일 1심 판결. 무죄를 선고받아야 했다. 왜 무죄냐고?

잘못한 일 없으니까요. 1심 판결이 얼마 남지 않았다. 탄원서를 부탁한다는 메일이 전국의 단체와 개인에게 뿌려졌다. 이제 탄원서가 도착하길 기다리면 되었다. 하지만 그냥 기다리기엔 심심했다. 노들에서도 그런 바람을 만들었으면 좋겠다고 생각했다. 탄원서의 많은 양이 가슴 따뜻하였으면 좋겠지만, 얼마나 많은 양이 올지 모르기 때문에 '적은 양이라도 한번 직접 써보자!' 결심했다. 노들야학에서 학생과 교사들에게 노들야학 교장 선생님에 대한 탄원서는 어떤 의미일까도 궁금했다.

각 반 수업 시간에 '탄원서 쓰기'가 진행되었고 그간에 생각하지 못했던 마음들이 글로 전해졌다. 그건 매우 다양한 방식이었다.

유명한 글귀가 우리의 마음을 흔들 때가 있듯이 그렇게 탄원서들은 제각각의 빛을 가지고 있었다. 그 짧은 탄원서에는 우리들의 삶이 있었다. 삶이 시로 그림으로 글로 다양하게 표현된 것이다. 그것이 정말 지금 살고 있는 우리들의 현실을 솔직하게 담아내었다고 생각한다.

4일 동안 탄원서를 모았는데 첫 번째 날, 두 번째 날, 세 번째 날 모인 탄원서가 200장 남짓이었다. 그냥 생각하였다. 책상에 탄원서가 넘쳐서 왜 이렇게 많은 건지 짜증 내면서 탄원서를 정리했으면 좋겠다고 말이다. 그런데 정말 탄원서 제출일 전날 엄청난 양의 탄원서가 도착했다. 새벽에도 팩스가 쭉쭉 왔다! 개인과 단체로부터 1,000장이 넘는 탄원서가 메일로, 팩스로 오기 시작했다.

3월 25일까지 도착한 탄원서가 총 1,354장이었다. 이후에 추가로 온 양까지 합치면 1,466장이었다. 그 이후에도 탄원서는 계속계속 들어왔으니까 재판 날짜만 좀 여유로웠으면 더 많이 모았을 것이라는 아쉬움도 있었다.

해야 할 말이 있습니다

제출 날짜를 맞추느라 밤을 꼴딱 새웠다. 그 밤 함께한 이들이 있었다. (프린트 뽑고 있는데 정전이 돼서 다시 처음부터 뽑았다! 웬 정전!)

아침, 법원까지 가는 길은 멀고도 험하여라. A4 종이 상자에 한가득 탄원서를 싣고 전철을 타고 가는데 아침까지 급히 후다닥 작업한 것도 있고 해서 너무 졸렸다. 또 어찌나 무거웠던지 낑낑거리고 갔는데, 그런데도 뭔가 신났었다. 오늘 접수한다는 생각에 마음이 설레었다. 이걸로 재판장의 마음이 흔들렸으면 좋겠다!

법원을 처음 가보았다. 꼭 무슨 정장을 입고 가야 하는 줄 알았다. 괜히 책잡힐까 봐 가기 전에 옷매무새도 고쳐보았지만, 웬걸 아무것도 없었다.

그래서 다음에 추가 접수하러 갈 때는 설레설레 갔었다. 탄원서가 판결에 어떠한 영향을 미칠 수 있을 거라는 믿음 같은 것, 우리들의 목소리가 들리지는 않을까, 제발 첫 장만 넘겨서 보았으면 좋겠다고 생각했다. 얼마나 애틋한데, 얼마나 삶이 묻어 있는 글들이 많은데……. 한 장만 넘겨서 우리 탄원서 한 장만 읽어보면 좋겠다는 생각이 머릿속에 가득했다. 그러한 희망이 있어서 뽀글뽀글했던 힘든 것들을 날려버릴 수 있었다.

지금 들어주시겠습니까?

마음을 솔직히 말해본 적이 있을까 싶을 정도로 표현하는 방법도, 표현했던 기억도 잊어버린 것 같습니다. 마음은 어떻게 표현해야 하는 걸까요? 입 근처까지 머금은 나의 말들도 밖으로 나오기엔 왜 그리도 먹먹한 건지 모르겠어요. 표현하기엔 어색하고 서투른 나의 일상은 시행착오 중이라서, 항상 어려워요. 그렇기 때문에 그런가요? 곳곳에서 들려오는 수많은 사람들의 "외롭다!"라는 말…… 외로운 사람들이 이렇게 많은데 대체 왜 해결되지 않는 건지요.

외.롭.다.

그건 채울 수는 있는 걸까요, 채워야 하는 건가요? 채우는 것이 가능하긴 한 건가요.

얼마나 많은 일들이 있었던 삶이었을까요. 그리고 그 각각의 삶에 우리는 얼마나 서로를 묻혀가며 살고 있을까요. 돌아보면 아쉬움 가득한 일상의 일들이 나에겐 하나의 (어디로 가도 좋으니) 흐름이었으면 좋겠다고 생각했어요. 그것이 투쟁이라는 '어떤 일'에 방점을 찍어가면서 말이에요. 드러내놓은 삶과 드러내지 않고 꽁꽁 숨겨온 삶이 접합되는 한 지점이라도 존재한다면 그건 조금이라도 그대와 나의 짐을 덜어줄 수 있을 텐데요.

1,500장에 가까운 탄원서를 내었던, 1심 판결의 결과는 "징역 1년 6월에 집행유예 3년, 벌금 30만 원." 으아악! 집행유예 3년 너무 길잖아요.

항상 어떠한 일에는 배우는 것이 있었어요. 이번 일은 저에게 '한 번이라도 솔직하게 최선을 다해보자'는 거였어요. 항상 조금은, 아니 많이 서툴지 모르겠지요. 하지만 재미있는 건요. 어떠한 일이라도 모두에게 다 처음이었을 테니까요. 그러니 조금은 서로 위안이 돼주며 살 수 있지 않을까요.

몇 년의 각기 다른 삶을 살아왔던 우리가 앞으로 함께할 삶이 궁금하지 않나요.

하고 싶은 말, 해야 하는 말, 아직 많은 것을 담아내지 못한 나의 서투른 글이지만, 들어주어서 고마워요.

탈시설-자립생활 쟁취, 이 투쟁 완전 지질세

홍은전

우와!

30년 시설에서 살아왔던 장애인 당사자들이, 짐을, 싸서, 시설을, 나와서, 시청을, 상대로, 천막농성을, 한다는 거잖아요. 근데, 잠깐. 시설을…… 나와서? 안 들어간다는 얘기?

네? 안 돌아간다구요? 헉!

하아…… 얼마나 힘겨울지 머리는 바로 그림을 그리는데도 눈치 없는 심장이 쿵쿵 뛰네요.

음…… 뭔가 획기적이고 과격하고 아름다운 투쟁이 될 것 같아요. 좋은데요. 그런데 그걸 시청 앞에서 할까, 마로니에 공원에서 할까, 고민이라구요?

맙소사.

아…… 씁…… 그건 참. 어려운 문제인 것 같아요.

우리 모두 한 번쯤은, 절대 피할 수 없는 곳에 있는 농성장을 용케 피해 가본 경험 있지 않나요. 농성장을 바라볼 때의 번뇌 같은 거, 아시잖아요. 이 투쟁 완전 지지하고 함께하고 싶은데, 그러니까 그 마음을 의심하시면 아니 되는데요. 아, 그렇지만 마로니에라면…… 잠깐만요, 아…… 씁…… 하는 사이에, 마로니에로 결정이 됐네요. 마로니에 공원이 안정적인 농성장을 꾸리기엔 최적이라구요?

아…… 그럼요, 옆에 노들이 있으니까요. 헤헤. 흑흑.

마로니에 공원에서의 첫날은 '대략난감'이었어요.

집회를 시작하기도 전에 노들 건물 1층 자동문이 풀썩 내려앉았다는 소식이 전해졌어요. 전동휠체어에 치였대요. 까칠한 관리실 아저씨의 한 소릴 또 참아내야 했지요. 집회 도중에는 경찰들의 막무가내 채증 때문에 승강이가 벌어져 혜화서 경찰 네댓 명이 1층 주차장에서 S를 차에 욱여넣어 연행해 가더니, K를 잡겠다고 이번에는 2층까지 올라오기도 했죠. (아, 우린 또 이렇게 지역사회에서 찍히나요.)

짐을 나르고 기자회견을 하고 경찰들과 대치하고 기다리고 해가 지고 다시 짐을 나르고 서서히 농성장을 완성하며 다사다난했던 하루가 끝나가고 사무실로 들어갔습니다. 옴마. 정체불명의 짐들이 죄다 집결해 있고 내일 또 열심히 움직이기 위해 전동휠체어들은 웅- 소리를 내며 일제히 전기를 빨아먹고 있었습니다. 앞으로 할 일이 정, 말, 많겠구나 싶은. 술이 고픈데, 시간도 기력도 남지 않은, 허기진 밤이었습니다.

세상엔 두 가지 부류의 사람만 있는 것 같았어요. 비장애 남성이거나, 아니거나.

노들은 매주 금요일 농성장 담당이었습니다. 아침 10시에 전날 팀과 교대해서, 낮엔 서명운동을 하고, 야간 사수를 한 후 뒷날 아침 10시에 다음 팀과 교대를 하는 거죠. 문제는 이

야간 사수였어요. 가장 힘들고 부담스러운 이 일엔 필히 비장
애 남성 두 명이 필요했거든요. 석암분들의 활동보조를 겸해
야 하기 때문이죠.

숨을 가다듬고, 빈 노트 위에 '비장애 남성'의 이름을 쓰고
지우기를 반복합니다. 그대에게 금요일 저녁만을 기다리는
여친이 있다는 것을, 그대가 25년 동안 외박이라고는 모르는
착한 아들이었다는 것을, 그대가 밤 12시까지 봉고 운전을 하
고 난 후 얼마나 졸려하는지를, 그대가 금요일 저녁의 뒤풀
이를 얼마나 좋아하는지를, 내 모르는 바 아니지만, 그럼에도
불구하고.

"이번 주 금요일, 농성장을 부탁해요. 흑흑."

모두들 고생했어요,라고 말한다 해도 또 모두들 이렇게 얘
기하겠죠?

"당연히 우리가 해야 하는 일인데요 뭐. 하핫"(참 다양한 사
람의 표정과 말투가 떠오르면서 혼자 가슴이 따뜻해지려고
해요.)

그러니 한 사람 한 사람 공치사는 생략하도록 하지요.

오후까지 필요한 홍보물 그날 오전에 부탁해도 짜증 내지
않아준 것, 막차 시간까지 그리고 밤새 피켓 만들어준 것도,
집회 때마다 예쁜 사진을 찍어준 것도, 운전을 해준 것도, 주
말 농성장을 지켜준 것도, 석암분들의 활동보조를 빈틈없이
연결하기 위해 고군분투해준 것도, 또 빈틈 구석구석에서 활
동보조를 해준 것도, 상습적 지각 주문에도 싫은 소리 없이

멋진 현수막을 만들어준 것도, 뙤약볕에 모자도 없이 시민분들께 열심히 선전물을 나누어준 것도, 금요일 저녁마다 농성장 사수를 위해 멀리서 달려와 준 것도, 농성장에 비 들이치지 않게 세심하게 신경 써준 것도, 어수선한 농성장에서 귀한 강연을 해준 것도, 예쁜 간식을 살그머니 놓고 가준 것도, '펑크 났어', '사람이 필요한데…… 없대' 한마디에 일어서준 것도, 달려와 준 것도, 모두 너무 고맙지만. 아마 다들 그러겠죠. "더 열심히 못 해 미안하죠 뭐"라고. 흠흠. 노들 사람들은 참. 훌륭해요.

그래도 이 사람은 콕 집어. 사랑, 정말 수고했어.

그렇다고 우리가 늘, 농성에 열심이었던가. 그건 또 아니면서 왜.

이번 농성에 유달리 열심일 수밖에 없었던 건, 우려했던바, 농성장이 마로니에 공원이었던 것과 함께, '지독한 소연 씨'와 '너무한 정하 씨'의 덕(?)도 아주 컸던 것 같아요. 그녀들은 농성 기간 동안 매일 노들야학 사무실로 출근을 하셔서는 자정이 넘도록 퇴근 안 하기를 밥 먹듯 하며(당최, 눈치 보여 퇴근을 할 수가 있나). 벌겋게 충혈된 눈, 허옇게 뜬 얼굴, 애처롭게 쉰 목소리로도 웃음을 잃지 않는 모습으로 우리가 감동을 받은 틈을 타, 잽싸게 하나도 둘도 아닌 세 가지 이상의 제안을 하는 등(당최, 거부할 수가 있나) 노들의 등을 사정없이 농성장으로 떠밀었으니, 미련 없이 충만한 농성의 추억을 갖게 해준 두 분께 어찌나 감사한지요. 헤헤.

이제 와서 하는 말이지만 노들 밥통의 농성장 외근으로 인해 욤은 자주 배를 곯았어요(욤은 사 먹는 밥을 먹으면 어김없이 설사를 한답니다). 역시 같은 이유로 굶주렸던 준호는 농성장으로 밥을 얻어먹으러 가면, 5분 밥 먹고 두 시간 활동 보조를 하기 일쑤였대요(준호는 안타깝게도 그 방면에서 참 인기가 많아요). 그리고 청솔 담임 은전은, '학생을 등한시하고 집회에만 신경 쓰는' 불성실한 담임으로 학생들의 지탄을 받기도 했습니다. 소연 씨, 정하 씨, 위로주를 사도록 해요.

노들바람을 여는 창

김유미

이번 호는 봄에 보내는 지난겨울 이야기쯤 되겠군요.

안녕, 또 만나서 반가워요.

오늘도 미○ 언니가 전동으로 야학 사무실 문을 밀고 들어옵니다.

'선생님', '저기요'로 시작해 핵심은 '화장실'인 말을 반복합니다.

바쁜 척 눈을 마주치지 않으려고 애씁니다. 사실 정말 바빠요. "화장실 가시게요?" 바빠도 답이 없습니다. 자리에서 일어납니다. 끙끙거리며 언니를 변기 위에 옮겨 앉혀줍니다.

미○ 언니 그리고 희○ 언니가 나의 단골손님이고, 영○ 언니, 애○ 언니, 은○ 언니가 가끔 나를 찾습니다. "일하는데 미안, 내가 너무 급해서……." "선생님 미안해요, 오늘 활동보조가 없는 날이라서……."

이렇게 활동보조를 하고 있노라면 이 사람들은 노들이 없었다면 어떻게 살았을까, 궁금해집니다. 화장실은 어떻게 가고, 저녁밥은 어떻게 먹을까? 집엔 어떻게 들어가고? 들어가

선 어떻게 잘까? 노들이 있어 다행이다 뭐 그런 이야기가 아니라 활동보조인 없이 살아온 세월이 놀라운 겁니다. 활동보조 시간이 충분치 않은데 감히 혼자 살아가는 용기가 놀랍고, 어찌 됐든 잘 먹고 잘 싸고 잘 살아가는 모습이 놀랍습니다.

이 나라가 돈을 얻다 썼는지, 예산이 부족하다며 활동보조 이용을 까다롭게 만들고 있습니다. 지난해엔 예산이 부족하다며 활동보조인서비스 신청을 한동안 받지 않더니, 올해는 자부담 비용을 최대 8만 원까지 높였습니다. 때문에 영○ 언니는 매달 쌩돈 5만 원을, 라○는 7만 원을 내게 생겼습니다. 또 활동보조를 이용한 지 2년이 넘는 사람에게 '재심사'를 받게 해, 이용자를 걸러냅니다. 두 팔이 입 근처까지 안 올라오는 형○는 밥 먹을 때 주로 활동보조를 이용하는데, 재심사에서 떨어질까 봐 걱정이랍니다. "나 걸어 다닌다고 활보 안 주면 어떻게 해요?" 음…… 눈칫밥을 먹게 되겠죠.

혼자서 밥을 먹지 못하는 형○의 활동보조 시간, 혼자서 화장실에 가지 못하는 미○의 활동보조 시간, 혼자서 침대에 눕지 못하는 상○의 활동보조 시간…… 이런 시간을 줄여보겠다고 요것저것 머리를 굴리는 사람이 있다는 사실이, 참 아픕니다. 《노들바람》 84호는 활동보조 지침 개악에 분노하신 노들센터 동료 상담가 라나 님의 글로 시작합니다.

P.S. 노들이 살고 있는 건물, 동숭동 유리빌딩 2층 임대료가 또 많이 올랐습니다. 2년에 한 번 오르는 줄 알았던 임대료

가 지난해에, 그리고 올해 또 올랐습니다. 올해 인상분은 그 누구에게 이야기해도 입을 떡떡떡 벌릴 정도라지요. 자본의 질서 안에서 노란들판을 일구어나가는 일이 참 쉽지 않네요. 머리가 빠르게, 빠르게, 더, 더 새하얗게 변해가는 교장 선생님의 이야기에도, 대학로에서 아등바등 '버티고 있는' 노들의 이야기에도 귀 기울여주시길.

노들바람을 여는 창

김유미

그녀
말이 하고 싶어지면 몸이 더 말을 안 듣습니다.
어, 허, 으 하는 말들이 몸 밖으로 뱉어질 뿐입니다.
나는 하나도 못 알아듣습니다.
손으로 글자를 쓰지도 못합니다.
자판을 두드리지도 못합니다.
그녀도 나도 속상합니다.

그녀
하고 싶은 말이 있으면 몸이 뻣뻣해집니다.
눈빛을 보냅니다.
웃음을 보냅니다.
한숨을 내쉽니다.
나는 그녀가 좋아하는 게 무엇인지 알게 되었습니다.

그녀가 이야기하고 싶어 합니다.
더 많은 이야기, 더 긴 이야기, 더 속 깊은 이야기

그녀가 이야기하고 싶어 합니다.

잃어버린 안테나를 찾아야 할 때입니다.

85호는 노들의 오랜 학생 영애 언니의 이야기로 시작합니다.
영애 언니의 일기 속에 노들이 들어 있네요.
그녀와 그, 그이들의 더 많은, 더 긴, 더 속 깊은
이야기가 궁금해집니다.
85호 발행이 두 달 가까이 늦어졌습니다.
말없이 기다려주신 분들, 땡큐.

영애의 일기

이영애

오늘은 일요일·3월 21일 일요일

오늘은 심심한 날

오늘은 지루한 날

오늘은 갑갑한 날

오늘은 집에만 있는 날

오늘은 활보가 없는 날

오늘은 일요일

오늘은 화요일·3월 23일 화요일

오늘은 야학에 안 갔다. 원래 가야 했다. 은○ 씨가 활동보조 교육을 받으러 갔다. 심심했다. 갑갑했다. 지루했다. 텔레비전만 봤다.

집회·3월 25일 목요일

오늘은 오랜만에 집회가 열렸다. 1박 2일 집회였다. 집회에서 밤을 새우기로 했다. 그런데 이게 무슨 일인가. 바람이 무진장 불고 너무 추웠다. 3월 말의 날씨라고는 생각되지 않았다. 감기에 걸렸는데 더 심해질 거 같았다. 너무 힘들었다. 몸이 너무 안 좋아서 그냥 집으로 와버렸다. 다른 분들에게 미안했다. 교사가 내일 2시까지 오라고 했다. 2시까지 꼭 가야겠다.

집회 2 · 3월 26일 금요일

집회에 갔다. 오늘도 날씨가 미쳤다. 집회를 하는데 날씨가 도와주지 않는다. 사람들이 힘들어하는 거 같았다. 나는 머리가 너무 아팠다. 견뎠다. 그런데 견디고 있는데 이게 무슨 일인가. 눈이 내리고 비가 내렸다. 오늘은 어제보다 날씨가 더 이상했다. 겨울 같았다. 우리에게 봄은 언제 오는 것인가. 집회가 끝나고 야학 사람들과 저녁을 먹었다.

목욕 · 3월 27일 토요일

오늘은 목욕하는 날. 그런데 또 바뀌었다. 목욕 봉사하는 분들이. 이게 몇 번째인지. 올해 들어서만 열 번도 넘는다. 물론 목욕 도와주시는 게 감사하지만 솔직히 너무 자주 바뀌니 짜증이 나나. 익숙해질 만하지도 않는데 바뀌고, 바뀌고. 이제는 더 이상 바뀌지 않았으면 좋겠다.

봄이 오려나 · 3월 29일 월요일

오늘은 봄의 기운이 느껴졌다. 마로니에 공원에서 산책을 했다. 날이 풀려서 그런지 다른 날이랑 다르게 사람들이 많았다. 이제 봄이 오는 건가.

오늘은·4월 3일 토요일
무지 심심한 날이었다.

오늘도·4월 4일 화요일
무지 심심한 날이었다.

수급권 상담·4월 6일 수요일

오늘 야학에서 수급권에 대한 상담을 했다. 큰 기대는 하지 않았지만 그래도 혹시나 하는 마음으로 상담을 하였다. 상담이 시작되고 상담 선생님 말씀을 듣고 보니 분위기가 좋았다. 희망적이었다. '와~나도 수급자가 되는구나. 적금을 하나 들어야겠다. 내일 동사무소 가야지. 다음 주 수요일은 은행에 가야겠다. 돈을 열심히 모아서 얼른 자립을 해야겠다!'라고 생각했다. 그러나 도로아미타불. 물거품. 집 사정상 안 된다고 한다. 열이 확! 올랐다. 너무너무너무 속이 상한다.

장애인인권영화제·4월 8일 목요일

오늘 장애인인권영화제가 개막했다. 영화제에 가서 영화를 한 편 봤다. 여자 장애인이 독립을 하는 영화였다. 부러웠다. 나는 언제나 독립을 할 수 있을까 하고 생각했다. 그리고 리프트를 네 번이나 타야 하는 종로3가역은 완전히 짜증났다.

검시 떡잔치 · 4월 9일 금요일

오늘 야학에서 고입 검시 보는 사람들을 위해 떡잔치를 했다. 검시 잘 보라고 떡잔치를 했다. 맛있게 잘 먹었다. 모두모두 합격했으면 좋겠다.

휠체어 고장 · 4월 13일 화요일

휠체어가 고장 났다. 등판을 내려놓고 있다가 저녁을 먹으려고 등판을 올렸는데 갑자기 '뚝' 소리가 나더니 등판이 올라가지 않았다. 등판이 내려가 있어 몸도 불편하고 아팠다. 빨리 고쳐야겠다는 생각에 수업을 제끼고 야학에서 가까운 자전거포에 갔다. 아저씨가 보시더니 오래돼서 줄이 끊어진 거라고 한다. 휠체어는 처음 보신다며 고칠 수 있을지 모르겠다며 그래도 한번 해보겠다고 하시며 고치기 시작하셨다. 정말 열심히 하셨다. 하지만 안타깝게도 고치진 못하셨다. 한시간 넘게 고생 엄청 하셨는데, 죄송하고 감사했다. 휠체어를 어쩌나. 걱정이 된다.

휠체어 수리 · 4월 14일 수요일

어제 고장 난 휠체어가 고쳐졌다. 아버지가 아침 일찍 동네 자전거포에서 고쳐 오셨다. 어제 갔던 자전거포에서 못 고쳐서 휠체어 회사로 가야 하나 보다 하고 걱정했는데 고쳤다. 아버지가 나사도 조이고, 기름칠도 하고, 깨끗하게 닦아주셨다. 휠체어가 반짝반짝, 기분이 좋았다. 휠체어가 이제 고장

나지 않았으면 좋겠다.

연극 연습·4월 16일 금요일

오늘은 야학에서 연극 연습을 했다. 나는 연극에서 싸가지 없는 간호사 역할을 맡았다. 재밌게 연습을 했다.

420·4월 20일 화요일

오늘 동대문역사문화공원역에서 기분 나쁜 일을 당했다. 오늘의 목적지 광화문역을 가려면 5호선으로 갈아타야 했다. 엘리베이터가 없고 리프트였다. 직원분을 호출하고 기다렸다. 늦게 오셨다. 10분 넘게 기다렸다. 그런데 이럴 수가, 리프트가 고장 났다고 한다. 실컷 기다렸는데, 진작 알려주든가. 화가 났다. 그러더니 또 이럴 수가. 다른 역에 가서 갈아타라는 것이다. 수동휠체어라서 사람 몇 명이 들고 내려가야 된다고 하니 지금 직원이 별로 없다며 곤란하다고 했다. 화가 났다. 결국 동대문역사문화공원역에서 시간만 낭비하고 기분만 나빠지고 다른 역으로 가서 5호선을 갈아탔다.

오늘은 420, 장애인차별철폐의 날이다. 광화문역에 도착. 경찰들이 입구를 막아서 다른 쪽으로 돌아 나갔다. 광화문에 모였다가 국가인권위로 이동을 했다. 이동하는 과정에서 예상대로 경찰들의 오바가 있었다. 그 절정은 시청 광장 횡단보도에서였다. 나를 포함해 앞서가던 무리들은 횡단보도에 갇혀버리고 뒤의 무리들은 횡단보도를 건너지 못하고 계속 막혀 있고. 너무 답답하고 속이 상했다. 경찰들은 우리가 횡단보도를 점령하고 있어 도로 위의 차들이 주행할 수 없다며, 시민들이 불편을 겪고 있다고 빨리 가라고 했다. 불편? 얼마나? 우리는 365일 24시간 평생을 불편했는데. 오랜 시간 실랑이 끝에 국가인권위에 도착했다. 김밥을 먹고 시작되었다. 여러 단체 분이 발언과 공연을 했다. 5시쯤 끝이 났다. 생각보다 일찍 끝났다. 너무 일찍 끝나서 뭔가 아쉽다는 생각이 들기도 했다. 끝나고 야학 사람들과 저녁을 먹었다. 모처럼 만에 420날에 비가 안 와서 좋았다. 날씨는 좋았다.

목욕 · 4월 21일 수요일
오늘은 목욕을 했다. 너무나 기분이 좋았다.

머리 · 4월 29일 목요일
오늘 야학에 미장원 분들이 머리를 잘라주러 오셨다. 나도 머리를 잘랐다. 확 잘랐다. 완전 확 잘랐다. 숏커트를 했다. 반응이 좋았다. 나를 못 알아보는 분들도 있었다. 진작 자를 걸 왜 이제야 잘랐는지 모르겠다. 그리고 오늘 미술반에서 천사점토를 했다. 나는 피카츄를 만들었다. 머리만 만들었다. 너무나 재밌었다.

* 노들야학 청솔 2반 국어 수업 숙제로 쓴 일기들입니다. 영애 님의 동의를 구해 싣습니다.

이것은 2011년 학생회장 선거 이야기

한명희

노들 총학생회 후보자 토론회

때 : 2010년 12월 24일

곳 : 노들장애인야학 다목적실

좌장 : 2010년 학생회장 배덕민

좌장 보조 : 2009년 교사 대표 정민구

서기 : 2010년 교사 대표 한명희

기호 1 (정)방상연 (부)이준수

기호 2 (정)김동림 (부)조은경

기호 3 (정)김탄진 (부)박민호

기호 4 (정)김형호 (부)김성진

1. 공개질의서에 대한 답변

• 후보들의 간단한 소개를 해주십시오.

기호 1 방상연, 이준수

준수 제가 처음 노들야학에 왔을 때가 2007년 3월입니다. 그때 처음으로 수업도 하고.

기호 2 김동림, 조은경

동림 나이가 많다는 것밖에 특별한 것은 없고요. 이번에 나와서 되면 끝까지 해보겠습니다.

은경 총학생회 후보님과 같은 의견입니다.

기호 3 김탄진, 박민호

탄진 저의 이름은 김탄진입니다. 나이는 마흔한 살입니다. 제가 회장이 되면 집회를 열심히 나가겠습니다.

민호 제 이름은 박민호입니다. 그리고 나이는 마흔한 살입니다. 저는 비운동권입니다.

기호 4 김형호, 김성진

형호 저는 김형호입니다. 노들과의 첫 만남은 한 2년 전쯤입니다. 물론 텔레비전을 통해서 많이 알고 있었습니다. 누구누구의 행패 때문에 불쾌했습니다. 그래도 지난여름 투쟁은 신나는 기억입니다. 그때 진보신당 동지의 소개로 노들을 처음 알게 되었습니다.

성진 저는 부회장 후보로 나온 한소리반 김성진입니다. 작년에 부회장이었는데 잘 안 불러줘서, 다시 나오게 되었습니다.

• 학생회 선거에 출마하게 된 계기는 무엇입니까?

기호 1 방상연, 이준수

준수 학생회의에서 정말 누구의 말이 옳은 건지 알 수가 없어요. 이제는 학생 회의가 좀 더 멋지게 달라졌으면 하는 것이 저의 생각입니다.

기호 2 김동림, 조은경

동림 야학에는 지금 서로 간의 소통이 없습니다. 그래서 내가 회장이 되면, 다른 것은 몰라도 같이 얘기해야 한다는 것을 많이 느꼈습니다. 노들야학 수업 시간 자체가 일단 오전에는 직장에서 근무하고 밤에 공부하는 것이기 때문에 쉽지만은 않습니다. 노들야학이 소중히 여겨야 하는 것이 있습니다. 집회에 나간다는 것을 떠나서, 내 권리를 찾기 위해 나가는 것. 그래서 출마하게 됐습니다.

은경 아침에는 근무하고 저녁에는 공부를 한다는 게 무척 힘듭니다. 그런데 졸리면서도 가지 않고 하는 사람이 있습니다. 그 사람들을 칭찬해주고……. (시간 종료)

기호 4 김형호, 김성진

형호 걍…… 아닙니다. 제 자신을 시험해보고 싶어서 출마하게 되었습니다. 제가 도전정신도 없고 해서 학생회장에 출마하기로 했습니다. 노들야학을 지켜본 학생으로서 유명무실함을 느꼈습니다. 학생회를 개혁하고자 도전하게 되었습니다.

성진 저는 형호 형 도와주려고 나왔습니다.

• 공약 중에서 핵심으로 잡고 있는 것과 그 이유를 말해주십시오.

기호 3 김탄진 박민호

탄진 집회가 있을 때 모두 참석할 수 있게 하겠습니다. 이유는 집회에 참여하여 장애인들의 편안한 삶을 보장받게 하기 위해서입니다.

민호 우준이가 그만둬서 대신 나오게 됐습니다.

〈김탄진 후보의 공약〉

1. 집회 참가

2. 수업 시간 단축 6시 ~ 9시 30분

3. 시설 설치: 비데, 화이트보드, 흡연실

4. 식사 보조 활동

5. 교사 학생 전체 토론 (한 학기 1번 / 총 2번)

6. 학생 영화 관람 (1년에 4번)

7. 불만제로! 함(1년에 4번)

8. 특강(2달에 1번)

- 내용 : 장애인투쟁 관련 및 시사교양(예 : 성교육, 경제)

• 다른 후보들과 차별점을 꼽자면 무엇이 있나요?

기호 1 방상연, 이준수

상연 운동권도 있고 비운동권도 있지만, 젊은 패기로 이끌고 나가겠습니다.

준수 동감입니다.

기호 2 김동림, 조은경

은경 별다른 점이 없습니다.

동림 여기 출마한 사람들보다 연륜이 더 많지요.

기호 3 김탄진, 박민호

탄진 집회에 잘 나감으로써 집회에서 영향력을 행사할 수 있습니다.

민호 비운동권 후보의 실험대이니까 저를 지지해주십시오. 도전하겠습니다.

기호 4 김형호, 김성진

성진 다 같습니다.

형호 저는 나름대로 강경하다고 생각합니다. 노들이라는 특성상 집회가 많습니다. 학생회에서 해야 할 역할은 여러 가지 일을 잘 겸비해야 합니다. 그래서 제가 해야 할 역할은 이게 맞다고 생각합니다.

• 향후 노들야학은 어떠한 모습이 되어야 한다고 생각하십니까?(지금 노들야학이 바뀌어야 할 점과 본인 공약 포함)

기호 1 방상연, 이준수

준수 저는 노들야학이 방학 좀 빨리 했으면 좋겠어요. 너무 춥습니다. 그리고 학생 회의를 할 때, 사람들이 너무 빨리빨리 집에 갑니다. 느긋하게 했으면 좋겠습니다.

상연 각 후보마다 좋은 얘기를 해줬는데 탄진 후보가 얘기한 것은 어려운 이야기이고, 내가 말하는 공약은 싸우자! 이기자! 우리 노들이 앞으로 우리의 권리를 찾기 위해 싸웠으면 좋겠어요. 활동보조 시간도 많이 받고 공부를 많이 해서 검정고시도 좀 잘 붙었으면 좋겠네요.

기호 2 김동림, 조은경

은경 신체장애인은 노들야학 화장실을 사용하도록 하고, 비장애인들은 다른 곳에서. 활동보조인이 정말 필요합니다. 공부할 때 공부만 하지 말고, 술 마시면서 공부하는 것을 했으면 좋겠습니다. 그리고 또 술 마시면서 공부하는 것을 2주에 한 번 정도 했으면 합니다. 매일 할 수는 없으니까요. 그리고 저녁은 절대 못 먹잖아요, 8시쯤 되면 배고픕니다. 저녁을 다 같이 먹지는 못하니까요. 저녁을 누구나 먹을 수 있게 1인당 1,000원씩 걷어서 했으면 좋겠습니다.

동림 여기서 공부하는 사람 한 명 한 명 신상명세서 작성을 하고 싶습니다. 내가 몸담고 있으면 그런 것을 알아야 합니다. 그리고 공약은 소통과 대화를 하는 것입니다.

기호 4 김형호 김성진

성진 아까도 얘기했듯이 형호 형이랑 열심히 하겠습니다.

형호 야학이 바뀌어야 할 점. 노들이 좋으니까 몸을 담고 있겠지만, 그런데 저부터 반성하겠습니다. 노들 학생들이 교사하고만 어울리려고 합니다. 교육보다 장애인운동에 치우친 것을 안 좋게 생각하는 사람도 있습니다.

〈김형호 후보가 내세운 공약〉

 1. 화장실에 리프트 설치

 2. 야학에 화장실 확보

 3. 자기표현을 잘할 수 있는 것에 대한 프로그램 개설

자신을 표현할 수 있는 능력이 낮습니다. 내성적이라서 그럴 수 있을 것 같습니다. 그래서 제 핵심 공약은 야학 사무국에

적극적으로 건의하여 자기표현력을 높일 수 있는 프로그램 개설을 건의해볼까 합니다.

좌장 덕민 토론회 준비를 해주신 교사 대표 한명희 님께 감사드립니다. 지금부터 후보자 초청 정책 토론회를 하겠습니다. 1990년 이후 17년 동안 야학이 생긴 이래 처음 후보 토론회를 합니다. 처음이에요. 이런 자리는 매년 쭉쭉쭉 토론회가 있었으면 합니다. 토론회를 준비하고, 크리스마스이브라도 양해해주시고, 그 대신 공부는 없습니다. 맛있는 밥 먹고. 불행히도 불수레반 후보가 안 나와서 안타깝긴 합니다. 이제 시작.

2. 자유 질의

덕민 제가 먼저 각 회장 후보들에게 묻겠습니다. 기호 4번 김형호 후보에게. 노들야학이 아시겠지만, 운동권이 좀 강합니다. 앞으로 어떻게 했으면 좋겠습니까.

형호 그냥 지금처럼 쭉 하면 됩니다. 끝.

덕민 집회에 대해, 투쟁에 대해, 조직이 안 되면?

형호 조직관리는 버거운 상황입니다. 많은 사람은 모르는데, 우리 노들인밖에 모르니까요.

덕민 바보야.

민구 사과하시죠.

동림 제가 노들야학 운동권 성향이 강합니다. 조직은 교사 대표하고 같이 상의해서 조직을 할 겁니다. 이상입니다.

덕민 아까부터 성의가 없네.

탄진 집회가 있으면 여기 같이 모여서 같이 나가는 것이 좋은 생각입니다. 그런데 싫어하는 사람은, 자율적으로 집회를 하기 위해서 들어가는 비용을 부담하는 것으로 하겠습니다. (김밥 값이라도 내라.)

덕민 박민호 후보는 비운동권인데 이게 뭔가? 회장 후보는 운동권이고 박민호는 비운동권이다. 어떻게 할 거냐.

탄진 탄진은 집회에 실무적인 것을, 민호는 비용적 재정 문제를 해결하겠습니다.

상연 내가 앞장서서 조직할 수 있도록 하겠습니다. 전화나 문자로!

준 기호 1번 후보에게 질문 있습니다. 집회 때 연락해서 나오면 안 나오는 사람이 있는데 만약에 안 나오면 어떻게 하나?

상연 안 나가면 자기 마음이다. 자기 의지이다.

호식 기호 2번, 아니 그게 말이 됩니까? 술 먹으면서 공부한다는 게 말이 됩니까?

은경 그건 학생들 마음이다. 한소리반에서는 가끔 가다가 영상을 틀어놓고 본 후에 느낌을 말한다. 의견을 말하는 도중에는 술을 한잔하는 게 좋을 때가 있다.

미정 기호 4번 후보에게 질문하겠습니다. 화장실에서 호이스트 만들자고 했는데, 어떻게 만드냐.

애경 화장실에 장판 깔아.

덕민 괜히 말했지. 후회하지?

형호 리프트나 비데 같은 것을 하려 한다. 제가 얼마 전에 정구, 신행 선생님과 수원에 있는 보조공학 전시해놓은 곳을 다녀왔는데요. 거기 우리 노들 화장실에 있으면 좋은 것…….

효성 탄진 형에게 묻겠다. 수업 앞당기는 것이 가능하냐?

탄진 후보가 결정할 사항은 아니고, 선생님들과 조정을 해야 할 부분입니다.

덕민 만약에 교사들이 반대를 하면 어떡하냐.

탄진 교사들도 시간만 맞으면 굳이 반대할 이유가 없다. 앞으로 협의를 해보겠습니다.

준 모든 후보들에게 질문을 하겠다. 요즘 학생들이 잘 안 나오는데, 어떻게 방법을 강구하겠나?

형호 우리 야학이 제도권 교육이 아니니까, 어떻게 강제할 수 있는 방법이 없는 것 같습니다.

성진 이유가 있으니까 빠지는 거다. 아프거나 일이 있거나 말이다.

동림 여기 있는 분들은 날씨가 좀 추워도 많이 아프다. 그런데 강제적으로 학교에 나오라는 건 말할 수 없을 것 같네요.

탄진 빠지는 것은 이유가 있다. 4교시가 되면 중간에 나가는 것이 문제입니다. 그것 또한 강제성이 없으니까. 그것을 해결하는 방법으로 수업 시간을 앞으로 당기자는 이야기다.

상연 강제적으로 할 수는 있다. 그런데 그렇게 하면 기분이 나쁘다. 무슨 사정이 있으니까 부득이 빠지면 그것은 뭐라고 할 수가 없다.

덕민 총무는 어떻게 할까요?

형호 누구를 시키는 것은 당선이 된 후 고민을 할 문제이다.

덕민 어떻게 집행부를 꾸릴 것이고, (기호 3번에게) 총무는 어떻게 할 건가요? 회장, 부회장 필요 없어요. 총무가 많이 힘듭니다. 잘해도 욕먹고 못해도 욕먹고.

상연 머리가 빨리 돌아가는 사람에게 총무를 맡기겠습니다.

동림 아직은 생각해본 게 없고요. 당선되면 그때 하겠습니다.

탄진 만약에 당선이 되면 생각해보고 적당한 사람에게 임무를 주겠습니다.

신행 떠도는 소문에 술을, 밥을 사주었다라는 이야기가 있다. 부정선거와 관련된 소문이 사실입니까. 여기에 대해서, 후보분들이 밝혀주세요.

민구 어떤 후보인가요?

신행 사실 여부를 밝혀주세요.

상연 그것은 뜬소문이다.

민구 내가 밥을 먹었다! 어떤 후보에게 금품을 받았나?

준 나만 뽑아주면, 밥 사준다고 했다.

좌중 누구냐. 누구냐.

승배 소문을 들었다.

덕민 후보 마지막 발언 듣겠습니다.

기호 4번 뽑아주면 한번 잘해보겠습니다.

기호 2번 제가 된다면 교사 대표와 상의해서 노들야학을 밝은 모습으로 이끌어가겠습니다.

기호 1번 모든 사람들의 얘기를 잘 듣겠습니다. 학생 후보로 뽑아주시면 감사하겠습니다. 모든 얘기를 잘 듣겠습니다.

기호 3번 즐거운 성탄절을 보내셨으면 합니다. 회장에 당선되면 열심히 하겠습니다.

덕민 이번에 처음으로 토론회를 했는데, 월요일 27일 7시부터 투표합니다. 이제 과반수가 안 나오면 2차 투표를 합니다. 판단하시고 오셨으면 합니다.

12월 27일 명희의 일기. 날씨: 엄청 추웠음

치열했던 학생회 후보 토론회만큼 27일 있었던 학생회 투표도 열기가 엄청났다. 3차 투표까지 갔다. 이번에는 아무래도 반별로 후보들이 나왔기 때문인지 각 후보별 투표수가 반 학생분들의 수에 의해 좌우되는 것 같기도 했다. 노들야학을 움직이는 강력한 파워는 50명 남짓 되는 학생분들이다. 복도를 가득 메워 까치발을 들고 옆으로 걸어가야 하는, 화장실에 사람이 너무 많아 마로니에 공원 화장실로 뛰어가야 하는 이곳의 현장을 채워주는 학생분들의 장을 뽑는 자리. 그 자리에서 새롭게 탄생한 2011년 청솔 1반 방상연, 이준수 동지의 건투를 빈다. 야호. 난 교사 대표 끝났다. 덕민의 "나도 나도"가 들리는 것 같네. 암튼 일기. 끝!

노들바람을 여는 창

김유미

올여름이 참 특이하고 길게 느껴집니다. 몇 번에 걸쳐 피부가 티 나게 까맣게 바뀌고, 과한 노출에 피부 껍질도 벗겨지고……. 이만큼 여름을 보냈는데 아직 '여름 중'입니다. 신기합니다. 한여름 태양이 피할 수 없게 쏟아지는 곳에서 건설노동을 하는 사람들은 '아이고 죽겠다' 한마디 못한 채로 픽픽 졸도해 죽기도 한다고 합니다.

그런 삶은 얼마나 억울할까? 사무실 컴퓨터 앞에 앉아 초파리를 손으로 쫓으며 생각해봅니다. 하지만 제 발로 그런 곳에 찾아가는 사람들도 있더군요. 두려움 같은 건 당최 없는 사람처럼 말입니다. 죽는 것, 다치는 것, 아픈 것, 욕먹는 것, 갇히는 것, 내가 두려워하는 여러 가지 것들을 두려워하지 않는 것 같습니다. 올여름 그런 사람들이 유독 눈에 띕니다.

친구 하나가 일본에 갔습니다. 노들 사람 몇몇에게 요가를 가르쳐주고, 투쟁이 있을 때 찾아와 구운 쿠키와 커피를 내놓던 친구인데요, 눈에 보이지 않고 피할 수도 없다는 방사능이 쫙 깔린 동네에 제 발로 찾아갔습니다. 그 위험한 곳에 대체 왜 간다는 거냐? 물을 때마다 돌아온 건 어렵지도 별스럽지도 않은 대답이었습니다.

부서진 곳에서 살아가는 사람들을 만나고, 누군가의 안방이었던 곳에 들이닥친 진흙을 조금이라도 퍼내고 싶다. 그 친구와 간간이 연락이 닿을 때마다 무조건 건강히 돌아오라고 당부하지만, 뭐, 허망한 당부라는 걸 알고 있습니다.

그리고 생면부지의 사람 하나. 이 사람은 이제는 뜨거운 ─ 한때는 얼음장처럼 차가웠던 ─ 크레인 위에 올라가서 겨울-봄-여름을 보내고 있습니다. 일상에서 편히 먹고 자는 일조차 편치 않게 만든 절망과 같은 사건들, 노동자 백 명 이백 명 자르고도 편히 먹고 잠잘 수 있는 사람들, 그것들에 맞서 싸우는 일, 그 싸움에서 분명한 희망을 보기란 쉽지 않을 겁니다. 결국 이때 할 수 있는 건 희망도 절망도 걸지 않고 자신의 마음에 따라 움직이는 일이 아니었을까. 이 일을 그냥 넘겨버리면 앞으로 제대로 살 수 없을 거라는, 단순한 마음 하나. 몇 달을 지켜보며 내 마음대로 넘겨짚어 본 그 사람 마음은 이런 것이었습니다. 쉽게 이해가 안 되는 사람들 마음을 이해하려고 애쓴 여름입니다.

《노들바람》을 통해서 쉽게 알 수 없었던 누군가의 마음을 조금이나마 알게 된다면 참 좋겠습니다.

말 나온 김에 이 별거 아닌 작은 소식지에 며칠씩 끙끙대며 마음 담아 글 써주는 분들에게 감사 인사를 전합니다.

89호 《노들바람》은 1년 쉬고 복귀한 노들야학 전 사무국장 홍은전 님의 글로 시작합니다. 모두 땡큐!

당신이 경험한 최고로 서러운 밥상에 대하여
평화로운 밥상을 위하여
편집부

《노들바람》2011년 연간 기획 〈평화로운 밥상을 위하여〉의 이번 호 주제는 '당신이 경험한 최고로 서러운 밥상'입니다. 편집위에서는 〈평화로운 밥상을 위하여〉 기획과 관련하여 여러 가지 소기획들에 관해 이야기했고 그중 하나로 '서러운 밥상' 기획을 만들었습니다.

처음 '서러운 밥상'을 제안하게 된 이유는 '어릴 때 배가 고파 종이를 뜯어 먹었다'는 ○○○ 님의 경험 때문입니다. 절절한 경험들을 뜯어내 보고 싶었습니다. '이토록 힘들게, 서럽게 살았다'는 걸 보여주고 싶은 마음이었던 것 같습니다. 어쩌면 조금 무리한 기획이었는지도 모르겠습니다. 어째 좀…… 사람을 '폭로'의 대상으로 바라보는 느낌. 과거를 감상적으로 보여준다는 느낌. 회의를 하고 진행되는 과정에서도 계속 떨쳐지지 않는 부담감이었습니다.

이런저런 고민이 들었지만 여차여차하여 스물한 명의 인터뷰 글을 받아서 읽어보았습니다. 야학에서 지금도 충분히 서럽게 밥을 드시고 있지만 '최고'로 서러운 밥상의 격에 맞게 서러운 경험들을 펑펑 쏟아내셨습니다. 먹을 수 없어 서러운 밥상. 차마 먹을 수 없었던 밥상. 아픈 말들로 상처받았던 밥상. 밥상에서 쫓겨나고, 결혼식에도 생일에도 서러운 밥상을 맛본 야학의 학생분들. 말로 다 할 수 없는 서러운 밥상이었고 서러운 이유도 많았습니다.

• 호식의 서러운 밥상

아홉 살 때인가 열 살 때인가였고 할머니 생신날이었다. 엄마는 일하고 할머니는 노시고, 집에서 나를 챙겨줄 사람이 없었다. 그래서 하루를 꼬박 굶고 그다음 날 아침에 엄마가 나를 발견했다. 죽을 끓여줘서 그걸 먹고 살았다. 정말 죽을 뻔했다. 탈수 현상이 일어나서 죽을 뻔했다. 서럽다기보다는 죽을 뻔했다는 게 맞겠다. 할머니, 엄마가 안 챙기면 죽겠구나 하는 생각을…….

• 덕민의 서러운 밥상

아홉 살 때 집에서 엄마가 내게 짜장면을 먹여주고 있었다. 그걸 본 아버지가 지가 먹으면 얼마나 좋겠냐고 했다. 갑자기 눈물이 났다.

• 효성의 서러운 밥상

작년 여름에 혼자 집에서 밥을 먹을 때다. 시래깃국을 먹었는데 국이 좀 쉬었다. 모르고 밥을 말았다. 근데 버리면 먹을 게 없고 먹으면 좀 그렇고…… 그래서 먹고 있는데 마음이 답답해지고 이렇게 이런 거 먹고 살아야 되나 이런 생각이 들었다.

• 미은의 서러운 밥상

몇 년 전인지는 잘 생각 안 나지만 내 생일이었는데 엄마가 깜빡하고 미역국 안 끓여주고 식구들 다 최미은의 생일을 몰랐다는 것. 그날 서러운 아침밥을 먹었다. 완전 슬펐다.

• 재연의 서러운 밥상

어릴 때 시설에서 흘리고 먹는다고 혼이 났다. 나는 왼손잡이인데 오른손으로 먹으라고 하고, 내 몸이 이런데 움직이지 말고 먹으라고 했다. 또 밥, 국, 반찬을 섞어줬을 때 서러웠다.

• 기옥의 서러운 밥상

정미자(향유의 집) 2년 전 살던 집. 석암베데스다요양원(종이엔 석암배스타요양원) 간식 주는 시간. 눈칫밥을 먹는다는 게 서러웠다.

• 준수의 서러운 밥상

1989년 7월 삼육재활원에 들어가서 밥을 먹었는데 식단 메뉴가 형편없었다. 어떤 때는 먹을 수 없을 정도로 싱거웠고 밥도 완전 죽 같을 때가 있었다. 그 밥을 1990년 겨울까지 1년 동안 먹으니 정말 질렸다. 그곳에 있던 영양사들이 신경을 안

쓴 것 같다. 밥도 맛이 없고 답답해서 빨리 나오고 싶었다. 그곳은 의사도 없고 엉망진창이었다. 김치도 간도 안 맞고 부실했다. 먹을 수 없을 정도였다. 그곳 시설에 누가 간다면 말리고 싶다.

• 상연의 서러운 밥상

2년 전, 김포에 있는 석 모 시설에서 나오기 전까지 눈칫밥만 먹었다. 시설 직원 노○○은 밥을 조금밖에 안 줬다. 간식을 잘 안 줬다. 똥 싼다고, 똥 싸면 자기가 치워야 하니까. 장아찌에 밥만. 국도 없었다. 물 말아 먹었다. 깨끗하게 못 먹는다고 엄청 구박했다. 반찬도 부실한데 구박까지 받으니까 더 서러웠다.

• 진수의 서러운 밥상

2010년 그리고 2011년, 구산동에 있는 은평재활원의 밥 주는 직원 때문에 서러웠다. 안 익은 김치가 나왔다. 전체적으로 맛이 없었다. 반찬이 맛없게 나와서 억지로 먹었다. 그래서 반찬을 남겼다.

• 애경의 서러운 밥상

원장님은 나에게 눈칫밥을 주었다. 만날 김치나 장아찌를 먹었다. 간식도 없다. 눈치를 보면서 밥을 먹었다. 나는 왜……. 서글펐다. 밖에도 못 나가게 해서 서글펐다.

• 승배의 서러운 밥상

1990년, 열 살 때쯤이었던 것 같다. 석암베데스다요양원에서 선생님이 밥을 차렸고 같은 방을 쓰던 사람 네 명과 같이 먹었다. 보리밥에 반찬이 두 개 나왔는데 새우젓하고 김치였다. 그런데 그게 너무 맛이 없었다. 반찬은 일주일에 한 번 바뀌었다. 여름에는 밥에서 쉰내가 났다. 라면은 날짜가 지난 걸 줬다. 제육볶음은 고기가 맛이 갔다. 반찬이 너무 맛이 없어서 라면 스프를 밥에다 뿌려 먹었다. 우리 아버지가 시설에 돈을 7,000만 원이나 갖다줬다. 원장이 너무 많이 요구했다. 아버지 형제 중에 변호사가 있어서 시설 원장을 감옥에 집어넣으려고 했는데 아버지는 나에게 피해가 될까 봐 안 된다고 하셨다. 정부에서 돈이 나오는데도 그걸 가로채서 우리한테 그런 밥만 줬다. 그래서 서러웠다.

• 근태의 서러운 밥상

중학교 때 아버지와 함께 집에서 밥을 먹는데, 밥에 물을 말아 먹으라고 아버지가 때려서 억지로 먹었다.

• 태종의 서러운 밥상

아주 어릴 적, 엄마가 남의 집에 일하러 다녔다. 동생 젖을 먹여야 할 때가 되면 일하러 간 엄마를 찾아갔었다. 엄마 일하는 집에 가면 주인집에서 밥을 차려줬는데, 그 밥을 눈치 보며 먹곤 했다.

- 희선의 서러운 밥상

8년 전 스물일곱 살 때, 인천에 있는 시설에서 생활할 때 있었던 일이다. 시설에서 일하는 어떤 언니가 나는 혼자 밥을 먹을 수 있는데도 혼자 밥을 먹으면 안 된다고 밥을 먹여주었다. 혼자 밥을 먹을 수 있는 것이 알려지면 후원이 끊길 수 있기 때문이다.

어차피 자원봉사자들이 오니까 밥을 먹여달라고 하였다. 그때는 혼자서 밥을 먹을 수 있었는데 먹여주는 밥을 먹어버릇해서 이제는 혼자서 밥을 먹지 못한다.

- 용남의 서러운 밥상

보리밥에 국물 바짝 마른 깻잎, 고추장에 무친 양배추 채에다 나박김치 국물 끼얹어 주기. MBC에서 개밥 준다고 했다. 밥 한 끼에 480원꼴이라고 했다.

- 영애의 서러운 밥상

2008년인가 2009년인가, 동생이 결혼하던 4월이었다. 집 근처 중국집에서 활동보조인과 함께 짜장면을 먹었는데 넘어가지가 않았다. 동생 결혼식 날이었는데 부모님이 결혼식에 오지 말라고 했다. 5만 원 줄 테니 다른 데 가서 놀라고. 난 10만 원을 달라고 했다. 오기가 나서 활동보조인과 함께 결혼식장에 갔다. 날 본 엄마가 활동보조인과 함께 나가라고 해서 집 근처 짜장면 집에 갔는데, 도저히 넘어가지가 않았다.

- ○○의 서러운 밥상

일주일 전에 혼자 집에서 밥을 먹는데 반찬이 김치 하나밖에 없었다. 돈도 없고 물에 말아 먹었다.

- ○○의 서러운 밥상

통곡을 할 것 같아서 못 쓰겠다.

- 자영의 서러운 밥상

작년에 친척 오빠가 가족끼리 저녁 먹자고 했는데, 엄마가 만 원 주면서 너는 그냥 집에 있으라고 했다. 안 갔다. 기분도 안 좋고 입맛이 없어서 저녁밥을 먹지 않았다.

엄마는 말을 기분 나쁘게 한다. 잘 모르면서. 그리고 미안하단 소리도 안 한다. 내 말을 무시한다. 그래서 자살 생각도 했다. 살기가 싫어서.

노들음악대원을 소개합니다

박준호

지면을 통해서 한 번도 소개되지 않은 노들음악대! 진즉에, 2010년에 창단되었지만 오직 '음악'으로 승부한다는 일념으로 《노들바람》과의 인터뷰를 거부해왔습니다. 하지만 김태원도 예능으로 승부하는 요즘, 임재범도 25년 음악 인생을 〈나가수〉에서 말해야 하는 시대, 음악성만으로는 먹고살기 힘든 현실, 이제 겸허히 현실을 인정하고 험난한 속세의 바다로 나가고자 《노들바람》에 몸을 맡깁니다. 노들음악대 멤버를 소개합니다.

이름: 뜨거운 눈빛 바그르르 주원

연주 악기: 심벌(하이햇)

심벌 주자. 노들음악대의 시작과 끝. 그 음감이 절대 경지에 달하여 다른 음악대원들과 달리 긴장하는 일이 없으니, 음악이 시작되기 직전에 심벌이 없어도 당황하는 일이 없으며, 음악 도중에 사라졌다가도 끝날 때가 되면 유유히 나타나 연주를 마무리한다 합니다. 그이의 풍모는 언제나 자유롭고 얽매임이 없으셔라.

이름: 까칠까칠 형호

연주 악기: 베이스드럼

이제는 발 베이스로 4분의 4박자 리듬을 완벽하게 구사하는 까칠 형호 님.

바그르르 주원 님과 노들음악대의 양대 리듬 산맥을 잇고 계십니다. 형호 님께서는 5월이 되면 잠깐 영화계로 외도하시나 항상 돌아오사 노들음악대는 계속하겠다 하셨고, "회의가 있어 2주 단위로 들어오겠다" 선언하기도 하셨으나 오매불망 바쁜 와중 꼬박꼬박 수업에 출석하시는 은근 모범생.

이름: 엇박의 달인 신진수 선생

연주 악기: 스네어드럼

노들음악대의 전통이자 자랑인 엇박자의 맛을 가장 훌륭히 표현하는 엇박의 달인 신진수 선생. 간혹 노들음악대의 음악을 이해하지 못하는 야만인들이 엇박에 놀라고 불쾌해하면 진수 님께서 음악에 대한 사랑을 만면에 그득 담아 미소를 보내셔 이내 그들을 감미로운 음악 세계로 인도하시곤 합니다.

이름: 태공 장애경

연주 악기: 스네어드럼

애경의 장쾌한 스네어드럼 타법은 먼바다를 향해 낚싯바늘을 던지는 낚시꾼의 모습을 닮아 있습니다. 먼 곳에서 바람을 가르며 날아든 스틱이 스네어드럼을 때린 후 다시 솟아오를 때에는 태평양을 유영하는 참치 한 마리가 드럼에서 솟아오르는 듯합니다.

이름: 하모니카 외길 상연
연주 악기: 하모니카

타악기 위주로 연주하는 노들음악대에서 목에 걸친 하모니카 하나로 이목을 잡아끄는 이분. 남들 다 좋아하는 타악기를 마다하고 어려운 하모니카를 잡은 이유는 오직 음악대의 멜로디를 책임지기 위해서입니다.

상연 님은 '도' 음에 심취하셔서 '도' 음을 1년째 연구하면서 불고 계시고 '도' 음에 대한 해석이 끝난 이후에 '레' 음에 대한 연구를 시작하실 계획입니다.

이름: 철의 작곡가 김호철 선생님

2011년 1월, 박 교장님께서 "교사로 섭외하라"라는 명을 내리시어 노들야학음악대 교사들은 삼차초려(三次草廬, 3차까지 술자리를 함께하는 예)를 지내고 김호철 님을 섭외하였습니다. 현재 노들음악대 교사로서 수업에 열중하시는 한편, 비장애인 중심으로 제작된 악기에 대한 개조 프로젝트를 진행하고 계십니다.

이름: 슬로우핸드 정수연
연주 악기: 핸드벨

수연 님 연주의 묘미는 'G키' 핸드벨 하나로 무한한 감정과 정서를 표현하는 데 있습니다. 청음 훈련이 되어 있지 않은 일반인들에게 비정기적으로 조용히 흔들리는 수연 님의 핸드벨 소리는 주의를 기울여 듣지 않으면 잘 들리지 않습니다. 수연 님의 고요한 연주야말로 노들음악대 정신의 집대성이라 할 수 있으나 최근에는 조금 더 대중에게 다가가기 위하여 간간이 오리나팔 연습을 하고 계십니다.

　　이름: 칸타빌레 손지호
　　연주 악기: 여러 가지
　　지호 군은 크래시심벌, 라이드심벌, 탐탐을 연주하는 노들음악대의 신입 멤버입니다. 첫 연습에 들어와 세 가지 악기를 두드리는 지호 군의 모습은 마치 노래하듯 피아노를 치는 노다메의 모습 같았습니다. 노래하듯, 자유롭게, 칸타빌레.

　　이름: 래퍼 김태일
　　연주 악기: 베이스드럼
　　왕년에는 래퍼로서 수업 시간과 술자리에서 명성을 떨치셨고 새로운 음악의 세계로 들어가기 위해 노들음악대에 입문하셨습니다. 하지만 래퍼의 습관을 떨치지 못하고 악기 연주를 등한시하기에 아직은 베이스드럼 예비 주자에 머물고 있습니다. 안습 래퍼 김태일 님.

이름: 스윙 승배

연주 악기: 플로어탐

플로어탐을 치는 승배 님이십니다. 탬버린으로 음악을 시작하셨고 티오피 셰이커 연습을 거쳐 플로어탐 연주자로 거듭나셨습니다. 재연에 비해 묵직한 타법을 구현하시고 정박보다 느리게 혹은 빠르게 연주하는 독특한 스윙 스타일의 연주를 즐겨 하십니다.

이름: 재연이

연주 악기: 플로어탐

정확하고 클래식한 박자감을 보유하여 플로어탐 연주의 유망주로 떠올랐으나 아마도 음악적인 견해 차이가 아닌가 싶은 이유로 장기 결석 중입니다. 노들음악대 중 유일하게 청음까지 되는 능력자. 그 공백이 안타깝게 여겨지며 하루빨리 노들음악대의 카오스적 음악에 적응하여 돌아오길 바랍니다.

이름: 눈 감은 북 순이 님

연주 악기: 장구

눈 감고도 치는 소장구의 달인 수연 모친 순이 님. 수연 모친의 장구 소리를 들은 호철 님께서는 모모지성 기염만장(牟牟之聲 氣焰萬丈, 소 우는 소리의 기세가 몹시 호기롭도다)이라 평하셨다고 합니다.

지금까지 노들음악대 열두 명의 학생과 교사, 학부모님 소개였습니다.

　지면 관계상 음악대 교사와 자원활동가분들은 다음 기회에 소개해드리겠습니다.

　공연 요청은 메일로 받습니다.

결혼의 재구성

상연과 정란의 결혼식부터 신혼여행까지
진수, 명희, 영희, 민구의 기억들을 모으다

한명희, 김진수, 임영희, 정민구

명희의 독백

결혼식 임박! 2주 전 청첩장을 찍겠다고 알아보는데 다들 한다는 소리가 "어머 다음 주라고요?"였다. 그렇게 급하게 2주 동안 결혼식을 함께 준비할 이들이 모여서 회의를 하였다. 각자가 맡은 일들을 소통하고, 앞으로의 할 일들에 대해 꼼꼼하게 계획을 세웠다.

상연과 정란의 결혼 이야기는 앞으로도 계속 진행형이다. 그냥 모두가 그러하듯이, 속상한 일들도 많았고 함께 웃는 일들도 많았던 것 같다. 마음을 글로 전부 표현하지 못하는 것에 관해서 나는 그것을 우리만의 비밀 같은 것이라고 생각한다. 지금부터의 이야기는 3월 19일, 마로니에 공원이 들썩거릴 정도로 함께했던 이들이 많아 더욱더 즐거웠던 결혼식이 있던 날, 그 결혼식의 준비를 맡았던 이들의 이야기들이다.

진수의 마음

"저 야학 교사 김진수라고 합니다. 상연이 형의 담임 교사입니다. 정란 누나의 결혼 때문에 연락드렸습니다"라고 말문을 연다. 정란네 식구들에게 전화를 걸었을 때 말이다. 가족이 아무도 없는 상연과 10남매 중 여섯째인 정란이 만났다. 정란 누나 가족들이 많이 왔으면 좋겠는데…… 남매들 중 아무도 못 와도 좋으니 어머니만이라도 누가 모셔왔음 좋겠는데…….

결혼식을 하는 과정 속에서 보고 들었던 가족의 이야기를 어디까지 이야기할 수 있을까. 나는 정란과 상연네 가족과의 소통을 함께 고민하는 역할을 했는데, 그래도 정란 누나와 평소에 가장 많이 이야기를 하고 있다는 막냇동생과 만나 이야기를 하고 설득을 했다. 어디서부터 오해가 생긴 것일까. 혹시 놓친 게 있지는 않을까. 그 와중에 상연과 정란이 상처받지 않을까. 상연 형은 아주 멋진 옷을 차려입고 정란 누나 어머님 집에는 아주 많이, 그리고 큰 오빠네는 정확하게 두 번 찾아갔다. 그중 상연 형은 몇 번이나 정란네 가족을 만났던 걸까.

왜 상연과 정란의 결혼은 정란네 가족들의 큰 축복을 받지 못할까. 이런 걸 옆에서 바라보는 것이, 그리고 직접 만나지는 못했지만 설득하는 과정에서 얼마나 속이 상했던지…… 그래도 항상 씩씩한 정란과 상연의 모습이 정말 어찌나 든든했는지 모른다.

명희의 고백

결혼식을 동숭교회에서 한다고 들었다. '아, 그럼 동숭교회
랑(만) 잘 소통을 하면 되겠구나'라고 생각하며 뛰어든 결혼
식이었지만 웬걸, '아이고 이게 웬일.' 갑자기 온갖 일을 산더
미처럼 맡게 되었다. 내 일생 최대의 버라이어티 행사라면 행
사, 결혼식이라면 결혼식인데 이 동숭교회에서 하는 결혼식
이 정란네 가족 간의 이해관계로 취소되었다. 그런데 우리 갈
곳이 없다. 아니 어디서 하나. 결혼식장을 잡기에는 돈이 없
다. 그리고 어딘가를 알아보기에도 시간이 없다. 뭐가 이렇게
없나. 이런 상황이 결혼식 2주 전이었다. 상연, 정란, 진수와
함께 모여 머리를 굴려도 돈이 없고 시간도 없는 우리들, 어
디로 가나요. 갈 길이 턱턱 막혔다. 이미 한 번 시간이 연기된
결혼식, 다시 연기할 수는 없었다. 그래서 선택한 대안은 마
로니에 공원이었다. 혹시 모를 상황에 대비해서 그날 있을 행
사나 집회를 확인했다. 이미 잡혀 있던 비보이님들의 행사에
대해 조율했다. 사실 그날 조용히 우리 행사만을 마로니에 공
원에서 하기 위해 진행하였던 숨겨진 많은 일들이 있었다. 일
이 진척되면 진척되는 대로, 꽈당나면 꽈당나는 대로 상연-
정란네와 함께 의논하고 다시 계획을 잡았다.

마로니에 공원이라면 많은 시민들이 지나다니니 누가 지나
가며 이곳을 보더라도 "우와!"라고 할 수 있을 만한 결혼식이
되길 바랐다. 결혼식은 신부 신랑 모두가 빛나야 하는 자리이
니까. 그리고 함께 그렇게 만들고 싶었다. 이상한 고집인지는

몰라도 난 결혼식 의자라면 무조건 뒤에 리본이 달려 있어야 한다고 생각한다. 그렇게 결혼식 곳곳에는 어떤 사람들의 이상한 고집과 정성이 알게 모르게 표현되어 있었다. 사전에 야외결혼식 세트장에 가서 그날 결혼식에 사용할 모든 걸 다 확인하고 예약했다. "고맙습니다"를 몇 번 했는지 모르겠다. "저희가 돈이 없어서요. 조금만 깎아주시면 안 될까요?" 진심은 언제나 통하는 법! 많이 깎았다.

마로니에 공원은 처음이라는 야외결혼식 전문 실장님이 직접 와서 세팅을 담당하셨고, 노란들판의 신봉준 팀장님도 그날 결혼식장 아웃라인을 잡는 현수막 세팅의 총책을 맡아주셨다.

그리고 야학 앞 동숭화원 사장님께서도 부케와 코사지를 직접 가지고 와주셨다. 덕담 나눌 사람을 섭외하는 일은 교장 선생님이 맡아 박김영희, 박옥순 선배님을 섭외해주셨다. 사실 덕담을 해주실 분이 한 분 더 계셨는데 섭외하러 갔다가 당일 사정이 안 된다는 이야기를 들었다. 결국 "두 분의 결혼을 진심으로 축복해드리겠습니다"라는 말을 마음에 고이 새기고 돌아와 정란, 상연과 함께 이 이야기를 나누었다. 그 일이, 함께 결혼식을 준비하며 힘들었지만 다시 힘을 내게 해준 기점이었다. 우리 함께 더 잘하기 위해 욕심을 부리고 있다는 것. 그 욕심이 더 많은 용기를 내게 해주는 힘이 된다는 것 말이다. 시와, 선언, 박준 동지께 전화드릴 때 마음이 조마조마, 콩닥콩닥했던 긴장들은 이제 설렘으로 남았다.

그리고 정말 비가 안 와서 다행이었다. 그날의 날씨는 맑음. 따스하고 밝은 날씨는 이날 함께해준 이들이 만들어주었다. 몇백 장이 넘는 결혼식 사진에 담긴 다양한 이야기들을 보며, 그날 왔던, 그리고 결혼을 축복해주었던 모든 이들 또한 행복하길. 그리고 결혼식 10분 전, 마로니에 공원에서 놀고 있던 동네 꼬마 세 명을 섭외하여 신랑 신부가 행진하기에 앞서 꽃 뿌리는 역할을 시켰는데 너무 잘해주었다. 동네 꼬마님들 감사.

영희의 '신혼집' 이야기

야학 앞에 동숭동부동산중개사무소라는 작은 부동산이 있는데 그곳에 계시는 사장님은 여든 살이 넘은 할아버지다. 임대차계약서만 쓰는데 장장 1시간이 넘게 걸렸다. 한자로 빼곡하게 채워진, 그리고 꾹꾹 눌러 쓴 손글씨로 만들어진 계약서가 바로 상연과 정란의 집 계약서였다. 계단이 많았던 집이었지만 나무 경사로 공사를 해서 들어갈 수 있게 되었다. 이집을 구한 것은 나였지만, 공사를 진행하는 과정에선 사랑이가 많은 수고를 했다. 그동안 야학에서 제일 가까운 집은 나였는데, 이제 더 가까운 상연, 정란의 집은 야학에서 3분 거리이다. 결혼식에서 나는 발바닥의 임소연과 밥을 담당했다. 정말 밥은 중요하다. 밥. 밥. 밥은 맛있어야지. 결혼식이라는 잔칫날 맛있는 음식은 당연히 준비되어 있어야 한다. 일본에 수출한다는 막걸리와 음료수를 챙겼다. 정말 중요한 일은, 결혼식은 무조건 **빠빵**해야 한다는 것. 하객들이 와서 "우와!" 할 수 있게 말이다.

민구의 신혼여행 추적기

3월 19일, 날씨 좋은 봄날. 상연과 정란은 결혼식을 마치고 1박 2일로 신혼여행을 떠났다. 목적지는 인천 석모도. 나(밍구)와 지예가 활동보조를 하며 함께 따라갔다. 혹자는 너희가 신혼여행을 가는 것 아니냐며 뭐라 했지만 우린 순수한(!) 활동보조였다. 결혼식을 마치고 서둘러 간다고 갔는데, 도착하니 해가 뉘엿뉘엿 지고 있었다. 큰 배를 타고 석모도에 들어갔는데 상연 형은 전동휠체어가 배에 실리지 않으면 어쩌나 걱정을 하셨단다. 그래서 "그럼요, 자동차도 실리는데 휠체어가 안 실리겠어요" 하니 두 분 모두 배를 처음 타보신다고 한다.

우리는 신혼여행 사전 답사 때 찜해놨던 횟집에 가 실컷 배를 채우고 나서 예약한 펜션으로 향했다. 두 분의 따뜻한 첫날밤을 위해 미리 준비해온 초를 이용해 하트도 만들어놓고, 모든 활보를 마친 후 지예와 난 우리의 숙소로 돌아왔다. 첫날밤 작은 소동(?)을 뒤로하고 다음 날 우리는 강화풍물시장 구경에 나섰다. (작은 소동이 궁금하신 분은 상연과 정란에게 직접 물어보시길.) 좁은 시장길에 휠체어가 들어오니 시장 사람들의 이목이 집중되었다. 하긴 강화섬 시장에서 전동휠체어를 구경할 일이 언제 있었겠는가. 우린 유유히 시장을 헤집고 다니며 젓갈이며 횟감 등을 샀다. 좀 더 여유롭게 구경하고 싶었지만 신랑이 오후 일정이 있어서 일찍 돌아가야 했다. 이렇게 1박 2일의 달콤한 신혼여행은 순식간에 끝이 났다. 무언가 아쉽기도 한데, 다음에 신혼여행 한 번 더 가요!

후기-명희

결혼식 준비에 대한 이야기는, 본인이 쓰지 않는 한 지극히 사적인 이야기인지라 어느만큼 이야기를 해야 할지 애매한 부분이 많이 있었습니다. 여기 쓰인 부분에 대해선 정란과 상연의 충분한 동의가 있었음을 알립니다. 아픈 부분은 많이 삼키며 썼지만, 아직은 조금 목에 걸린 가시처럼 남아 있는 것들을 일단 켜켜이 쌓아두고 살려고 합니다. 그리고 '좋은 날'에 관한 이야기들, 그 마음 전해지게 담아보려 하였습니다.

Thanks to,

거리의향기, 노들음악대, 노들장애인야학교사회, 노들장애인야학학생회, 노들장애인자립생활센터, 노란들판, 동숭교회, 비마이너, 서울뷔페, 서울장애인차별철폐연대, 서울제일교회, 성북장애인자립생활센터, 신바람풍물패, 아름다운가게 양재점, 웨딩문, 장애와인권발바닥행동, 장애인극단 판, 전국장애인차별철폐연대, 제일교회, 탈시설정책위원회

john & roth, 고윤정, 권익재, 김기정, 김덕수, 김덕수, 김도경, 김동림, 김명학, 김문주, 김미선, 김보예(이경미뽀레), 김상래, 김상례, 김영수, 김영호, 김영희, 김용남, 주기옥, 김유

미, 김유리, 김재환, 김정, 김정하, 김종환, 김주현, 김지예, 김진수, 김현수, 김형호, 김화숙, 노유리, 몸짓선언, 문애린, 박경석, 박김영희, 박민호, 박옥순, 박정수, 박준, 박준호, 배덕민, 배미영, 배복주, 백승엽, 사회당 권세건, 서대석, 송병준, 수정, 시와, 신동훈, 신봉준, 심윤섭, 심정구, 안민희, 안소진, 정상욱, 여인호, 여준민, 유경호, 유정윤, 윤석도, 윤성근, 이도형, 이라나, 이말순, 이말순, 이미정, 이승연, 이영애, 이원교, 이정자, 이지연, 이현경, 이현진, 임영희, 임태종, 장호경, 정다운, 정민구, 정석환, 정승배, 정종훈, 정진우, 조성남, 조한나, 조현수, 천성호, 최란, 최생인, 최우준, 최진영, 최치훈, 하금철, 한규선, 한영희, 한희선, 허신행, 홍권호, 홍은전, 황인현, 황정용

  혹시, 결혼식 사진이 필요하시거나 문의하실 것 있으시면 마구마구 연락주세요!
  노들장애인야학 명희 합장.

교육 차별 잔혹사

홍은전

마흔둘. 그녀가 집에서만, 시설에서만, 누워서 보낸, 세월이다. 그녀가 처음 야학을 만난 나이다. 텔레비전과 라디오 아닌 '사람들' 사이에 처음으로 섞인 나이다. ― 요기까지만 보면 안타깝게도 야학에선 그저 범상한, 명함 내밀어 부끄럽지 않을 정도의 그런 이력이다. 그런데 알 만큼 안다고 생각했던 그녀가 내 뒤통수를 친다. 닉네임도 아닌 주민등록상 이름을 자기 스스로 지었다니. '취학통지서 받았을 때 얘기 좀 해주세요.' 이 질문 하나면 '교육차별사' 인터뷰 이미 분량 반은 채운다,는 기막힌 노하우에 똥침을 놓는 그녀의 답 "그런 거 받은 적 없어."

무엇을 상상해도, 늘 그 상상 밖에 있다. 오늘도 그녀의 승리다. 시작부터 표정 관리에 실패, 시간 조절 실패다. 인터뷰를 하기로 한 세 사람은 모두 야학에서 한글과 숫자를 처음 배우기 시작한 사람들이다. 제 시간은 더뎌도 남의 시간은 빨리 흐른다지만, 지나간 그이들의 시간은 축지법을 쓰듯이 슉- 슉- 스무 해가 지나 있고, 서른일곱이 되어 있다. 세월의 변화에 붙여놓을 아무런 표지도 없이. 그러면서도 1부터

42까지를 가장 느린 속도로 배운 사람. 자신의 나이, 한 해에 숫자 하나씩. 그 빡센 인생 듣고 있다 보면 어디에서 '그러니까…… 교육은요?' 쑤시고 들어가야 할지 몰라 난감하다. 글을 배우고 싶다고 말하는 것이 이기적이고 사치스럽다 비난받아야 했던 인생. 그이들의 잔혹한 교육 차별의 역사를 들어보았다.

김○○(47세, 여, 뇌병변장애)

취학통지서도 오지 않았다. 스무 살까지 호적에 오르지도 않았다. 이름도 없어서 사람들은 나를 '갓난아'라고 불렀다. 언니 오빠들은 모두 있는 이름, 나만 없는 게 싫어서 언젠가부터 사람들이 물으면 "내 이름은 ○○이에요" 하고 다녔다. 그러니까 내 이름, 내가 지은 거다. 착한 마음이라는 뜻. 스무 살에 이장님이 장애인 등록을 하면 나라에서 돈이 나온다고 해서 그때야 호적에 올렸다. 학교가 뭔지도 몰랐다.

막내인 나를 땅에도 내려놓지 않을 만큼 예뻐한 아버지는 내 나이 아홉 살에 돌아가셨고, 엄마는 농사를 지으며 그 수확물을 장에다 내다 파느라 자주 집을 비웠다. 위로 언니 오빠가 셋 있었지만 나이 차가 커서 같이 놀아주지 않았다. 텔레비전도 없던 시절이었다. 이름이 은아였던가, 가끔 놀러 오던 옆집 동갑내기 아이가 학교 마치고 놀러 오기만 기다렸다. 비 오는 날을 좋아했다. 비가 와서 장이 서지 않는 날엔 엄마가 집에서 부침개 같은 것들을 만들어주었다.

열아홉, 교회에서 찾아온 사람들이 일주일에 한 번씩 집으로 찾아와 한글을 가르쳐주었다. 일요일에는 그들의 도움을 받아 교회에도 나갔다. 얼마나 좋았던지. 까막눈이던 나는 이제 낫 놓고 기역 정도는 알게 되었다. 그러나 교회를 싫어한 가족들의 반대가 극렬했다. 교회도 싫었지만 내가 밖으로 돌아다니는 것이 창피했던 게지.

교회에서 구해준 휠체어도 부숴버렸고 매도 많이 맞았다. 스물네 살, 더는 교회도 공부도 지속할 수 없게 되었다. 짧은 공부의 인연은 그렇게 끝났다. 그즈음 장애가 심해져 혼자서는 앉지도 기지도 못하게 되자 누워서 온종일 천장만 바라보며 지냈다. 라디오가 없었더라면 정말로 심심해서 죽었을지도 모를 생활. 그렇게 13년이 흘렀다.

서른일곱, 시설에 보내졌고 4년을 그곳에서 지내다가 장애인인권단체 활동가들을 만나 탈시설에 성공하여 지금은 가양동에서 혼자 살고 있다. 노들야학에서 초등과정을 배우고 있다.

배우지 못했으니 가족들은 나를 무시하고 구박했다. 교회에 나갈 때도 그랬다. 니가 무얼 안다고 그러냐. 서러웠다. 글을 배우고 읽을 수 있게 되니 세상이, 밝아졌다. 인생이, 변했다. 혼자 사는 것도 글을 읽을 수 있으니 가능하지 않겠나. 자신감이 생겼다.

물론 배우는 일은 고단하다. 머리 아프고 힘들다. 매일매일 오랜 시간 휠체어에 앉아 있어야 하니 몸도 버티기 힘들다.

작년에는 몸도 마음도 괴로워서 야학을 휴학하고 집에만 있었다. 그러니 참 사는 낙이 없더라. 야학 사람들이 다시 안 불러줬으면 지금도 집에만 있었겠지. 야학에서 사람들 만나는 게 좋다. 공부도 재밌다. 야학이 있다는 것이 참 고맙다.

이○○ (46세, 여, 뇌병변장애)

태어나서부터 장애가 있었는데 장티푸스를 앓고 나서 좀 더 심해졌다. 발병했을 때 제때 치료를 받지 못했다. 몸을 심하게 떨었는데 팔다리를 접고 있으면 덜 떨려서 그 자세로 오래 지냈더니 팔다리가 굽은 채로 굳어버렸다. 지금은 손도 발도 전혀 움직일 수 없어 누워서만 지낸다.

학교는 가지 못했다. 부모님 모두 일을 하셨는데, 나는 혼자서는 아무것도 할 수 없었으므로 엄마가 점심때 잠시 들러 나를 돌보았다. 온종일 천장을 바라보며 누워서 라디오를 들었다. 전화가 와도 받지 못하고, 정규방송이 끝나 지지직거리는 소리도 그대로 들어야 했다. 학교 다니는 언니 동생이 부럽기도 했지만 그리 심한 수준은 아니었다. 학교란 처음부터 내 사전엔 없었으니까. 다만 내 유일한 친구 텔레비전의 자막을 읽지 못해 불편했을 뿐이다. 가족들에게 글을 가르쳐달라고 했지만 누구도 제대로 가르쳐주지 않았다. 내 친구는 오직 라디오와 텔레비전. 그렇게 서른여섯이 되었다.

서른여섯, 부모님이 나를 시설에 보내려고 알아보던 중 정립회관을 소개받았다. 그때 상담을 나온 사회복지사는 시설이 아니라, 정립회관 주간보호센터를 다니며 노들야학에서 공부하는 방법을 권하며 부모님을 설득했다. 그렇게 하면 아침에 나와 밤늦게 들어가니 가족들의 부담이 훨씬 줄어들게 될 것이라고. 그렇게 주간보호센터와 노들야학을 다니게 되었다.

처음에는 글을 배우는 일이 너무 힘들었다. 해도 해도 도무지 늘지가 않는 것 같았다. 나는 끝내 한글을 못 읽을 줄 알았다. 몇 해 전에는 슬럼프도 심하게 찾아와서 다 때려치우고 싶었는데 다행히 포기하지 않았다. 그 고비를 넘기니 공부가 훨씬 수월하고 재밌어졌다. 나도 모르게 언젠가부터 글이 보이기 시작했다. 자막도, 간판도, 보이기 시작했다.

어느 날 이발소 옆을 지나가는데, '이…… 발…… 소……?! 어! 이발소다. 내가 아는 거다!' 깜짝 놀랐다. 몇 년을 그 앞을 지나며 늘 보던 글자였는데, 그 뜻을 처음 알게 된 것이다. 재밌고, 신나고, 스스로 기특했다. 그렇게 세상의 글자들이 눈에 들어오기 시작했다.

글을 배우고 읽게 되면서 생각이 많이 달라졌다. 말도 더 잘하게 된 것 같다. 작년에 일기, 시, 이런 것들을 써보았는데, 감정이 더 풍부해진 것 같다. 슬럼프를 겪었을 때 포기하지 않았던 나 자신이 너무 기특하다. 그때 포기했다면 얼마나 억울했을까. 더 많이 배워서 자립생활을 하고 싶다. 아직은 겁이 나지만. 요즘은 수학이 재밌다. 아직은 모든 계산을 활동보조인이 하고 있지만 더 배워서 스스로 돈 계산을 하고 싶다.

허○ (30세, 남, 뇌병변장애)

　스무 살까지 집에서만 지냈다. 교회 안집에 살았다. 부모님은 모두 일을 하셨다. 교회 일을 하셨던 아버지가 잠깐씩 들러 나를 돌보았다. 열네 살 때인가. 공부가 하고 싶어서 학교에 가고 싶었던 적이 있었다. 적극적으로는 얘기하지 못했다. 엄마가 학교에 데려다줄 수 없다는 걸 너무도 잘 알고 있었으니까. 내가 좀 더 적극적이었대도 달라지는 건 없었겠지. 한글과 숫자는 혼자 텔레비전을 보면서 조금씩 익혔다.

　엄마와 누나들이 나에게 글을 가르쳐주려고 시도한 적이 있지만 계속 이어지지는 않았다. 아무도 없는 집, TV를 보며 그렇게 살았다. 친구는 없었다. 외로웠다.

　스무 살에 교회 집사님의 소개로 노들야학을 알게 되었다. 처음엔 사람들과 어울리지 못해서 힘들었지만 지금은 많이 나아졌다. 한글 실력은 썩 늘지 않았지만 수학은 재밌다. 글을 잘 읽게 되면 미스터리 소설을 읽고 싶다.

노들바람을 여는 창

김유미

책상에 앉아 고개를 살짝 들면 바로 보이는 곳에《노들바람》을 꽂아두었습니다. 2009년 늦봄호부터 제가 만들기 시작했으니, 어느새 3년이 되었네요. 자축의 박수를 텅 빈 사무실에서 크게 쳐봅니다. 하하하. 즐거웠어요. 저는 또 밤의 한가운데에 하얀 모니터를 바라보고 앉아 있습니다. 오늘도 껌뻑껌뻑 제자리 뛰는 커서.

살면서 올해처럼 공간 이동을 많이 한 적이 없었던 것 같습니다. 또 올해처럼 잠자지 않고 과하게 눈 뜨고 돌아다닌 적도 없었습니다. 김진숙 지도위원을 만나러 희망버스를 타고 부산에 다녀오고, 구럼비바위를 보러 제주도에 가고, 전국 일주에 나선 스무 살 자폐성 장애인 균도와 아버님을 만나러 부산이며 목포며 광주며 쫓아다녔습니다. 눈물로 반짝이는 것들을 좇은 2011년. 무박 이틀 뜬눈으로 무릎 후달거리며 집에 돌아간 날에도, 아무것도 하지 않던 시간보다 행복했습니다. 비교도 할 수 없을 정도로.

노들 역사의 산증인이자 대명사 같은 '명학이 형'이 오랜 망설임 끝에 드디어 자립했습니다. 야학보다 오래 다닌 정립전자를 그만두고 전자에서 운영하는 기숙사에서도 나왔습니다. 지금은 야학 근처에 있는 주택에 임시 거주하면서 장애인극단 판이 운영하는 문화예술카페 별꼴에서 핸드드립 커피를 만듭니다. 커피는 믹스커피, 음료는 참이슬만 즐기던 명학이 형이 새로운 세상과 만나 어떤 모습이 될지 궁금해집니다. 《노들바람》91호는 명학이 형이 자립생활을 시작하면서 직접 쓴 글로 시작합니다. 명학이 형의 마음을 읽은 분은 응원의 문자라도 보내주시길.

할 말이 너무 많아 감히 말할 수 없는 밤. 껌뻑껌뻑 커서처럼 껌뻑이는 밤. 노들에서 보낸 벅찬 시간들, 고마운 사람들, 사랑하는 사람들.

할 말이 너무 많아 감히 말할 수 없는 밤.

집에 갈래요. 미안해요, 고마워요. 안녕.

우리 밥상엔 뭔가 특별한 것이 있다

평화로운 밥상을 위하여

김유미

노들, 노들 네 단체 중에서도 매일 저녁 장애인 학생들이 몰려드는 야학에서 밥은 꽤 뜨거운 화두다. 노들야학, 장애인으로 분류되는 학생이 많을 때는 50명이고 이 가운데는 제 손으로 밥을 못 챙겨 먹는 사람들이 섞여 있다. 활동보조인이든 가족이든 야학 교사든 동사무소 직원이든 자기를 대신해 누군가가 숟가락을 들어줘야 밥을 먹을 수 있는 존재. 노들야학에 존재하는 이 언니 오빠들은 밥상 앞에서 마치 짜기라도 한 것처럼 똑같이 말했다.

눈앞에 음식이 나타나면 어떤 생각이 들어요? "그야말로 그림의 떡이지!" '그림의 떡'이라는 관용구가 이렇게 딱 맞아떨어지는 때가 또 있을까.

야학 수업 시작 시간은 저녁 6시 30분. 애매하게 저녁 시간과 겹쳐 있다. 직장에 다니는 교사라면 수업 시작 시간에 맞춰 오느라 저녁을 거르고 오기도 하지만, 수업 마치고 먹으면 되니까 별문제가 아니다. 교사들은 수업 앞뒤에 알아서 챙겨 먹는다. 학생분들은 5시부터 슬슬 모이기 시작한다. 서울에 장애인 야학이 몇 곳 없다 보니 강서나 일산같이 꽤 먼 데서 오는 사람들이 있는데 이들에게 저녁 먹을 시간은 더 애매하다.

학생들의 저녁 식사는 다양하게 이뤄진다. 1. 집에서 해결하고 온다고 이야기하는 사람들이 꽤 된다. 그런데 이분들은 수업 마칠 때쯤이면 배가 고프지 않을까 싶다. 내 배는 그렇다. 2. 도시락을 싸서 오시는 분들이 계신다. 가족이 싸주는 경우는 드물고 대부분 활동보조인이 챙긴다. 3. 야학 근처에서 사 드시는 분들도 계신데 음식점 계단과 밥값에 후달려 선택 폭이 넓지 않다. 4. 빵이나 떡 같은 간식을 싸 와 저녁을 간단히 때우거나 5. 컵라면이나 삼각김밥 같은 패스트푸드로 배를 채우는 사람도 있다. 6. 그리고 어떤 날은 먹고 어떤 날은 굶고, 아예 쭉 굶는 사람도 있다. 활동보조가 없으면 모든 음식이 '그림의 떡'이 되고 마는 사람들이 주로 택하는 방법이다.

온종일 휠체어에 누워 지내는 김 여사님께 왜 저녁을 안 먹느냐고 물으니 "나? 활동보조가 없기 때문에 안 먹지"라고 한다. "나, 아침 겸 점심 겸 저녁 겸 딱 한 끼 먹고 살아. 1시나 2시나 돼서 그때 한 번 먹어"라는 충격 진술. (배 안 고파요?) "안 고프겠냐? 참는 거재." (옆에 있던 다른 언니 : 변비 안 생겨?) "변비가 안 생기겠냐? 참지. 아이고, 그것이 장애인 인생이란다." 한탄한다. 시설에서 나와 혼자 산 지 이제 5년쯤 된 김 여사, 너무 많이 독해져 버렸다. 마음속에 거대한 한 보따리가 들어 있어서, 잘못 건드리는 날엔 눈물바다가 된다.

"전에 여그서 잔치가 벌어졌어. 되게 먹고 싶었는데, 장애인들만 놔두고 가버렸어. 장애인들만 놔두고 가서 저그끼리 처먹고 있는데, 쳐다만 보고 있었어. 조금만 먹으면 배가 안 고플 것 같은데, 어떻게 해." 내 머릿속엔 들어온 적도 없는 일인데 김 여사 가슴엔 여전히 딱딱하게 남아 있는 사건이다. 스스로 먹지도 움직이지도 못하는 김 여사 마음이 풀리려면, 먹고 싶을 때 먹을 수 있는 자들이 더 민감해져야 하는 걸까?

지난봄, 시설에 살면서 자립을 준비하던 최 형은 몇 달 동안 활동보조인 없이 맨몸으로 야학을 다녔다. 시설에 사는 동안은 활동보조서비스를 받을 수 없기 때문에 어쩔 수 없는 일이었다. 최 형은 시설 쪽에다 '나 나가겠다'고 선언하고, 장애인 콜택시를 타고 야학에 다니기 시작했다. 택시 기사님이 야학 교실까지 최 형의 휠체어를 밀고 들어오곤 했다.

시설에서 잠깐 외출한 맨몸의 장애인 신분이다 보니 최 형의 밥, 화장실, 이동 등 일상 여러 곳이 '빵꾸' 난 상태. 최 형은 거의 매일 복도에서 절규했다. "저기요, 누가 좀 도와주세요." 부름에 나가보면 "밥 좀 시켜주세요"로 시작하는 식사 보조를 부탁했다. 식당에 전화해 밥을 시키고, 계산을 대신하고, 그릇의 랩을 벗겨 상을 차리고, 밥을 먹여주고, 상을 치우고, 그릇을 내놓고, 입 주변을 닦으면 "고맙습니다"와 함께 일이 끝난다. 30분에서 1시간이면 끝나는 일이었지만, 야학에서 일하는 사람들에겐 그 일이 가볍지 않았다. 시설에서 탈출하려는 한 사람을 지원하는 아름다운 일이었지만, 노들엔 이미 여러 명의 '최 형'이 살고 있다. 고작 밥 한 끼 활보하는 게 뭐가 그리 어렵냐고 타박할 사람이 있을 것인, 바로 그 생각 때문에 스스로도 '나 힘들다'고 말하지 못했었다. 부탁하는 사람은 얼마나 미안할 것이며, 활동보조 시간이 없는 걸 어쩌란 말이냐, 그 심정을 다 알기 때문에, 당신 때문에 힘들다고 느끼는 내 감정 자체가 죄책감으로 이어졌다. 시설 앞에다 장애가 있는 자기 자식을 버리고 가면서 눈물바람 하는 부모 마음을 알 것 같다고 하면, 내가 분명 오버하는 것이겠지만, 그 시름의 정체는 크게 다르지 않은 것 같다. 하지만 문제는 야학에 상주하는 비장애인의 도덕심에 있는 게 아니었다. 지나고 보니 알겠다.

최 형은 이제 복도에서 도와달라고 소리치지 않는다. 최 형 뒤에는 활동보조인이 있다.

최 형은 활동보조인과 함께 '알아서' 밥을 먹고 온다. 이제 밥을 먹었는지 걱정도 되지 않는다. 혹시나 본인 밥상에 불만 있냐고 물어보니, 한참 만에 하는 말, "똑같애. 반찬이 맨날 똑같애." 배부른 자들이나 한다는 반찬 투정을 하는 게 아닌가. 최 형의 밥상은 활동보조인과 함께 빠르게 바뀌었다.

노들의 밥상은 너무 뜨겁다. 밥을 먹기 위해 타인이 필요한 누군가는 사람들 눈치를 살피고 종종 서러움을 느낀다. 일상적으로 활동보조를 하는 누군가는 피로를 느끼고 죄책감을 갖기도 한다. 비장애인보다 중증장애인의 수가 더 많은 노들야학. 가끔씩 뒤풀이 같은 걸 할 때면 나는 노들이 장애인이 지배하는 세상 같다는 생각을 한다. 비장애인에게도 해방이 필요하다. 장애인, 비장애인 모두 스트레스 받지 않고 평화로운 면상으로 밥상 앞에서 만나기 위해선, 투쟁이 필요하다. 정으로, 의리로, 공동체 정신으로 돌파하는 것엔 한계가 있다. 필요한 사람에게 필요한 만큼 지원하는 활동보조 서비스 제도를 투쟁으로 쟁취해야 한다(아, 완전 투쟁 깔때기). 물론 돈도! 건강한 음식도! 너른 주방도! 식당도! 밥 챙겨줄 사람도! 서로에게 따뜻한 밥 지어줄 시간도! 욕심을 내자면 필요한 건 참 많다.

나는 먹었는데, 누구는 굶은 채로 함께 있다는 사실, 그리고 그 굶은 사람이 일부러 다이어트하는 게 아니라면, 내 밥상도 평화로울 수 없다는 사실을, 나는 노들에서 스트레스 팍팍 받아가며 깨닫고 있다. 혼자만 잘 먹으면 무슨 재민겨.

시설 아닌 다른 삶은 가능합니다
탈시설한 노들 사람들의 거주지 변천사
홍은전

지금으로부터 꼭 3년 전인 2009년 6월 마로니에 공원에서는 시설에서 뛰쳐나온 여덟 명의 장애인이 '탈시설-자립생활 권리 보장'을 외치며 노숙 농성을 시작합니다.

어떻게 시설에 들어가게 되었습니까,라는 질문에 대한 누군가의 답.

"너 시설 안 가면 어디서 먹고 살 거니? 엄마의 그 한마디에 말문이 막히더군요."

그리고 농성하는 이들에게 쏟아지는 질시.

"대책 없이 왜 나왔냐."

이때의 이야기를 담은 EBS 지식채널e 〈산 좋고 물 좋은 곳〉 편에 나오는 말입니다.

살려고 들어간 곳이었는데, 30년이 지나도록 바깥세상은 아무런 대책도 만들지 않은 채, 너희는 그냥, 거기서, 그대로 죽으라, 했습니다. '대책 없이'도 사람답게 살고 싶었던 이들의 싸움을 시작으로 그 후 3년간 새로운 대책 몇 가지가 만들어집니다.

2010년 서울시는 '탈시설 장애인 전환서비스지원사업'으로 '자립생활 체험홈'과 '자립생활가정' 등의 주거공간지사업을 시작하였습니다. 그리고 지금, 그 대책 없는 사람들은 스스로 만들어낸 대책에 의해 이 도시 속에서 집을 얻고, 사랑하는 사람을 만나고, 지하철을 타고, 학교에 다니거나 직장을 다니며 보통의 삶을 살아가고 있습니다.

이 편에서는 '장애인생활시설'을 박차고 나와(흔히 '탈시설'이라고 합니다) '그룹홈', '자립생활 체험홈', '자립생활가정' 그리고 '평원재' 등 다양한 장애인 주거지원 정책을 섭렵하며 탈시설 이후의 삶을 꾸려가고 있는 사람들의 이야기를 담았습니다.

김○○ (53세, 남, 현재 자립생활가정 거주)

나는 김포에 있는 S요양원(장애인시설)에서 20년 동안 살았습니다. 그곳은 오래전부터 비리가 있었는데 2008년부터는 장애인 인권단체와 함께 문제 해결을 위해 싸웠습니다. 2009년 6월에 시설을 뛰쳐나와 탈시설 농성을 함께했고, 그 농성이 끝나고 임시로 평원재에 들어가서 살게 되었습니다. 농성을 함께한 사람들이 모두(여성 한 명, 남성 일곱 명) 같이 평원재에 들어갔으므로 처음에는 남자 일곱 명이 한집에서 지냈습니다. 얼마 안 되어 세 명이 체험홈으로 이사해 나갔기 때문에 나중에는 네 명이 함께 생활하게 되었습니다. 평원재는 남성층, 여성층이 따로 있었고 집이 아주 넓고 좋았으며 노들(야학, 센터) 근처였기 때문에 생활하기 무척 편리했습니다. 공동생활의 어쩔 수 없는 불편함을 감수한다면 큰 어려움은 없었습니다.

나는 2010년 9월에 평원재 여성층에 살던 주○ 님과 결혼을 했습니다. 우리는 결혼하고 바로 노들센터에서 운영하는 체험홈으로 이사하였습니다. 원래 노들센터 체험홈은 남성 전용 주거 공간이지만, 운 좋게도 그 시기에 체험홈에 다른 입주자가 없었어요. 노들이 우리 사정을 알고 배려해주어서 우리는 함께 살 수 있었습니다. 체험홈과 평원재에서 생활하는 동안 우리 부부는 노들야학에서 공부하며 노들센터의 여러 가지 프로그램에 참여했어요. 그렇게 1년쯤 지냈습니다.

체험홈 계약 기간은 1년이었지만, 자립생활가정에 생각보다 빨리 선정되어서 2011년 1월에 또 이사를 했습니다. 5층 빌라 건물의 1층입니다. 4호선 이수역에서 40분 거리에 있는데, 가파른 오르막길을 넘어야 합니다. 나처럼 수동휠체어를 탄 사람에게는 아주 힘들죠. 특히 겨울에는요. 야학 마치고 집에 도착하면 밤 12시가 됩니다. 월세, 관리비는 우리가 내지 않아도 돼요. 우리는 딱 우리 먹을 것, 입을 것만 사면 돼요. 계약 기간은 기본이 2년이지만 5년까지 연장할 수 있습니다. 그 전에 영구임대아파트가 나오면 좋겠지만 안 나온다면 그때까지 여기에 있었으면 좋겠어요.

지금 사는 곳이 생활하기 썩 편리한 건 아닙니다. 마트나 병원에 가려고 해도 이수역까지 나가야 해요. 같이 사는 주○

님이 몸이 많이 아파요. 다닐 수 있는 병원이 마땅치 않았는데 혜화독립진료소에서 진료도 해주고 약도 주니까 열심히 다니고 있죠. 많이 좋아졌어요.

나는 S요양원 뛰쳐나올 때 자립생활 의지만 있었지, 이렇게 될 줄은 짐작도 못 했습니다. 2009년 탈시설 농성 당시 국가인권위원회를 점거하고 있었는데 그때 서울시에서 자립생활가정 20채를 지원하겠다고 발표했었습니다. 그중 한 채에 지금 내가 살고 있는 거지요. 신기합니다.

집에 있어서 내 최종 목적지는 영구임대아파트예요. 신청은 이미 해놓았습니다. 동사무소 직원은 '방화 쪽 어떠냐' 하는데 너무 멀어서 싫다고 했어요. 노들에서 멀어지면 힘들어요. 집 구할 때 가장 먼저 보는 건 노들에서 가까운지, 그것도 아니라면 지하철역에서 가까운지예요.

金○○ (49세, 남, 현재 월세 아파트 거주)

나도 김○○ 님과 같이 S요양원에서 22년 동안 살다가 2009년 탈시설 농성 끝나고 평원재에서 잠시 살았습니다. 평원재는 한 층에 방이 세 개이고 서너 명이 살도록 만들어진 집이라 일곱 명이 지내기에는 좀 무리였습니다. 그러니 같이 살던 사람들끼리 싸우기도 많이 싸웠죠. 7개월쯤 살았어요. 평원재 생활은 아주 편했습니다. 너무 좋으니까 이건 자립생활이 아니다,라는 생각이 들 정도였어요. 그래도 자립생활 처음 시작한 곳이었고, 어느 정도 적응도 되었으니 좀 더 버티고 있어볼까 생각도 했지만, 어차피 나가야 할 거 하루라도 빨리 부딪쳐보자, 하는 마음이 있었죠. 그즈음에 노들센터가 체험홈을 열어서 입주 신청을 했고 선정되어서 평원재에서 함께 살던 세 명과 같이 나왔습니다. 2010년 눈이 많이 오던 날 이사를 했던 기억이 나요.

체험홈은 평원재보다 평수가 조금 좁았던 것 빼고는 큰 불편함은 없었어요. 방이 세 개라 모두 각 방을 쓸 수 있어 좋았어요. 그곳에서 7개월을 살았습니다.

2010년 10월에 화곡동에 있는 자립생활가정에 선정되어서 우리 세 명은 또 함께 이사했습니다. 그땐 좀 힘들었어요. 방은 세 개였지만 휠체어가 들어가면 방향을 틀 수 없을 만큼 크기가 작았습니다. 처음 이사했을 땐 스위치 같은 것들이 모두 우리 손에 안 닿도록 높이 달려 있어서 불편했어요. 집 안에서 우리는 보통 앉아서 생활하니까요.

장애를 고려해서 만들어진 집이 아니었던 거죠. 이사를 하면 수리를 하는 게 큰 스트레스예요. 집은 화곡역에서 20~30분 거리에 있었는데 야학까지 통학하기가 너무 멀었어요. 처음 서울복지재단(자립생활가정 운영 주체) 측에서 화곡동에 집이 나왔다고 하기에 멀어서 안 가겠다고 했어요. 그랬더니 담당자가 다른 곳에 자리가 나면 옮길 수도 있으니 이른 시일 내에 찾아보겠다고 했죠. 그래서 일단 들어갔습니다. 집이라는 게 내 맘처럼 구할 수 있는 게 아니라는 것쯤은 알고 있었으니까요. 자립생활가정은 공공임대주택을 활용하는데 방 두

세 개인 집을 구하기엔 예산이 적은 모양이에요. 다른 자립생활가정들도 대부분 지하철역에서 좀 떨어져 있는 것 같아요.

그때 나에게는 여자친구가 있었는데 빨리 결혼해서 함께 살고 싶었습니다. 그런데 남자들만 모여 사는 화곡동 집에선 불가능했죠. 나는 화곡동 자립생활가정을 '포기'하고 나와 2011년 5월에 도봉구 창동에 15평짜리 월세아파트를 구해 여자친구와 살림을 합쳤습니다. 자립생활가정은 일단 들어가면 길게는 5년까지 살 수 있는데 그동안은 집에 들어가는 돈이 거의 없어요. 전세금도 전기요금도 모두 서울시가 내줍니다. 하지만 지금 살고 있는 월셋집은 모두 우리가 부담해야 합니다. 보증금은 체험홈과 자립생활가정에 살 때 아끼며 모아두었던 적금으로 마련했지만, 매달 꼬박꼬박 월세를 마련하는 일은 좀 빠듯합니다.

자립생활가정을 중도에 포기하고 나올 때, 다시 신청할 수 없다는 확인서 같은 것을 썼습니다. 여자친구는 아예 자립생활가정을 신청할 자격이 되지 않습니다. 탈시설 장애인이긴 하지만, 체험홈을 거치지 않았기 때문이죠. 자립생활가정은 체험홈을 거친 사람들만 신청할 수 있어요. 하지만 후회하지 않습니다. 둘이 함께 살 수 있게 된 것으로 만족해요. 스트레스야 없을 수 없겠지만 근근이 생활할 만합니다.

임대아파트만 기다리고 있습니다. 지금 사는 아파트가 올해 10월이면 계약이 끝나거든요. 집주인 말로는 아들이 장가가면 들어와 살겠다고 하는데 어떻게 될지 잘 모르겠어요. 임대아파트도 자리가 가끔 나는데 위치도 대중없고 보증금, 월세도 다 다릅니다. 저번에도 임대아파트 자리가 한 번 나왔는데 저희랑 안 맞아서 포기했어요.

전동휠체어를 이용하는 두 사람이 함께 생활하기에는 너무 좁았어요. 혹시 올해 (집주인 아들이 장가를 가서) 이 아파트 재계약을 못 하면 또 이사를 가야 하는데, 다른 건 몰라도 이사하는 일은 너무 피곤해요. 집을 구하기도 어렵지만 이사해서도 집을 수리해야 하고, 그때마다 집주인 눈치를 봐야 하니까요. 우리 둘이 들어갈 수 있는 영구임대아파트가 어서 나왔으면 좋겠어요.

Kim○○(28세, 여, 현재 평원재 거주)

나는 스물셋 되던 해까지 평택에 있는 D아동재활원(장애인생활시설)에 살았습니다. 규정상 성인이 되면 다른 성인시설로 옮겨 가야 했지만 내가 계속 버텼습니다. 한번 옮기면 평생이 될지도 모르는 시설을 함부로 결정할 수는 없었습니다. 성인시설 다섯 군데 정도를 보러 다니기도 했어요. 하지만 어디도 가고 싶지 않았습니다.

스물세 살에 서울에 있는 국립재활원에서 3개월 동안 자립생활 교육을 받았습니다. 국립재활원에서 먹고 자면서 받는 프로그램이었는데 그런 교육을 받은 것은 D재활원 역사상 제가 처음이자 마지막이었다고 하더군요. 처음으로 D재활원 바깥으로 나온 것이었는데, 그때 나는 세상에 나 같은 장애인이 참 많다는 것을 알게 되었습니다.

자립생활 교육을 수료한 후, 나는 D재활원에서 운영하던 그룹홈(서울 은평구)으로 옮겨갔습니다. 2007년 10월이었습니다. 새로운 곳으로 간다는 두려움이 있었지만, 그룹홈은 살다가 (지역사회로) 나갈 수도 있다고 했고, 여기보단 낫겠지, 도전이나 한번 해보자 하는 마음으로 갔습니다.

그룹홈은 방이 세 개인 집이었는데 사회복지사 선생님까지 다섯 명이 함께 살았어요. 그중 내가 가장 나이가 많았고, 남자아이도 한 명 있었죠. 그룹홈 생활이라고 뭔가 특별히 달라진 건 없었습니다. 내 의지대로 할 수 있는 일이 거의 없다는 것은 여전했었죠. 그러나 나는 (비록 눈치 보며 허락을 받아야 하긴 했지만) 외출이라는 것을 하게 되었습니다. 떨렸어요. 새로운 세상을 만난 것 같았습니다. 그룹홈 입소자는 의무적으로 지역사회에서 진행하는 프로그램에 참여해야 했는데 2008년 6월에 노들야학에서 하던 '치유 퍼포먼스' 프로그램을 소개받고 일주일에 한 번씩 참여하다가 아예 노들야학에 입학을 하게 되었습니다.

노들야학에 다니면서 자립생활을 하는 많은 사람을 보게 되었고, 나도 할 수 있겠다는 생각을 하게 되었습니다. 2009년 7월 그룹홈을 나와 평원재에 입주했습니다. 저로서는 큰 결단이었습니다. 평생을 살아온 그곳으로부터 완전히 벗어나는 일이었으니까요.

평원재 생활에서 제일 좋았던 것은 옷과 음식이었습니다.

옷을 좋아하거든요. 내 마음에 드는 옷을 내가 직접 살 수 있다는 사실이 기뻤습니다. 그리고 먹을 때 다른 사람 눈치 안 봐도 되는 거요. 천천히 먹어도 되고 내 먹거리는 내 의지대로 선택하고 내가 먹고 싶을 때 먹을 수 있다는 것이 좋았습니다. 불편한 점은 내가 야행성이라 사람들과 생활 리듬이 맞지 않는다는 것입니다. 나는 새벽 2시쯤 자서 아침 10시에 일어나는데 평원재의 다른 사람들은 아침 7시부터 깨서 활동을 시작합니다. 거기다 활동보조인들이 번갈아 오다 보니 집 안이 온종일 북적대는 느낌입니다. 잠을 편하게 못 잡니다. 눈치 보는 건 여전하네요.

평원재에서 산 지는 2년 정도 됩니다. 나는 그룹홈을 거쳐 왔기 때문에 체험홈 입소 자격이 안 돼요. 체험홈을 수료하지 않으면 자립생활가정도 들어갈 수 없대요. 그러니 나에게 남은 가능성은 임대아파트밖에 없습니다. 임대아파트도 마음처럼 빨리 구해질 수 있는 게 아니니 나는 아마도 그냥 월셋집을 구해야 할 거예요.

올해에는 평원재를 나가려고 마음먹고 있어요. 평원재 쪽에서는 이사 갈 집이 마련되지 않으면 내년까지는 있어도 좋다고 이야기했지만, 나는 하루라도 빨리 나가고 싶습니다. 도전하고 싶어요. 내 살림을 살아보고 싶습니다. 나처럼 장애가 있는 사람이 살 수 있는 집을 구하려면 못해도 3,000만~4,000만 원은 있어야 한대요.

지금까지 평원재 살면서 모은 돈에 전세자금 대출도 받으면 어찌어찌 나갈 수 있을 것 같습니다. 11월에 계약하고, 12월엔 집수리하고 가구 같은 거 들이면, 내년에는 정말 '내 집'에서 살 수 있겠죠? 흔들리긴 하지만 이러고만 있을 수는 없으니까, 마음을 단단히 먹어야겠죠.

2005년 이후 수년 동안 노들야학 학생 수는 서른다섯 명 선을 유지합니다. 들고 나는 사람들이 마치 그 선을 유지하기 위해 협의라도 한 것처럼 그 선은 오랫동안 지켜졌습니다. 그러다 2009년 9월 새 학기에 들자, 노들야학 학생 수는 50명 선을 찍으며 계단형으로 상승합니다. 그 기점에 탈시설 운동이 있었습니다.

이들이 야학에서 저녁 네 시간 공부를 할 수 있는 것은, 그들에게 시설이 아닌 '집'이 있었기 때문입니다. 그 뒤에는 그 집을 마련하기 위해 고군분투했던 노들의 '주거복지사업팀'이 있었습니다. 그 팀을 움직였던 힘은 두말할 것도 없이 센터/야학의 연간 예산에 육박하는 어마어마한 보조금에서 나왔습니다. 옵션으로 따라온 마감과 실적 보고, 실사의 압박도 큰 몫 했겠지요. 정책적으로 편성된 예산과 그 돈이 갖는 집행력이 노들의 일상을 뒤흔들며 문화를 바꾸어놓는 일, 이 사업만큼 잘 보여주는 경우도 드물 것 같습니다.

그러나 여전히 극소수의 경우입니다.

이러한 삶의 가능성이 아직은 구호로만 존재했을 때, 야학의 S는 시설로 보내졌습니다. 그이의 어머님을 찾아가 힘드신

거 알지만 조금만 더 참아주시라, 위로 아닌 위로를 늘어놓으면서도, 정작 S에게는 성질 죽이고 얌전히 지내시라, 화를 냈었습니다. 지친 가족이 끝내 부양을 포기하고 S를 시설로 보냈을 때 노들이 할 수 있는 일이라곤 S가 보내진 시설을 찾아가 그를 '면회'하는 것밖에 없었습니다. 그땐 우리의 실력이 거기까지였다고 자위하면서도 어쩔 수 없이 부끄럽고 불편한 기억입니다. 오래전 일이었으면 좋겠습니다만, 2008년의 일입니다.

2012년입니다. 시설 아닌 다른 삶은 가능합니다.

빈약한 상상력 굳이 작동시키지 않아도, 노들은 매일매일 그 변화를 함께 겪고 또 지켜보고 있습니다. 주거복지사업팀은 내년에 지원금이 중단될 위기에 처해 서울시와의 싸움을 준비하고 있습니다. 노들에겐 어느새 공기처럼 자연스러워진 일상이지만 여전히 김과 金과 Kim은 특별한 소수의 선례로 여러 정책 자료집에 그 사례를 올리며 저들과 싸워야 하겠지요. 살아낸 자들의 몫입니다. 또한 수많은 '김'들에 다름 아닌 노들이 함께해야 할 몫이기도 합니다. 살아내는 일 자체가 다른 삶의 가능성을 증명할 수 있다는 것, 그것이 노들의 하루하루를 움직이는 가장 큰 동력이었을 테니까요.

Kim에게 마지막으로 물었습니다.

너에게 집이란? Kim의 대답입니다. (그녀는 나와 필담으로 인터뷰를 했습니다.)

내목숨이다
왜냐하면 집이 없으면 서석에 다시 가거나
밖에서 죽을수도 있으니

노들바람을 여는 창

김유미

머릿속이 텅 비었다. 한동안 이 책을 빨리 만들어내야 한다는 생각 말고는 끈질기게 이어지는 생각이라는 것이 없었다. 할 수 없었다.

사람이 죽었다. 얼마 전 농성장에서도 마주친 사람이 죽었다. 그녀의 불탄 집이 아침 뉴스에 나왔다. 그녀에게 '화재'라는 사고가 닥쳤다. 모든 일은 우연하게 그렇게 들이닥친다. 그녀는 스스로 움직이기 어려운 몸에서 살았고, 불이 났고, 피하지 못했다. 불의 원인은 알 수 없다고 했다. 유독가스가 심하게 나왔고, 그녀가 그것을 마셨고, 깨어나지 못했다. 사고 세 시간 전, 활동보조인은 그녀를 자리에 눕혀주고 퇴근했다. 바우처가 부족했고, 밤엔 그녀 혼자 있어야 했다. 국가는 예산이 없다. 늘 우리에게 줄 예산이 없다. 사람이 죽어도 예산이 부족하다.

어안이 벙벙했다. 그렇게 그녀가 죽었다. 혼자 있을 때 집에 불이라도 나면 어떡혀, 휠체어에 누워 지내는 야학 언니는 종종 이런 얘기를 했다. 우연하지만 예견된 사고. '우연하지만 예견된'이라는 말의 모순된 조합에 관해 생각해보기로 한다.

이제 우연히 마주칠 수도 없게 된 그녀의 노제를 치르던 날, 마이크를 쥔 목소리는 바로 전날 파주에서 일어난 또 하나의 사고를 전했다. 이번에는 얼굴도 본 적 없는 어린아이였다. 집에 동생과 둘이 있다가 불이 났고, 유독가스를 마셨다고 한다. 그리고 아흐레 뒤, 사경을 헤매던 아이가 세상을 떠났다. 장례식장, 아이의 영정 아래에 아이가 좋아하던 치킨과 콜라가 놓여 있었다. 어린 누나는 열세 살. 뇌병변장애가 있는 열한 살 동생은 뇌사 상태로 아직 깨어나지 못했다.

우연하게도 우연한 일이 겹쳐서 일어났다. 하지만 어쩐 일인지 우리는 우리의 우연한 앞날을 내다보게 된다. 겁이 난다 눈물이 난다 살고 싶습니다. 광화문역 안 장애등급제·부양의무제 폐지 농성장에서 그녀와 어린아이의 영정을 본다. 이제야 슬프다. 고 김주영 활동가, 고 박지우 양의 명복을 빕니다.

나는 어쩌자고 《노들바람》 첫 장에 이런 글을 남기는가.

이제 무엇을 할 것인가.

노들바람을 여는 창

김유미

2012년 12월 19일 대통령 선거와 서울시 교육감 재선거를 치렀습니다. '화'를 못 누르고 술을 한 사흘 정도 퍼마셨습니다. 눈 뜨면 아침, 눈 뜨면 대낮, 세상은 그대로 굴러가고 내 몸만 바뀌더군요. 아이고 고단해라. 고만하자. 건강한 음식 소박하게 먹으며 운동하고 차분하고 담담하게 앞으로 살아갈 겁니다, 라며 일상을 추스르는 가운데 사람이 뚝뚝 이 세상에서 떨어져 나가는 소식이 들렸습니다. 새처럼 철탑에, 굴뚝에 둥지를 튼 사람들이 내려오지 못하는 것도 비통한데 저 스스로 목숨 끊는 노동자들 소식에 사는 게 마냥 무서워지더군요. 희망버스? 노동자대회? 어디선가 만났을 멀지 않은 그들의 선택이었기에 더 그랬습니다. 미안합니다.

지우와 지훈이. 엄마, 아빠가 일 보러 나간 사이 집에 불이 나 유독가스를 마시고 중태에 빠졌던 두 아이. 두 아이 모두 세상을 떠났습니다. 2012년 겨울, 서울 광화문역 안 장애등급제·부양의무제 폐지 농성장엔 이 아이들을 기억하기 위한 분향소가 차려졌습니다. 아이들 영정 옆엔 역시나 화재로 먼저 세상을 떠난 김주영 씨의 영정이 놓여 있습니다. 그리고 이들의 죽음 이후, 뉴스 사회면을 통해 장애인 화재 사고 소식을 몇 건 더 접했습니다. 이러한 죽음이 그간 없었던 것일까, 이제야 뉴스 가치가 생기기 시작한 것일까 궁금해졌습니다. 그리고 여전히 그가 누구인지, 어떤 삶을 살았는지 드러나지 않는 채 '미처 불을 피하지 못해 사망한 어느 장애인'으로 기록되는 죽음이 쓸쓸할 따름입니다.

"집계될 수 없는 그들의 죽음은 소리 없는 눈처럼 내린다."

2012년 '거리에서 죽어간 노숙인 추모제'를 준비한 한 활동가가 쪽방에서, 거리에서 생을 마감한 홈리스분의 삶을 기록한 글을 봤습니다. 그는 누군가의 죽음은 눈처럼 소리 없이 내리기에 수시로 창을 열어보아야 보인다고 했습니다. 올해 추모제에도 새로운 액자들이 내걸렸습니다. 죽은 이의 얼굴이 담긴 사진 액자들. 하나의 거대한 우주가 소리 없이 사라지고, 사진 한 장으로 남아 서울역을 바쁘게 지나는 사람들을 바라봅니다.

이 모든 게 사실일까? 이것이 현실인가? 꿈인가? 눈 뜨면 전달되는 죽음에 어안이 벙벙합니다. 죽음에 사로잡힌 어느 겨울입니다. 고인의 명복을 빕니다.

노들바람을 여는 창

김유미

"쓰러지고 깨지는 것들 속에 서 있는 수밖에 없다.
어차피 괴롭고 슬픈 사람들, 쓰러지고 짓밟히는 것들의
동무일진대, 신경림 시인이 이르듯 이것이 그다지 억울할
것은 없다." ―《부싯돌》 1호, '교사의 글'

올해 노들장애인야학이 만들어진 지 20년을 맞아 노들의
몇몇 이들이 모여 노들의 옛 자료를 훑어보고 있습니다. 노들
야학이 개교한 1993년의 끄트머리에 《부싯돌》이라는 이름의
소식지 1호가 만들어집니다. 1998년 4월부터 월간 《노들바
람》이 발행되기 시작했고, 이후 얼마 안 가 《부싯돌》은 12호를
끝으로 발행이 중단됩니다. 《노들바람》은 월간이었다가 격월
간이었다가 1년에 두어 번 부정기적으로 나오기도 했더군요.

"노랫말처럼, 쓴 소주로 달래며 수천 시간 쏟아부었던
논의와 노력들이 헛되지 않기 위해서는, 나중에 우리 모두를
평가하는 자리에서 쓸쓸한 패배자가 되지 않기 위해서는
우리의 자세를 가다듬고 장애해방 그 투쟁의 한길로

나아가야 한다. (……) 정말이지 지겨울 때가 있다. 타인들을 아끼고 생각하고 사랑하는 일이 지겨울 때가 있다. 하물며 우리가 풀어가야 할 이 길, 해방의 길은…….”
—《부싯돌》3호, 신승애 편집부장

　열두 권의《부싯돌》을 보면서 노들을 만들고 지켜온 사람들의 첫 마음을 봅니다. 지금보다 작았고, 학생 수도 많지 않았지만 거기엔 자기 삶을 쏟아낸 사람들이 있었습니다. 이 학교를 사랑하고 그래서 지독해지고……. 뜨거운 첫 글들과 지금도 계속되는 당시 고민들을 엿보며 묘하게 기운을 얻고 도움도 받습니다. 20주년이라는 이벤트를 빌미로 올 한 해 많은 이들을 소환하게 될 것 같습니다. 지금 만들고 있는 이《노들바람》도 시간이 지나 누군가에게 발굴되고, 오해되기도 이해되기도 하겠지요.
　지난 2월 12일 새벽 야학 학생이었던 장대영 님이 세상을 떠났습니다. 대영 씨 스스로 준비한 죽음이었고, 그렇게 오랜만에 우리는 만났습니다. 환하게 웃는 그의 영정 앞에서, 그의 통학을 도왔던 봉고 기사 영희를 껴안고 오열하는 어머니. 우리가 만나지 못한 몇 년 동안 그에게 어떤 시간이 흘렀던 걸까요. 고인의 명복을 빕니다.
　죽음과 삶이 맨땅 위에 드러누워 이를 드러내 보이는 이곳, 노들. 그렇게 희망과 절망이 교차하는 이곳, 노들. 그렇게 20년의 시간이 흘러왔겠지요.

어느 장소에 관하여

노들노들한 노들섬 노들텃밭 이야기

김유미

특별한 경험을 한 뒤로, 그 장소는 자꾸만 과거인 채 존재한다. 그날의 사진이 내 안 어딘가에 걸려 있는 것처럼, 지금도 난 그 장소에서 그때를 본다.

그날, 다리 위를 기어가는 사람들을 오래도록 보았다. 봄이었고 공기는 탁했다. 매캐했다. 어떤 사람들이 오후부터 저녁까지 한나절 내내 다리 위를 기었다.

움직인 거리에 비해, 움직인 시간이 너무 길었기에 사람들 뒤로 우뚝 솟은 건물과 약간 물 빠진 느낌의 아스팔트, 그리고 그 위를 느리게 느리게 움직여 건넌 사람들의 모습이 한 장의 사진처럼 기억난다. 긴 시간 동안 비슷한 장면이 느리게 이어졌다.

전동휠체어를 탄 사람들이 다리 위로 줄지어 들어오더니 한순간 지나가던 차들을 막고, 옆에 있던 사람들의 도움을 받아 휠체어에서 아스팔트 차도로 내려왔다. 그리고 기어가기 시작했다. 바닥에 엎드려 기기도 하고, 무릎으로 서서 움직이기도 하고, 뒹굴거리며 앞으로 이동하기도 했다. 햇빛 받은 아스팔트는 따뜻했다.

그러다 누군가는 탈진해 응급차에 실려 갔다. 어떤 이는 바지 무릎에 구멍이 나고, 생전 처음 신발이 닳았다. 그렇게 해가 졌다. 종일 구호를 외쳤다. "활동보조인서비스 제도화하라!" 이미 오래전부터 외쳐온 구호였다. 다리 아래에 오페라하우스가 지어진다고 했다. 시장님의 뜻이었다. 공사에 들어가는 예산이 엄청났다. 다리를 건너지 못하고 몇 시간째 꿈틀거리고 있는 이들을 위한 예산은 늘 부족했다.

그렇게 한나절 서울 도심 교통이 막혔다. 용산과 노량진 사이 한강을 건널 수 있게 하는 한강대교가 막혔다. 교통방송은 종일 우리를 주목했다. 웬일인지 경찰은 나서지 않았다. 반나절 도로를 막고 있었지만 아무도 경찰에 연행되지 않았다. 이 사건은 언제 어떻게 마무리될 것인가, 어디까지 기어갈 것인가, 나는 그런 것이 궁금했다. 해가 지고 서로의 얼굴이 제대로 보이지 않는 때가 되어서야 다리의 가운데 다다랐다. 사람들은 한강대교 한중간에 모두 모였다. 진이 빠진 사람, 박수치는 사람, 구호를 외치는 사람……. 그렇게 끝이 났다.

2013년 봄, 한강대교 가운데에 있는 노들섬 버스정류장에 서서 2006년 4월 어느 날을 본다. 물 빠진 아스팔트의 도로 위로 빠르게 움직이는 차들을 본다. 구호 없는 조용한 다리가 낯설다. 한강대교 한중간에 버스정류장이 생겼다. 다리 아래로 예의 짙은 한강이 흐르고, 누런 흙색의 노들섬이 눈에 들어온다.

'노들텃밭' 팻말이 꽂혀 있다. 한강대교 아래, 오페라하우스 대신 텃밭이 만들어졌다. 오페라하우스만 한 텃밭이라고 해야 할까. 텃밭은 서울시민에게 나눠졌다. 도시농업, 유기농, 공동체 텃밭 같은 말들이 그곳을 떠돈다.

지난해 두물머리 유기농지 보존 투쟁의 영빨이 가시지 않은 노들 — 우리도 노들이다! — 야학과 센터도 다시 농사를 지어보려고 서울시에 땅을 요청했다. 장애인과 농사, 중증장애인과 농사. 참 안 어울리는 단어. 그런데 왜 일을 벌였단 말인가!?

노들의 농사 엿보기

3월 16일

오페라하우스가 지어질 뻔했던 노들섬은 노들텃밭이라는 이름으로 시민에게 나눠졌다. 2006년 오페라하우스 짓는 대신 장애인 활동보조서비스를 제도화하라며 한강대교를 기어서 건넌 이들이 있었다. 활동보조서비스는 제도화되었고 노들섬엔 노들텃밭이 생겼다. 2013년 노들야학은 노들텃밭에 밭을 얻었다. 노들야학에서 현장 인문학을 진행하는 수유너머R 선생님들의 도움으로 오늘 경작 준비를 마쳤다. 삽질 돌 삽질 허리야~.

3월 28일

밭 뒤엎기, 돌 고르기

- 신행의 만행

밭에 오자마자 가방도 벗지 않고 삽을 들더니 사진을 한 장 찍어달라고 한다. 사진 찍고 나니 삽을 내팽개치고는 '오늘 일 끝'이라고 한다.

- 민구의 만행

끊임없이 웃는다. 삽을 들고 땅을 성의 없이 뒤엎는다. 고랑으로 쌓아놓은 흙이 흘러내려서 구박을 좀 했더니 갑자기 삽을 탄다. 삽으로 스카이콩콩 놀이를 하는 거다.

- 신행, 민구의 만행

돌아가며 스카이콩콩을 한다. 체중을 이기지 못해 점프가 잘 안 되니 신행이가 삽에 탄 민구를 백허그, 인간을 들었다 놨다 뛰는 쾌감을 준다. 땅이 다 후벼파진다. 끊임없이 웃는다. 깨방정 금철이도 삽을 타고, 신행이 뱃심을 타고 하늘을 난다.

- 신행, 민구, 금철의 만행

평일 대낮이라 사람이 없는 노들텃밭. 공터에 금을 긋고, 옥자놀이를 한다. 두 무검이와 한 깨방정이가 땅이 울리게 뛰고 소리 지르고 깔깔거린다. 노들텃밭 관리하는 분들이 지나다니며 우리 쪽을 힐끔거린다. 나는 무엇이 부끄러웠던 것일까. 빨리 가자, 나는 이제 가고 싶어. 술이 오른 친구들의 목소리가 너무 크다.

3월 29일

우여곡절 끝에 밭에 모였다.

농사지어 보겠다고 땅을 받았는데 어떻게 해야 하는지 잘 모르겠다. 노들텃밭 사람들이 우리 밭에 미리 거름도 놔주고, 정수쌤은 개똥이며 계란 껍데기며 여러 가지 뿌려줬지만. 정작 언제 뭐 심고 몇 개를 어느 간격에 심고 그다음엔 뭐를 어떻게 해야 하는지 제대로 아는 게 없다. 농사 공부를 해야 할 것 같은데 때는 바야흐로 420 데모 시즌. 올해도 방치 농법이 되려는가……. 농사도 어려운데 휠체어 길도 고민해야 하고 새참과 점심과 귀가와 활동보조와…… 윽, 악, 그리고 아이고 허리야다.

그래도 흙 위에 있으면 적어도 내가 내 책상 위에 있는 썩지 않는 빵이나 가게 진열장에 있는 플라스틱 햄버거 같진 않으니까……. 아, 삽질하니 졸음도 쏟아지고, 좋다. 농사 만세…….

토요일엔 감자! 그리고 몇천 알의 씨앗들! 저녁엔 비 온다는데 좋은 건가. 아아아, 나도 몰라.

4월 13일

작년 두물머리의 노들 밭에서 자란 옥수수를 올해 노들섬 노들텃밭에 심었다. 우리 외할매 같은 정수쌤이 옥수수 씨를 받아놨다가 오늘 발아시켜오셨다. 캄동!

어쨌든 오늘도 노들텃밭은 수유너머 사람들과 활동보조인

우준 씨가 밭을 갈고 전동휠체어 타는 형님들은 지켜보고 형호는 발로 농사, 준호는 무릎이 아파서 오그리고 앉지를 못하는구나. 밭 갈다가 결혼식에 늦은 나는 팥쥐 같구나.

5월 27일
우리에게 농사란
잘 오지 않는 저상버스를 기다리는 일
함께 무사히 밥을 먹는 일
농사 선배들이 가르쳐주는 대로 해보는 일
잎에 붙은 진딧물을 손으로 눌러 죽이고 물로 씻어내는 일
음식과 커피 찌꺼기를 모아 퇴비로 만드는 일
다시 오지 않는 저상버스를 기다리고
야학으로 돌아오는 일
함께 시원한 거 마시며 웃는 일
수확물을 원하는 대로 나눠 갖는 일

노들바람을 여는 창

김유미

노들은 20주년을 기념하는 행사 준비로 요즘 무척 바쁩니다. 야학은 10월 중순에 1주 동안 열릴 행사 준비로 수업은 잠시 접어두고 매일같이 연극, 노래, 춤 같은 걸 연마하고 있습니다. 우리는 어쩌자고 한 주 내내 기념 행사를 열자고 계획을 짰던 걸까요? 10월 21일부터 26일까지 주간 행사가 열린다는 소식, 들으셨을 겁니다. 노들음악대의 음악회, 영상제, 동네 노래자랑 대회, 곧 나올 노들책의 북콘서트 그리고 토요일 낮밤 종일 열릴 '노란들판의 꿈'. 혜화역과 책방이음에서 열리는 사진전도 있습니다.

합창과 춤 연습 중에도 투쟁의 일상은 계속 굴러갑니다. 장애등급제·부양의무제 폐지를 요구하며 광화문역 안에서 진행하는 농성은 1년이 훌쩍 지나 400일이 넘었습니다. 얼마 전에는 야학 학생 두 분이 부모에게 소득의 변동이 생겼다는 이유로 수급자격 변동 통고를 받았습니다. 한 분은 수급비가 28만 원이나 줄어들 것이라는 통고를, 한 분은 아예 수급자격에서 탈락할 수 있다는 통고를요. 농성장을 지키고, 구청에 찾아가 항의하고, 돌아와 수업하고, 이제는 춤을 연습하고…….

일상과 투쟁, 교육과 현장이 뒤섞여 웃다가 울다가 지지고 볶는, 그렇게 굴러온 20년의 시간.

노들야학은, 밤에 열리는 우리의 이 학교는 언제까지 계속될까요? 노들야학의 태동기에 노들에서 뜨거운 한 시절을 보낸 김혜옥 선생님은 "노들야학은 언젠가 없어져야만 한다"라고 말합니다. "제도권이건 제도 밖이건 장애인도 똑같이 교육을 받는 세상이 반드시 와야 하므로."

반면 노들과 인문학 공부를 하면서 친구가 된 수유너머R 고병권 선생님은 노들은 계속되어야 한다고 말합니다. "노들이 밤을 포기하지 않기를 바랍니다"라고요.

노들이 지켜온 현장도, '교육=운동'의 등식도, 그리고 "노들이 권력이 부추기는 모든 '포기'에 맞서기를 바랍니다"라고 20주년 축사를 보냈습니다. 이 글을 읽고 있는 당신은 어떻게 생각하나요?

루쉰은 "밤만이 진실하다"라고 말하더군요. 저는 루쉰의 글 역시 노들 현장 인문학을 통해 처음 접했는데요, 아리송하지만 이 말 참 좋아합니다.

"밤을 사랑하는 사람은 밤눈과 밤귀가 밝아야 한다. 어둠 속에서 어둠의 모든 것을 보지 않으면 안 되기 때문이다."

노들이라는 이름으로 우리가 함께 보내는 이 밤의 시간은 무엇일까요?

내 푸른 청춘의 골짜기
노들야학 스무 해 톺아보기 프로젝트
김혜옥

장면 1

"보-온 호프!"

마을버스를 타기도 하고 전장협(전국장애인한가족협회) 누군가의 차를 타기도 하고 택시를 타기도 하며 우리는 소리친다. 오늘 뒤풀이 장소는 바로 구의역 사거리 BON 호프라고. 신난다. 새로 온 최 교장님이 술을 산단다. 이게 웬 공짜 술이냐? 우리는 정신없이 퍼마신다. 그때까지만 해도 우리는 비교적 인간다웠다. 아직은 술에 절지 않은 생생한 뇌세포를 가졌고 그때 우리의 간은 새빨갛고 윤기가 좔좔 흘렀으리라. 우리는 서로에 대한 호기심으로 눈을 반짝였고 나누는 대화는 신선했다. 새로 온 최 교장님은 야학 교사의 모습에 대해 역설했고 우리는 그 말을 술이 우리 몸을 채워가는 속도로 체득했다.

장면 2

"수업 끝나고 한잔해야지?"

"당근이지."

"오늘 메뉴는……."

2교시 쉬는 시간에 이런 얘기를 하고 학생들은 3교시 수업하러 들어간다. 남아 있는 교사가 처갓집 혹은 야식집에 안주를 주문하거나 정립식품에 가서 술과 안주를 사 오기도 한다(아! 술과 안줏값은 학생들 중 누군가가 이미 주머니에 찔러 줬다). 3교시가 끝나는 밤 10시, 교무실에 화려한 술상이 차려진다. 그때 우리는 늘 돈이 없었고 늘 먹을 것이 없었고 늘 술이 고팠으므로 그것은 당연히 화려하고도 훌륭한 술자리였다. 그리고 술과 안주보다 더 엄청난 '이야깃거리'가 있었다.

우리는 학생분들의 삶을 마주한다. 가슴에 뭔가가 자꾸 고여서 술을 들이켜지 않을 수가 없다. 새벽녘 집으로 가는 택시 안에서 고민한다(택시비도 물론 학생들 주머니에서). 나는 왜 야학을 하는가? 노들은 어떻게 나아가야 하는가?

장면 3

"수업 끝나고 한잔해야지?"

"아, 오빠(언니), 오늘은 정말 안 돼. 오늘도 술 마시면 나 죽을 것 같아. 오늘만 살려줘. 제발, 흑흑."

"몸이 많이 안 좋은가 보네. 에휴, 그럴 만도 하지. 오늘은 내가 그냥 보내줄 테니 딴 길로 새지 말고 얼른 집에 가."

"응, 고마워. 내일은 꼭 뒤풀이합니다. 바이바이."

아차산을 내려와 마을버스를 타고 구의역에서 2호선을 탄다. 학생들과의 뒤풀이를 뿌리쳤으니 오늘은 꼭 집에 일찍 가서 일찍 자야지. 안 그러면 정말 죽을 거야. 이건 사람 사는 꼴이 아니야.

다른 교사들과 전철을 타며 마음속으로 굳게 다짐한다.

전철이 성수역을 지나고 뚝섬역을 지나 한양대역에 서서히 진입한다. 눈빛들이 바쁘게 오간다.

'정말 그냥 갈 거야?'

쭈뼛쭈뼛, 멈칫멈칫, 절레절레, 망설망설…… 수많은 마음과 눈빛들이 왔다리 갔다리.

드디어 전철은 한양대역에 도착하고 술과 집 사이에서 고뇌하던 얼굴 중 하나가 전철 문이 닫히기 몇 초 전 소리친다.

"내려!!"

그 말이 무슨 주문이라도 되는 듯 모두들 한양대역에서 결연한 표정으로 내리고 주술에 걸린 병정들처럼 한양대 지하 포장마차로 행진하고 만다. 시간 없다며 막차 타야 한다며 급하게 들이켠 술은 내 기억의 일부를 앗아가고 간의 세포 정화 능력을 소리 없이 말살시킨다. 물론 술 몇 잔 더 들어가면 막차고 뭐고 밤을 하얗게 새운 날이 부지기수.

어떤 날은 한양대역에서 내리지 않고 무사히 왕십리역까지 갔다.

'마의 한양대역을 지났어! 오늘은 정말로 집에 가는구나!'

하지만 아직은 한양대 지하 포장마차를 걸어서 갈 수 있는 거리인 왕십리역, 악마의 속삭임은 여지없이 들리고 만다.

"내려!"

우리는 낄낄거리고 히히거리며 한양대 지하 포장마차까지 달려간다. 그리고…… 기억이 안 난다. 20여 년 가까이 지나서 기억이 안 나는 것이 아니라 술자리에서 했던 그 많은 이야기들이 다음 날 기억이 안 나기 시작한다. 대화는 더 이상 신선하지 않은 재탕에 재탕이었고, 누군가는 별로 중요하지도 않은 일로 목에 핏대를 세웠고 주먹질을 했고 누군가는 한강물이 넘쳐날 정도로 울었고 누군가는 변기를 붙들고 밤새 토악질을 해댔다. 우리 몸과 뇌는 그렇게 알코올에 소독되고 절여져 갔다. 그리고 점점 더 많아지는 하얗게 새운 많은 밤들, 까맣게 지워지는 기억들. 쓰다 보니 어느 시절엔 한동안 천호동의 '주가(酒家)'로 향한 적도 있었다. 부활의 〈사랑할수록〉을 기타 치며 목 놓아 부르던 박 교장님이 생각나는데 이건 또 언제일까?

술의 역사, 뒤풀이의 역사 말고 다른 얘기를 쓰고 싶었다. 우리가 야학에 대해 아무것도 몰랐을 때 어느 날 홀연히 나타나 술로 우리를 변화시킨 최 교장님 이야기라든가, 야학 초기 학생들이 힘들다고 수업에 빠지거나 야학 그만두겠다고 했을 때 이들을 만류하고 다녔던 일(그리하여 결국 명학 오빠를 십수 년 넘는 장수 학생으로 만들었고, 그때 내가 세게 굴었다고 나를 순악질 여사라 부르는 사람도 생겨났다는. 그 고왔던 얼굴에 어떻게 그런 별명을……)이라든가.

검시 날, 점심을 마련하기 위해 우리 자취방에서 밥도 하고 제육볶음을 만들어서 날랐던 험난한 시절, 언젠가는 검시 점심을 위해 우리 집에서 밤새 김밥을 쌌던 일도 있었다. 야학 수업 후 12시가 다 되어 자취방에 도착한 우리는 술을 홀짝이며 김밥을 싸기 시작했다. 안신연, 박성희, 오현숙도 있었던 것 같다. 나는 김밥을 썰고 다른 사람들은 김밥을 쌌는데 시간이 흐를수록 김밥의 내용물이 하나씩 없어졌다. 알코올에 절은 몸들이 졸음을 참아가며 김밥을 싸니 그게 온전한 김밥일 리 없지. 점점 단무지가 빠진 김밥, 시금치가 빠진 김밥이 생겨나기 시작했다.

"단무지 없는 김밥은 김밥이 아녀. 잘 좀 싸봐."

다들 깔깔깔 웃고 정신을 가다듬고 다시 잘 싸기 시작. 새벽이 될수록 또다시 김밥 재료가 하나둘 탈출한다. 우리는 또 까르르 웃고 어느새 또 빠뜨리고, 나중엔 써는 사람도 혼수상태라 뭐가 빠졌는지도 모르고 막 썲. 분명 힘들었을 테지만 힘든 줄 모르고 웃고 떠들면서 밤새 김밥을 쌌던 어느 날 밤 얘기라든가.

손 모 씨의 아들 모경오 씨가 첫 검시를 본 날, 검시 시험지 앞면만 풀고 "다 풀었다. 만세!" 하고 20분 만엔가 나왔을 때 뒷면에도 문제 있다며 시험장으로 다시 밀어 넣었던 일이라든가.

언젠가 송추인가 장흥으로 MT를 갔을 때 새벽녘에 술을 많이 마신 심 모 군이 사라졌다. (아니 권 모 군이던가?) 온갖 곳을 다 뒤지고 '설마 저 물속에 뛰어든 건 아니겠지?' 하며 계곡 가에서 걱정하고 있을 때 그를 찾았다는 소식. 우리 옆 방에 MT 온 여대생들 방에서 고이 자고 있었더라는 어이없는 일이라든가.

진형이, 병설이, 연구, 성규, 도식이 형, 일안이랑 제천으로 기차여행 갔던 일이라든가. (그때 기차에서 어떤 아줌마가 나한테 저런 장애인들과 같이 여행가냐고. 무섭지 않으냐고 물어봐서 나로 하여금 우리 일행을 잠시 '낯설게 하기' 기법으로 보게 했다. 근데 낯설게 봤더니 일행 모두 장애인으로 보이더라는.) 그날 밤, 강가에 텐트를 치고 잤는데 아침에 일어나 보니 간밤 비바람에 텐트는 다 찌그러지고 강물이 불어 거의 텐트 있던 곳까지 왔다고 했다. 하마터면 조난당한 장애인들이란 타이틀로 TV에 나올 뻔했다. 난 그때 알코올에 찌든 간이 문제를 일으켰는지 온몸이 가렵고 비실거리는 상태로 따라나선 여행이라 그 난리 통에도 잠만 잤었다. 태풍보다도 그 무서운 장애인들 틈에서 내가 어떻게 그렇게 태평하게 잠을 잤던 거지?

술에 취해 휠체어에서 낙상한 손 모 씨의 어느 날 밤도 있고. (하긴 휠체어와 한 몸이면서 술에 취해 유체이탈한 사람이 어디 한둘이던가?)

언젠가는 우리도 젊은 아이들이 노는 곳에 가보자 하여 대학로에 있는 콜라텍(?)인가 뭔가 하는 곳에 갔는데 종업원이 박 교장님을 보더니 입장이 안 된다고 하는 것이다. 우리는 광분하여 '장애인 차별'한다고 막 따졌는데 종업원 왈, 그게 아니고 박 교장님이 나이가 너무 많아서 안 된다고(그때 이미 흰머리 도사였으니 아마도 그게 진실이었을 듯). 그렇지만 이미 휠체어라 안 된다고 판단한 우리 중의 누구는 바닥에 드러누우며 항의하고, 나머지 일행들은 이 서글픈 장애인 차별에 눈물을 뚝뚝 흘리고 울고불고하면서 대학로를 싸돌아다녔던 얘기라든가. (아, 그때 박 교장님은 대학로 근처 이화동 사거리를 지날 때마다 언젠가 야학을 그곳으로 이전하겠다는, 그때 생각에 정말 꿈같은 소리를 했었는데……. 꿈은 이루어진다! 박 교장님은 위대하다!)

주로 술 취한 여교사들을 집에 데려다주던, 일개 교사였던 박경석(아니다. 그때 박경석 형은 교사도 아니었고 운전기사도 아니었고 도대체 뭐였나? 교장 자리 꿰차려고 노들 주변에서 염탐하는 중? 이젠 사실을 밝히라. 박 교장!). 많은 술 취한 여교사들의 애마, 박 기사의 엑셀 7297. 많은 낭자들이 그 차에 하도 오바이트해대서 결국 그 차를 폐차시켰다는……. 물론 그 이후에 산 씨에로도 비슷한 처지였다는 설도 있고. 나는 한 번도 한 적이 없는데 대체 누가 그렇게 오바이트를 해댄 거냐고? 뭐 그런 이야기라든가.

그런 소소한 것들을 잘 끄집어내어 재구성해서 쓰고 싶었다. 초창기 멤버로서 지금과는 너무 다른 그때를 세밀하게 그려내어 그 시절을 함께한 이들을 향수(?)에 젖게 하고 후배들에겐 '옛날옛적, 노들이 담배 피던 시절'에 대한 궁금증을 풀어주고 싶었다.

하지만 나는 매일같이 반복되던 뒤풀이 몇 장면만 선명하게 기억할 뿐, 그 시절에 대한 내 기억들은 도무지 어슴푸레하고 분절되고 뒤섞여서 언제인지도 모르겠고 누구랑 같이 있었는지도 모르겠고, 오로지 생각나는 건 술, 술, 술. 뒤풀이, 뒤풀이.

고놈의 알코올로 노들에서의 추억을 무던히도 쌓았지만, 고놈의 알코올 때문에 많은 기억을 잃고 말았다. 어느 날부턴가 뒤풀이 자리에서 일어나는 일을 3분의 1도 기억하지 못하는 신세가 되었다. 분명 그날 밤 술자리에 같이 있었는데 그날 밤의 난리 부르스를 마치 그곳에 없었던 사람인 양 다음날 다른 이들로부터 듣게 되는 신세가 되고 말았으니. 노들에서 베린 몸, 돌리도!

하지만 분명한 건, 술이 내 뇌세포를 아무리 갉아먹었어도, 세월이 아무리 지나도 분명히 기억하는 건, 나는, 우리는, 정말 노들과 노들 사람들을 사랑했었다는 것이다. 노들, 그곳에서 우리는 마음껏 마시고 웃고 울며 사랑했다. 참 많이도 쏟아붓고 참 많이도 쏟아냈다. 아, 징글징글한 눈물.

그런데 살아가다가 어느 날 깨달았다. 아아, '내가' 살려고 아차산 골짜기로 스스로 기어 올라간 거였구나. 거창한 무엇이 아니었고 그저 나를 위한 몸부림이었구나. 술과 야학을 빙자하여 나를 쏟아내고 풀어냈구나. 노들은 그런 나를 안아주고 다독여주고 감싸줬다. 나는 아차산 그 푸른 골짜기와 따사롭고 풍요로웠던 노란들판에서 치유되고 성장하였다. 그러므로 노들에서 베린 몸 따위는 용서해줘야 한다.

며칠에 걸쳐 이 글을 쓰면서 자주 울컥거렸다. 이제는 돌아 갈 수 없는 그 시절이 그립고 그 시절의 사람들이 그립고 그 시절의 내가 그리웠다. 돌아온 용팔이 오빠의 〈어느 날 귀로 에서〉를 낮게 흥얼거리며 그저 마음 다독인다.

빛나는 기억들 울렁이던 젊음 그곳에 두고 떠나야 하네. 이별에 익숙한 작은 내 가슴속에 쌓이는 두려움 오오오오. 내 푸른 청춘에 골짜기에는 아직 꿈이 가득해 아쉬운데 귀로를 맴도는 못다 한 사랑 만날 수는 없지만…….
화려했던 시간들 울고 웃던 친구들 그곳에 두고 떠나야 하네. 앞만 보고 달려온 지난날의 추억을 아파하지 마라. 오오오오.

노래를 부르다 보니 추억할 수 있는 뜨거웠던 날들이 있음 에 감사한 마음이 든다. 그러니 아파하지 마라. 빛나는 기억 들. 울렁이던 젊음. 푸르던 청춘아.

마지막으로 뱀다리.

장면 4
"20년 후에도 노들은 존재하고 있을까?"
최 교장님이 묻는다.
"당연하죠."
우린 이구동성으로 대답한다.

"야학은 없어지기 위해 존재한단다. 이것들아."

그 시절 뒤풀이에서 했던 말이다. 그때는 20년이 참 멀게 느껴졌는데 벌써 그 20년이 돼버리고 말았다.

없어져야 할 노들이 스무 살이 되었단다. 태어나서 걸음마 떼고 아장아장 걷던 서너 살 무렵이 엊그제 같은데, 지금은 키도 훌쩍 커버렸고 여기저기 막 뛰어다니는 혈기 방자한 이십 대 청년이 되었다. 어느새 훌쩍 커버린 내 아이를 보는 듯 흐뭇하고 고맙고 기특하고 대견하다.

하지만 노들야학은 언젠가 없어져야만 한다. 제도권이건 제도 밖이건 장애인도 똑같이 교육을 받는 세상이 반드시 와야 하므로. 장애인 야학을 필요로 하는 사람이 언젠가는 없어져야만 하므로.

한 시절 들불처럼 생겨났던 노동 야학이 이제 역사 속으로 사라진 것처럼.

젊은 노들이 좀 더 그 푸름을 발산하기를. 좀 더 낭창낭창 푸르렀다가 실하고 굵은 열매로 가득한 황금빛 들판을 이룬 다음 멋지게 역사 속으로 사라지기를. 그리고 역사가 필요로 하는 모습으로 다시 태어나기를. 스무 살을 맞이한 사랑하는 노들에게 보내는 축원이다.

노들과의 인연은 어떻게 시작되었나요?

노들야학 스무 해 톺아보기 프로젝트

홍은전

1983년

엄혹한 시대는 내 알 바 아니라는 듯 행글라이딩을 즐기던 한 호기로운 청년이 사고를 당합니다. 하반신이 마비된 그는, 외로움보다 더 무서운 '무덤 같은 무감각'을 견디며 5년의 시간을 집에서 보냅니다. 이때 노들야학과 그의 인연은 이미 시작되었습니다. 15년 뒤, 그는 노들야학의 세 번째 교장이 됩니다.

1992년

장청이 아직 노들야학을 만들기 전.

전국적인 운동조직을 만들기 위해 제주로 내려갔던 장청의 활동가 정태수는 한 대학생을 만납니다. 장청은 결국 전국 조직을 만드는 데 실패했지만, 이듬해 장애인야학을 만들고, 그때 만난 대학생은 7년 뒤 야학의 봉고 운전사가 되어 전국을 누빕니다.

노들과 우리의 인연은 우리가 그 문을 두드리기 훨씬 이전부터, 어쩌면 노들야학이 태어나지도 않았을 때부터 시작되었습니다. 그리고 그사이, 더 많은 일들이 얽히고설켜서야 당신과 노들과 내가 만날 수 있었습니다. 잠시 숨을 들이마시고 소주를 한잔 꺾은 후에야 시작되는 당신의 긴 이야기를 듣는 일이 나는 참 좋았습니다.

노들과의 인연은 어떻게 시작되었나. 나에게도 물어보았습니다.

대학 4학년 봄

선생님이 되려면 임용고사를 보는 것밖에 그 방법을 몰랐을 때. 임용을 향한 거대한 달리기에 합류하기 위해 도서관에 자리를 배정받고 노량진 학원에도 다니기 시작했습니다. 그런데 나는 어쩐지 시동이 걸리지 않고 괴롭기만 했습니다. 임용의 문은 좁았고, 달리는 사람은 넘쳤습니다. 대부분의 사람이 떨어지고 아주 소수만 합격한다는 사실을 모두가 알면서도, 너도나도 그 달리기에 뛰어들었습니다. 그러고는 옆 사람을 경계하며 미친 듯이 자기를 착취했습니다. 책 읽으며 나누었던 그 좋은 가치들은 모두 서랍 속에 쑤셔 넣고 그것들이 비집고 나올세라 못질까지 탕탕해놓은 사람들처럼.

'내가 되고 싶은 건 좋은 선생님인데, 이건 아닌 거 같아.'

나는 말이 점점 없어져 갔습니다. 그렇게 더 살다간 죽을 것 같았던 밤. 나를 구해주기로 마음먹고 인터넷을 뒤져 노들야학의 전화번호를 메모했습니다. 그 밤.

아니, 그보다 전에.

스무 살 3월

"좋은 교사가 되려면 시대를 아파할 줄 알아야 한다"라고 말했던 선배가, 어느 열사의 추모 투쟁에 가자고 나를 꼬드겼습니다.

선배는 의미심장하게 웃으며 '운동화'를 신고 오라고 당부했습니다. 그것이 무슨 뜻인지 알고 있었으므로 덜컥 약속해버린 걸 오래 후회했습니다. 적당히 핑계 대고 가지 말까. 운동화 끈을 풀었다 맸다 반복했습니다.

'지은 죄도 없는데 뭘 겁내는 거야.'

결국 운동화 끈 질끈 매고 집을 나섰습니다. 그날.

나는 지은 죄도 없이 시커먼 경찰들에게 쫓기느라 가슴이 터질 뻔했고, 그렇게 많은 사람들이 이 이상한 뜀박질을 함께하고 있다는 사실에 가슴이 뛰었고, 넘어진 나를 일으켜주고 금세 사라져버린 누군가가 고마워서 가슴이 떨렸습니다. 그날.

아니, 그보다 전에.

고등학교 2학년

체육 선생의 호각 소리와 함께 선착순 달리기가 시작되었습니다.

10등까지 가려내고 선생은 또 여유 있게 호각을 붑니다.

"다시 뛰어."

'나머지들'은 또 다릅니다. 꼴찌 그룹이 만들어질 때까지 달리기는 계속되었습니다. 체육 선생의 웃음이 비려서 토할 것 같았고, 뒤처진 친구들을 보며 안도하는 내 자신이 싫었고, 그러고도 나는 끝내 죽을힘을 다해 뛰었습니다. 설명할 수 없는 감정들로 주저앉아 울고 싶었던 날. 가장 열심히, 가장 오래 달린 친구들이 벌을 받았던 그날.

아니, 그보다 더 전에.

그 꼬마는 대체 몇 살이었는지

마루에서 들려오는 술에 취한 아버지의 목소리가 거칠게 높아지자 꼬마는 불안에 떨고 있습니다. 결국 무언가가 깨지고 엎어지고 사람들이 뒤엉킵니다. 아이는 엄마가 다칠까 봐 도망도 가지 못하고 그 난장판 옆에서 울기만 했습니다. 아버지가 무서워서 소리도 내지 못하고 울던 아이는, 그 밤 엄마가 멀리 달아나기를 진심으로 바랐습니다.

몇 살인지도 기억할 수 없는 그때. 아마도 그때부터.

노들과의 인연은 시작되었습니다.

그 일들이 없었다면 나는 노들을 만나지 못했거나, 이렇게 오래, 그리고 깊게 좋아하지는 않았을 것 같습니다.

'원하지 않으면 달리지 않아도 좋다'는 말이,

'무서울 땐 소리 내어 울어도 괜찮다'는 말이,

'교육과 삶은 분리될 수 없다'는 말이,

'차별에 저항하라'는 말이,

그리고 '같이 해보자'는 말이, 나를 살려주었습니다.

그 말을 하던 당신이 아찔하게 좋아졌던 순간을 생생하게 기억합니다. 나도 당신을 따라 그렇게 말하고 그 말을 따라 살아가고 싶었습니다.

우리 안에는 이미 좋은 것들이 내재되어 있습니다.

연대, 이해, 저항, 배려, 견딤, 소통, 칭찬, 격려, 걱정, 다양함, 끈질김, 존중, 협력, 헌신, 사랑, 뜨거움, 치열함……

그것들이 짓눌리기 싫어 심장에서 갸르릉거릴 때, 노들과의 인연은 시작됩니다.

얼마 전 신임 교사 세미나.

'야학을 접해보니 어떠냐'고 물었을 뿐인데, 당신은 당신이 아팠던 2년의 시간을 힘겹게 꺼내며 말을 잇지 못하고 눈물을 흘렸습니다.

'당신과 노들의 인연은 거기서부터 시작되었군요.'

나는 우리를 만나게 한 그 시간들에 진심으로 감사했습니다.

당신이 노들을 만나

당신 속에 내재된 좋은 것들을 더 많이 발견할 수 있기를.

그리하여 그 힘이 다시 노들을 키우기를 바랍니다.

2013. 7. 18. 은전.《노들야학 20년사》를 정리하는 중에.

노들바람을 여는 창

김유미

노들 20주년, 노들야학의 스무 번째 한 해. 조금은 특별한 이 한 해를 붙들고 무엇을 할 것인가 골몰하며 2013년을 보냈습니다. 2013년 초, 아니 그 전부터 이미 예상했던 정신없고 바쁜 시간이었습니다. 저마다에게 펼쳐진 '노들이라는 사건'을 노래로 춤으로 드러낸 시간. 설레고도 불안한 시간이 차곡차곡 충실한 걸음으로 지나갔습니다.

"누구는 노들과 자신을 동일시했다. 노들은 공간이었고, 시간이었으며, 그 누군가이기도 했다. 하나의 존재였고 당신이었으며 당연히 '우리'였다. 벽에 붙어 있기도 했고 입으로 발화되기도 했으며 발밑에 잠기기도 했다. 씨앗이기도 했고, 때로는 나를 품기도 했다. 깃발이 되어 광장에서 펄럭이는 날도 있었다. 가방에 구깃 집어넣듯 누군가의 기억 속에, 과거 속에 노들은 존재한다. 그리고 오늘에 현존한다. 노들은, 그렇게 스무 살이 되었다."

《비마이너》의 혜민 기자가 써낸 노들의 이러한 여러 정체성이 저는 무척 재밌습니다. 노들은 여전히 저에게 정체불명의 덩어리입니다. 하나이면서 숱한 의미를 갖고, 다양한 형태로 이해되고 소유되고, 사랑받았다가 미움받았다가, 부드러운 듯 날카롭고, 깊고 깊은, 넓고 넓은, 복합적이고 다면적인, 그의 성격에 관해서도 계속계속 쓸 수 있을 것 같은…… 아마도 저는 이런 노들이 궁금해서 노들을 계속하고 있는 것 같습니다.

좋다고만 하기엔 버거워 지긋지긋하다를 덧붙여보고, 예쁘다고만 하기엔 추한 것들도 참 많고, 재밌다고 하기엔 뒤통수치는 어려움들이 즐비하고, 여유로우면서도 가난할 수밖에 없는, 그리고 이런 식의 나열 역시 계속계속 할 수 있을 것 같은…… 신기한 노들. 행복이 무엇인가, 함께 사는 게 무엇인가, 사랑이 무엇인가, 이렇게 다시 묻게 만드는 노들이 고마워서 저는 노들을 계속하고 있는 것 같습니다.

이번 호는 《노들바람》 99호입니다. 노들의 이야기를 이렇게 책으로 묶은 것도 아흔아홉 번이나 됐습니다. 《노들바람》 독자들에게 고마운 마음을 전합니다. 다음 호 100호는 노들 20주년을 기념하는 특별호로 만들어보려고 합니다. 벌써 설레네요.

1

1. 2008년 1월 마로니에 공원 천막야학.

2. 2007년 동대문역사문화공원역 안에서 매주 진행한, 교육 공간 확보를 위한 거리 서명전.
3. 2006년 활동보조 제도화를 위한 삭발 투쟁.

4. 2009년 임은영 학생 졸업식.
5. 2005년 장애인차별금지법 제정 운동에 함께한 노들야학 학생들과 교장 선생님.

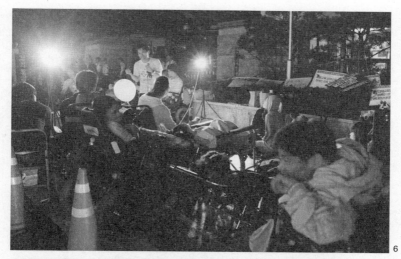

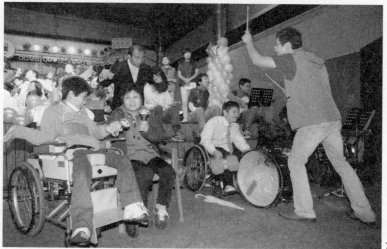

6. 2008년 서울시교육청 앞에서 열린 인문학 강좌.
7. 2010년 노란들판의 꿈 무대에 오른 노들음악대.

8

9

8. 2007년 정립회관 강당에서 열린 '노들인의 밤'.
9. 2011년 마로니에 공원 무대에서 열린 18회 노란들판의 꿈.

10

11

10. 2007년 남이섬으로 간 모꼬지.
11. 2007년 12월 31일 정립회관 떠나는 날.

30

지금 국현 씨를 생각하는 모든 분들께

현정민

아, 어떻게 우리가 이 작은 장미를 기록할 수 있을 것인가?
갑자기 검붉은 색깔의 어린 장미가 가까이서 눈에 띄는데?
아, 우리가 장미를 찾아온 것은 아니었지만
우리가 왔을 때, 장미는 거기에 피어 있었다.

장미가 그곳에 피어 있기 전에는, 아무도 장미를 기대하지
않았다.
장미가 그곳에 피어 있을 때는, 아무도 장미를 믿으려 하지
않았다.
아, 출발도 한 적 없는 것이, 목적지에 도착했구나.
하지만 모든 일이 워낙 이렇지 않았던가?
— 베르톨트 브레히트, 〈아, 어떻게 우리가 이 작은 장미를
기록할 수 있을 것인가?〉

전(우리는) 앞으로 한없이 국현 씨를 그리워하겠지요.
그와 함께했던 짧은 순간들이 고무줄처럼 늘어나고, 엿가락
처럼 휘어져 맘 깊은 곳에서 튕기고 끈적하게 달라붙습니다.

수업을, 사람을 너무 좋아하면서도 교실의 닫힌 공간이 힘들어 안절부절못하다가 결국 밖으로 나가버렸던 첫 미술 수업. 바로 다음 주에 만난 그는 교실 안에서 환하게 웃으며 수업을 듣고 있었습니다. 그 누구보다 환하고 반짝거리는 얼굴로.

그 얼굴에서 보았습니다. 작은 스케치북에 한가득 그림으로 채울 날이 머지않았음을. 자기 이름만이 아닌, 다른 글을 읽고 쓸 날을. 어쩜 새로 사귀게 될 여자친구를 보았습니다. 그는 배우고 싶어 했고, 사랑하고 싶어 했습니다. 노들은 아주 긴 시간 동안 그 시간들을 함께할 거라 조용히 약속하고 있었습니다.

노들은 그런 곳이니까요. 그네들이 1, 2년 해보고 말 일을 12년이 걸리더라도 변함없이 응원하고 함께하는 곳이 바로 노들이니까요.

국현 씨는 그리기를 좋아했을까요. 만들기를 좋아했을까요. 빨간색을 좋아했을까요. 노란색을 좋아했을까요. '송국현'이란 이름 세 글자 말고 어떤 글씨를 써보고 싶었을까요. 혹시 짧은 스포츠머리 말고 다른 머리를 해보고 싶지 않았을까요. 함께했을 그 시간들이 너무 그립습니다.

우린 모두 각자 그를 그리워하고 있습니다. 어떤 학생은 매일 그의 사진 앞을 지킵니다. 어떤 선생님은 매일 거리로 나가 그의 이름을 큰 소리로 불러댑니다. 어떤 학생은, 어떤 선생은 매일 그가 가고 싶어 하던 지역사회에서의 삶을, 배움의 길을 교실과 거리에서 이어가고 있습니다.

장례식 날. 시설에서 나올 때부터 국현 씨와 함께하셨던 활동가 선생님이 목 놓아 울던 모습이 잊혀지지 않습니다. 사비로라도 활동보조를 더 고용했었더라면, 아님 활동가의 집에서 자게 했더라면, 그날 그런 일이 안 일어나지 않았을까…… 한없이 곱씹으며 너무나 미안하다는 그분의 말씀이 커다란 돌덩이가 되어 마음을 짓누릅니다. 어째서 그분이 미안해해야 하나요.

국현 씨에게 3급 딱지를 주곤, 매정하게 귀 막고 눈 막은 복지부 장관에게, 사과하라며 몇 날 며칠을 울부짖던 선생님이 아직도 사과조차 않는 복지부 장관을 보며 깊고 깊은 밤 국현 씨에게 미안하다 말하던 그 속내를 무슨 수로 달랠 수 있을까요. 정작 국현 씨를 사지로 내몬 국가는 사과조차 않고, 그를 가장 사랑하는 사람들만 미안하다 미안하다 할까요.

설혹 국현 씨가 그곳에서 그를 사랑하는 이들에게 미안해하고 있을까 봐 걱정이 됩니다.

열 살짜리 꼬마도 활동보조서비스에 대해 설명을 듣고, 국현 씨에게 활동보조가 필요한지 안 필요한지를 물으면 당연하단 표정으로 "필요해요!" 대답합니다. 열 살짜리 꼬마도 '인권'이 인간으로 태어나면 누구나 가지는, 인간답게 살 권리라는 것을 압니다. 인권의 주체인 한 나라의 국민이 인권의 사각지대로 몰려나 보호받지도 못한 채 외롭게 싸우다 죽었는데 어째서 국가는 고개 숙여 사과조차 하지 않습니까.

활동보조 시간이 부족해 혼자 자다가 몇 번이고 죽을 뻔했다고, 아무렇지도 않게 웃으며 말하는 장애인 친구의 말을 들을 때마다 뒷골이 바짝바짝 시립니다. 그가 혼자 자는 날이면 친구들은 돌아가며 새벽에 전화를 겁니다. 혹시 죽어가고 있는 상황일 수 있으니까요. 오늘 이렇게 낄낄거리던 친구가 내일이 되면 없어져버릴 수도 있다는 불안감. 그네들은 알고 있을까요.

국현 씨의 죽음에 우리는 함께 죽었습니다. 당장 나의 죽음도, 내 친구의 죽음도, 내 가족의 죽음도 그와 다르지 않을 테니 그의 죽음이 곧 나의 죽음과 같았습니다. 얼마나 더 뜨거운 죽음이 있어야만 그네들의 차가운 머리가 반성할 수 있을까요. 얼토당토않은 기준으로 인간에게 급수를 매기고는 절대적으로 부족한 복지서비스를 차등을 두고 나눠 갖게 하는 장애등급제. 가족에게 장애의 책임을 물어 교묘히 국가의 의무를 가족에게로 떠넘기는 부양의무제. 치솟는 불길처럼 꺼질 줄 모르는 두 개의 화마는 지금 이 순간에도 벌건 눈을 부라리며 또 누군가의 목숨을 가져가기 위해 침을 질질 흘리고 있습니다.

살아남아 주세요. 이 땅의 모든 국현 씨. 제발 죽지 말고 우리 곁에 계셔주세요. 먼 곳에 계신 국현 씨가 다시는 본인과 같은 동지를 만나지 않도록. 언젠가 다시 만날 때 이곳엔 드디어 그 드세던 불길이 사라졌고, 장애해방의 날이 왔다고, 바로 내가 쟁취했다고 이야기해주세요. 그래서 사람답게 살

다 왔다고, 사람답게 먹고, 사람답게 자고, 사람답게 실컷 사
랑하다가 왔다고 이야기해주세요.

　우리는 앞으로 한없이 국현 씨를 그리워하겠지요.

　우리 송국현을 잊지 말아요. 절대.

　국현 씨에게

　국현 씨. 우린 꼭 다시 만나요. 다시 만나서
　더 재밌는 미술 수업을 오래오래 함께해요.

노들바람을 여는 창

김유미

올해 4월 20일 아침 8시 40분경 동대문 앞 횡단보도. 전동 휠체어를 타는 장애인 활동가들이 목에는 사다리를 걸고 온 몸엔 쇠사슬을 두르고 "장애등급제 폐지하라", "부양의무제 폐지하라" 외쳐댔습니다. 갑작스러운 시위에 교통경찰은 잔 뜩 난감해하며, 저분들 좀 말려달라고 했습니다. "월요일 아 침에 여기서 이러시면 어떻게 합니까. 저기 차들 좀 보세요." 비가 부슬부슬 오는데도 꿈쩍도 않고 계속 구호를 외치는, 의 지의 활동가들.

저는 이 장면을 본 적이 있습니다. 2009년 4월 20일에도 중 증장애인 활동가들은 똑같은 장소에서 똑같이 사다리와 쇠사 슬을 건 채 구호를 외쳤습니다.

2009년 4월 20일에도 비가 왔고, 차들의 빵빵 소리와 운전 기사들의 욕설이 똑같이 퍼부어졌습니다. 억압의 계속, 투쟁 의 반복, 산다는 건 이런 것일까 싶더군요.

5월 17일은 서울 광화문역 지하보도에 천막을 치고 장애등 급제·부양의무제 폐지를 요구하는 농성을 한 지 1,000일이 되는 날입니다. 1,000일 동안 이 세상은 무엇이 바뀌었을까

의문스러운데, 우리가 맞이한 죽음들은 명확합니다.

광화문 농성장엔 고 김주영 활동가를 시작으로 억울하게 세상을 떠난 열한 분의 영정이 모셔져 있습니다. 하지만 우리가 이렇게 붙잡아 매지 못한 죽음이 더 많을 겁니다. 가난한 이들의 죽음은 너무나 조용하기에 드러나지 않을 뿐입니다.

인천 해바라기 장애인거주시설에 살던 지적장애인 이 아무개 씨가 지난 1월 끝내 숨을 거뒀습니다. 이 씨는 작년 12월 25일 온몸에 피멍이 든 채 의식불명 상태로 병원 응급실로 실려 왔습니다. 이 씨가 왜 그렇게 죽어갔는지 모른다고 합니다. 그의 죽음은 여전히 '의문사'로 남아 있습니다.

저는 이 의문사 역시 익숙합니다. 갇힌 공간에서, 세상에 없는 듯 살아가는 이들이 있습니다. 살아 있지만 이미 잊힌 지 오래인 이들의 목숨, 스스로 큰 소리 내 말하지 못하는 이들의 목숨은 잔인하게도, 가벼웠습니다. 세상은 이들의 반복된 죽음에 무뎌졌고, 그렇게 조용해졌습니다. 그리고 그 목숨들은 그만큼 아무렇지 않게 다뤄졌습니다.

그렇기에 저는 이 죽음들 앞에서 더 요란해지고 싶습니다. 억울한 죽음을 붙들어 매고, 이유 모르는 죽음에 끈질기게 들러붙어서, 길을 막고, 욕을 먹고, 손가락질받는 게 차라리 더 낫지 않은가 싶습니다.

노들바람을 여는 창

김유미

올해 노들야학은 큰 변화를 시도했습니다. 야학은 아차산에서 대학로로 오면서 '밤 야(夜)' 자를 쓰는 야간학교에서 '들 야(野)' 자를 쓰는 들판의 학교로 이름을 바꿨는데요.

그에 맞춰 살아가려 애쓰기라도 한 것처럼 올해 '낮 수업'을 시작했습니다. 발달장애가 있는 학생분들을 위한 낮 수업반이 만들어진 것이죠. 야학에서 점심을 함께 먹고 공부를 시작하기 때문에 학생분들의 등교 시간이 야간학교 시절에 비해 많이 당겨졌는데, 어쩐 일인지 몇몇 학생분들이 점점 더 일찍 야학에 나오고 있습니다. 심할 땐 저와 출근길에 만나기도 하고요. 보통은 출근해서 커피 한 잔 마시고 보면 어느새 사무실 문을 열고 저의 뒤통수를 바라보고 계신다거나, 민중가요가 나오게 해달라고 말을 거는 일이 일상이라고 할 수 있습니다. 아무튼 그리하여 노들야학은 밤늦게까지 공부하고 아침에도 일찍 일어나는 학교가 되어갑니다.

낮 반 학생분들은 저마다 개성이 강한데요, 제일 고참인 언니는 지하철을 타고 가다가 딴생각에 빠져 내리지 못하는 일을 종종 일으킵니다. 야학에서 하교했는데 집에 도착하지 않왔다거나 그 반대의 일이 종종 벌어지곤 합니다. 노구의 어머니가 오십이 넘은 딸을 데리고 야학에 나오시는 날이 종종 있었습니다.

낮 반 학생분들과 함께하면서 조금씩 다른 것들을 보게 됩니다. 야학의 분위기도 조금 달라지고, 고려해야 할 부분은 나날이 늘어납니다. 그래서 대체로 정신이 없지만 그래도 재미있는 날이 있습니다. 목소리 높여 싸우는 날도 있지만 대체로 낮 반 교실에선 커다란 웃음소리가 벽 너머로 넘어 나옵니다. 지루하면 바로 티가 나고, 재미없는 건 관심도 없습니다. 이런 태도 배워야겠다 생각하다가도 길 잃어 헤매는 언니를 보면 아이고 소리가 절로 나오지요. 어쨌든 노들의 장막이 본격적으로 찢어지기 시작했습니다. 낮 반에 대한 자세한 내용은 가나 선생님의 글에서 확인할 수 있습니다.

이번 호부터 글마다 필자의 개인 소개를 넣습니다. 글쓴이가 어떤 사람인지도 자세히 들여다봐 주세요.

나의 깃발

노들의 벗, 김호식을 보내며

홍은전

　야학 학생 김 아무개가 죽었다는 소식을 들은 건 그의 장례가 끝난 직후였다. 갑작스러운 부음도 믿기 어려웠지만, 그가 이미 화장되어 봉안당에 안치되었다는 사실에 우리는 모두 할 말을 잃었다. 3일 전 그는 소주 세 병을 마신 후 축 늘어진 채 잠이 들었고 그날 밤 심장마비로 세상을 떠났다고 했다. 그의 죽음을 발견한 활동보조인은 충격에 빠져 어찌할 줄 몰랐다 했고, 가족들은 그가 '혼자'의 몸이었으므로 빈소를 차리지 않으려다가 기초생활수급자 장례지원단의 설득으로 삼일장을 치렀다고 했다. 그리고 하필 그날 그의 핸드폰이 켜지지 않았다고 했다. 쉽게 납득하기 어려운 우연들이 겹쳐 그는 15년을 함께 보낸 벗들과 단 3일의 이별 의식조차 갖지 못한 채 세상을 떠났다.

　2001년 그를 처음 만났다.

　뇌병변 장애인인 그는 학교를 다니지 못했고 술에 취해 자신을 때리던 형제에 대한 상처가 있었다. 열아홉에 복지관에 나가 한글을 배우기 시작했으나 속도가 더딘 그는 거기서도 배제되었다. 장애인의 날, 직원들이 장애인들의 머릿수를 센 후 차에 태워 올림픽공원에 풀어놓는 걸 보고 '천사 짓'을 그만두었다고 했다. 서른이 되어 야학에 다니기 시작했을 때 그가 원했던 건 '사람들이 자신을 함부로 대하지 않게 하는 법을 찾는 것'이었다.

술과 이야기를 좋아하는 유쾌한 사람이었다. 한글은 좀처럼 늘지 않았으나 누구보다 배움을 갈구했다. 몇 년 전 독립했고 술을 많이 먹었고 자주 넘어졌다. 상처를 달고 살았다.

만날 때마다 낄낄대며 타박했던 그가 이렇게 감쪽같이 사라질 수 있는 사람이었다는 걸 그의 죽음이 적나라하게 깨우쳐주던 밤. 후회인지 그리움인지 알 수 없는 감정에 휩싸여 어린아이처럼 목 놓아 울었다.

그는 술을 끊었다가 얼마 전부터 다시 먹었다고 했다. 빈속에 부어댄 술의 숙취보다 끔찍한 것은 자꾸만 실패하는 못난 자신을 견디는 일이었을 것이다.

마지막으로 야학에 왔던 날, 그는 몸이 아팠다고 했다. 집으로 돌아간 그는 그 아픈 몸에 3일 동안 술을 부었다. 작은 방 한켠에 축 늘어진 채 잠들어 있는 그의 곁에 아무도 없었다는 것이 참을 수 없이 슬펐다. 그들의 삶을 모르지 않았다. 알면 알수록 감당하기 어려웠으므로 열심히 도망치듯 살아오지 않았나. 그러나 안다고도 할 수 없었다. 알았더라면 그 삶에 그토록 함부로 훈수를 두지는 않았을 것이다.

뒤늦게 마련된 추모제에서 영상 속 그를 보았다. 그는 니체를 읽었고, 연극을 했다. 텃밭에 가서 열무를 뽑았고, 초등학교에 가서 인권 교육을 했다.

그것들은 모두 학생들의 깊은 무기력과 냉소, 우울과 싸워 보겠다고 교사들이 기를 쓰고 만들어낸 것들이었다. 사람들은 당시의 기쁨과 희망, 짜증과 실망을 떠올리며 희미하게 웃었다. 우리는 그가 우리에게 남겨준 빛나는 추억을 보고 있었으나 동시에 그가 홀로 견뎌야 했을 외로움과 공허, 환멸의 깊이를 보고 있었다. 그의 삶이 밑 빠진 독 같았다. 일개 야학의 노력으로는 결코 채울 수 없는 거대한 결핍. 그에겐 왜 그만큼의 기회밖에 주어지지 않았나.

뒤늦게 새로운 삶을 꿈꾸며 그들은 가족과 시설로부터 자립했다. 그러나 가족에게 소외되고 학교로부터 거부당하고 일자리를 얻지 못해 생긴 그들 삶의 거대한 공백은 몇 개의 복지프로그램으로는 절대 해결될 수 없는 것이다. 사방이 꽉 막힌 삶.

그는 출구의 열쇠를 얻고 싶어 했다. 야학을 한다는 건 그와 함께 니체를 읽고 연극을 하며 열쇠 찾기를 멈추지 않는 것이었고, 우리에게 장애인운동이란 기어이 출구를 만들어내는 것이었다. 4월 7일, 우리의 깃발 하나가 사라졌다. 무력함을 견디며 쓴다.

수연 언니의 자립 체험기
(그리고 박임당의 활동보조 분투기)
박임당

생존, 그것이 단연코 문제로다

지난 2016년 6월 20일부터 4박 5일간 노들야학 정수연 학생의 자립생활 체험이 진행되었다. 사실 수연 언니의 자립 체험을 계획하기 전에는 나에게도 많은 꿈이 있었다. 수연 언니와도 사전에 많은 이야기를 하고, 또 부모님과도 여러 번 이야기를 하고, 주변의 자립 사례들을 듣고 싶기도 했다. 정말 찰진 시간을 짜보리라 지윤(수연 언니의 또 다른 활보이자 노들야학의 교사)과 나는 그렇게 다짐했었다. 그러나 시간에 쫓겨 자립 체험 날은 다가오고 있었고, 여유를 가지고 준비할 수 있는 상황이 아니었다. 지윤과 나는 부랴부랴 회의를 꾸리고, 지윤이가 어머님을 만나 언니가 어떻게 4박 5일간 '죽지 않고' 살아남을 수 있는지에 대한 노하우를 전수받는 선에서 아주아주 최소한의 준비만을 하고 말았던 것이다.

변명을 하자면 우리는 주거를 함께하며 활동보조를 해본 적이 없는 비숙련 활동보조였고, 또 따로 낼 만한 시간의 부재로 인해 수연 언니의 욕구를 제대로 파악할 시간을 갖지 못

했다. 이것은 전적으로 우리의 잘못이지만, 일단은 어쩔 수 없는 일이었다. 언니가 4월부터 기다려온 자립 체험을 미룰 수는 없었고, '모든 준비가 완벽하게 끝난 체험이라는 건 영원히 시작될 수 없는 것일 거야'라고 생각하며 애써 스스로를 자위했다.

언니는 언니대로 합법적으로 집을 나온 것 자체에 만족감을 느끼고 있었다. 실은 마치 술 취한 사람처럼 붕붕 떠 있는 상태인 것 같았다. (ㅎㅎ 수연 언니는 아니라고 부정함.)

우선 야학에서 낮 수업과 저녁 수업 듣는 일정은 고정시켜 놓고, 그 외의 밤 활동에 대해 주로 계획을 세워야했다.

여가 시간을 잘 보내는 것도 그렇지만, 사실 씻는 것이 가장 큰일이었다.

나와 지윤은 언니가 샤워를 하기 전까지 엄청나게 불안해하다가 샤워를 마치면 안도의 한숨을 내쉬었다. 비록 가녀린 몸집의 언니였지만, 욕실이 방과 멀어서 씻을 때 두 사람이 필요했기 때문이다. 그래서 야학의 여성 상근자들이 돌아가며 방문해 함께해주었다. 이에 대해 언니의 의사를 확인해보았는데, 수연 언니는 진짜 쿨했다. "볼 테면 보라지~." 자유의 기운을 만끽해서였는지(나중에 물어보니 안 부끄럽고 좋았다고 함), 어쨌든 그런 점이 멋있었다.

감동적인 몇 장면도 있었다. 수연 언니를 친동생처럼 아끼는 상연이 형은 체험 첫날 언니랑 눈이 마주치자마자 금세 눈물이 그렁그렁해졌다. 그러고는 나중에 따로 언니를 불러서는, 자유롭게 하고 싶은 것 다 하고 살라며 애틋한 맘을 전했다. 그것으로도 모자라 통닭까지 사 들려 보냈다.

어머니는 언니가 가족 아닌 누군가와 외출할 일이 생기면 자동으로 전화기에 손이 가던 사람이었다. 그러던 어머니가 체험 첫날 전화를 꾹꾹 참으시고는 다음 날 야학에 멀쩡하게 나온 언니를 보고 티는 안 냈지만 무척이나 안도했다고 전했다(《비마이너》 최한별 기자의 기사 참조). 아버님은 마침 신경 계통 수술을 하시는 바람에 언니를 일주일이나 못 보게 되었다. 그러다가 영상 통화를 통해 언니 얼굴을 보자마자 폭풍 눈물을 흘리셨다. 지켜보는 우리도 눈물바다. 그래도 씩씩한 정수연, 진짜 멋있었다.

언니만 살지 말고, 나도 같이 살자

그러나 어찌 좋았던 것만 있으랴. 이 지면을 빌려 이용자 정수연의 행태를 낱낱이 고발하겠다. 음하하. 우선 스케줄 조정건. 앞에서 말했듯 언니가 샤워를 하기 위해서는 두 사람이 필요했고, 그래서 샤워를 아침에 할 것인지 저녁에 할 것인지 정할 필요가 있었다. 이를 정해서 상근자들과 스케줄을 다 맞추어놨는데, 돌연 술을 자시겠다고 한다. 아, 이럴 수가. 다시 연락을 돌려서 시간 약속을 잡거나 취소하거나, 언니와 협상을 한다. 아, 그다음 날도 언니는 술 약속이 잡혔다. 또 상근자들을 만나서 시간을 조정한다. 나는 미숙한 활동보조인, 하루종일 바짝 긴장하고 있어서 너무 피곤하다. 술자리에 있기 힘들다. 그런데 나는 활동보조인. 술자리에 간다. 아 피곤해. 왜 계획을 자꾸만 바꾸는 것인가 나의 이용자여.

개인적으로도 고민이 많았다. 나에게는 활동보조인이라는 이데아가 있었다. '활보는 전지전능해야 한다!' 나는 정수연을 하나도 다치지 않게 할 거야. 나는 정수연과 한 번도 갈등을 겪지 않을 거야. 나는 신체 활동에 능하니까 수연을 잘 보필할 수 있어. 나는 정수연의 인권을 존중할 거야. 그러나 인간은 육체의 동물이지만 정신의 동물이기도. 저런 생각을 갖고 활동보조를 하다 보니 내 인권은, 내 멘탈은 서서히 바닥을 드러내고 있었다.

어떤 활동보조인이 되어야 할까? 이것이 가장 어려운 문제였다. 평상시에도 자주 생각한다. 활동보조인 혹은 조력자로서 나는 얼마만큼의 개입을 해야 하는 것일까? 나는 정말 그 사람의 자립에 힘이 되는가? 오히려 나의 능숙함이 그 사람의 자립에 도움이 안 되는 것은 아닐까? 개인적으로는 이러한 고민들이 증폭되는 기간이었다.

정수연의 그다음은?

준비해보자. 아니 준비해보겠다. 그 과정에서 질문들은 조금씩이라도 해결되지 않을까? 왜냐하면 자립을 준비하는 일은 적절한 활동보조인을 구하고 여러 사람과의 소통 과정과 몇 가지 절차가 필요한 일이기만 한 것은 아니다. 자립인으로서의 정수연, 그리고 활동보조인으로서의 박임당의 정체성과

성장을 찾아나가는 길일 것이다. 그리고 이를 위해 무엇보다 중요한 것은 제도적 토대이다. 24시간 활동보조서비스와 생활비를 위해 필요한 수급권 혹은 노동의 문제, 이 모든 지점에 싸움터가 포진해 있다는 것이다. 아찔하다. (부디 다음번엔 정수연 자립기로 만나 뵐 수 있기를!)

정수연 자립 체험 본인 막간 인터뷰

임당 술 매일 마셔보니 어때?

수연 힘들다.

임당 치킨도 매일 먹었잖아, 어땠어?

수연 좋았다.

임당 10분 만에 고가의 옷을 휙 골라서 샀잖아, 좋았어?

수연 응!

임당 근데, 스님 옷 같다고 엄청 놀림 받았잖아. ㅋㅋ

수연 ㅋㅋ

임당 언니가 하루 스케줄을 마음대로 정해보는 건 어땠어? 그리고 초반에 정했다가 중간중간 계속 바꾸기도 했었잖아.

수연 좋아.

임당 근데 난 엄청 피곤했다. 언니가 일정 바꾸면 사람들 연락 돌려서 다 조율하고……. 근데 사람 마음은 원래 다 그런 거잖아? 이러기로 했다가 저러기도 하고. 그건 참 당연한건데…….

임당 언니가 야한 영화 꼭 보고 싶다고, 그래서 같이 〈아가씨〉
봤잖아(여러분, 제가 쐈습니다. 물론 할인은 정수연 찬스).

수연 너무 안 야했다.

임당 언니가 나 순이 여사(수연 언니 어머니)보다 밥
잘한다고 그랬지?

수연 응!

임당 어머니가 그 뒤로 자꾸 나한테 급식 메뉴 상담하자
그런다.

임당 평원재 사람들이랑 몇 번 어울렸잖아. 어때? 같이
살아볼 수 있을 것 같아?

수연 응! 좋아.

임당 활동보조인이랑 같이 사는 건 어땠어? 앞으로 자립하게
되면 가족이 아니라 활동보조인이랑 사는 거잖아?

수연 살 수 있어.

선동의 외출

노들은 사랑을 싣고

홍은전

꽃동네에 들어간 야학 학생, 선동.

지난 10월, 꽃동네에 살고 계시는 조선동 님께서 1박 2일 외출을 나오셨습니다. 선동은 2002년부터 2008년까지 노들 야학을 다닌 학생입니다. 야학에 처음 올 때만 해도 잘 걷고 잘 뛰던 분이었는데, 어느 해부터인가 장애가 심해지더니 나중엔 아예 누워서만 지냈어요. 목 디스크와 허리 디스크가 급속도로 진행된 것 같아요. 이유는 알 수가 없어요. 술을 하도 많이 마셔서 그랬는지, 어느 해인가 자동차와 부딪혔다고 했는데 그것의 후유증이었는지, 아니면 뇌성마비 장애의 자연스러운 진행이었는지. 하여간 연로하신 어머니와 단 둘이 살고 있었는데 당시 받을 수 있는 활동보조서비스 시간이 하루 6시간이었죠. 가족들은 결국 선동을 시설에 보내기로 했어요. 야학에 마지막 인사를 하러 왔던 게 2008년 여름 정도였던 것 같아요.

2012년에 선동을 만나러 처음 시설에 갔었어요. 2010년부터 2012년까지 '탈시설 장애인을 위한 주거지원사업'을 담당

했던 야학의 조사랑 활동가가 먼저 말을 꺼냈죠. "우리는 선동이 형을 잊으면 안 돼." 사랑이는 사람들의 탈시설을 지원해 야학으로 오게 만들었는데, 정작 야학 학생이었던 선동은 꽃동네에서 살아가는 게 계속 마음에 걸렸던 것 같아요. 그때 막 세계를 여행하고 돌아온 임영희가 운전을 하고, 사랑이가 음식을 준비해서 떠난 꽃동네행에 저도 함께하게 되었습니다.

　오랜만에 다시 만난 선동은 너무나도 야위어 있었어요. 볼에는 살이 하나도 없고 다리에도 뼈밖에 안 남았고 눈빛마저 흐렸어요. 선동은 언어장애가 심한데요, 목소리를 낼 기력조차 없는지 '응, 아니' 정도의 의사소통도 잘 이루어지지 않았어요. 나는 속으로 '이 사람 이러다 죽는 거 아닌가' 싶었지요. 다행히 선동은 차츰차츰 기력을 회복했어요. 1년에 한 번씩 그렇게 세 번째 선동을 만났을 때, 선동이 말했습니다. 나가고 싶다고요. 자신이 나가고 싶어 한다는 걸 가족에게 알려달라고 했어요. 우리는 그러겠다고 말하고 돌아왔습니다.

　어머님께 연락을 드려 선동이 나오고 싶어 한다고 전했어요. 어머님이 긴장하시는 게 느껴졌어요. 만나 뵙고 말씀드리고 싶다고 했지만 어머님은 한사코 만남을 피하며 이렇게 말씀하셨어요.

　"선동이 누나하고 형이 모두 반대해요. 나는 권한이 없어요. 그곳에서 잘 살고 있는 아이 흔들어놓지 마세요. 앞으로 선동이한테 가지 마세요. 그냥 잊어주세요."

　저는 어머니의 마음을 너무 잘 알 것 같았어요. 선동은 술을 아주 많이 마셨고, 연로하신 어머니는 술에 취해 인사불성이 된 중증장애인 아들을 도저히 어찌할 수 없었을 거예요. 솔직히 말해, 한창 심각했을 때의 선동은, '저렇게 술 먹다 죽어도 하나도 이상할 게 없다' 싶을 만큼 술을 많이 먹었거든요. 지나가는 시민이 길에 쓰러져 있는 선동을 보고 야학 교사들에게 전화를 자주 해왔었어요. 교사들은 선동을 답답해하기도 하고 화를 내기도 했었죠. 교사들이야 하루 이틀이지만 그걸 매일 겪었던 어머니의 일상은 어땠겠어요.

2015년에 선동을 다시 찾아갔을 때 어머니의 입장을 전해드렸어요. 선동은 그럼에도 불구하고 나가고 싶다는 뜻을 보였어요. 우리는 그날, 꽃동네 직원들에게 선동의 뜻을 전했어요. 담당 직원은 퇴소는 문제가 없다고 말했어요. 하지만 전제 조건이 있었죠. 가족이 동의해야 한다고요. 그러니 가족의 동의를 구해오라고 했죠. 가족의 동의, 그건 어떻게 구해야 하는 걸까요. 만나주질 않으시는데.

선동의 첫 외출, 가족과의 첫 만남

그리고 올해 5월, 가족에게 동의를 구하지 못한 채 선동의 첫 외출을 추진하게 되었습니다. 우리는 꽃동네에 미리 전화를 했어요. 선동과 함께 외출할 테니 준비해달라고요. (미리 알리지 않으면 꽃동네에서 아주 싫어하거든요.) 하지만 꽃동네에서는 외출할 수 없다고 알려 왔습니다.

이유는 '보호자', 그러니까 가족이 반대하기 때문이라고 했어요. 우리는 선동과 '직접' 통화하고 싶으니 연결해달라고 했어요. 하지만 꽃동네는 그것조차 거절했어요. 직접 와서 '면회'를 하는 건 막지 않겠지만 전화를 바꿔줄 수는 없다고 했어요. 기가 막히고 코가 막힐 노릇이었지요. 선동과 이야기를 하려면 차를 타고 2시간을 달려가야 할 판이었어요. (반인권적이라기보단 '치졸하다'는 표현이 더 맞을 것 같아요.) 꽃동네는 우리를, 그리고 선동을 완전히 무시하고 있었어요. 아무런 근거도 없이 이렇게 어깃장을 놓아도, 우리가 특별히 대응하지 못할 거라고 생각했겠죠. 우리는 이 상황을 여기저기에 알렸어요.

곧바로 '좀 싸워본' 언니들로 특공대가 조직되었어요. 장애와인권발바닥행동에서 여준민·최재민, 인터넷 장애인 언론 《비마이너》에서 최한별, 노들센터에서 김필순, 그리고 저와 사랑이었어요. 우리는 며칠 후 꽃동네로 찾아갔습니다.

우리가 선동과 함께 외출하겠다고 말하자 후덕해 보이는 원장님은 조곤조곤 자분자분 이렇게 말했어요. 아, 원장님은 수녀님이세요.

"우리도 인권 교육을 받는 사람들이기 때문에 선동의 인권을 무시하는 건 아니에요. 거주인이 원한다면 우리가 먼저 가족에게 연락해서 만나게도 하고 외출도 하게끔 해요. 이 경우는 선동의 가족이 강력하게 반대하고 있어요. 우리는 선동을 지켜야 해요."

줄여놓고 보니까 앞뒤가 전혀 안 맞는 말인데, 현장에서 그런 이야기를 듣다 보면 어느샌가 이상하게 휘말려 들어가는 그런 거 있잖아요. 제가 딱 그짝이었는데, 그 순간 좀 싸워본 언니 여준민 활동가는 수녀님의 후덕함에 속지 않고 그녀의 팔을 비틀듯이 말했어요.

"인권에 대해서 잘못 배우셨나 본데요, 인권이란 선동의 가족이 아니라 선동의 목소리에 귀 기울이는 거예요."

그리고 그 자리에서 장애인복지법 제60조 4항을 큰 소리로 읽기 시작했지요.

"시설 운영자는 이용자의 인권을 보호하고, 인권이 침해된 경우에는 즉각적인 회복 조치를 취하여야 한다. 시설 운영자는 시설 이용자의 거주, 요양, 생활 지원, 지역사회생활 지원 등을 위하여 필요한 서비스를 제공하여야 한다. 시설 운영자는 시설 이용자의 사생활 및 자기결정권의 보장을 위하여 노력하여야 한다."

꽃동네에 울려 퍼지던 '시설의 의무'. 아, 이 장면은 멋있고 뭉클했어요. 우리는 꽃동네의 사무실에 앉아 대치하고 있었는데요, 그때 자기 책상에 앉아 일하는 척 애써 우리에게 시선을 주지 않았던 그 직원들은 무슨 생각을 하고 있을까, 사무실 바깥을 서성이던 거주인들은 무슨 생각을 했을까, 저는 그런 게 궁금했어요.

팽팽하게 당겨졌던 긴장의 줄을 먼저 내려놓은 건 원장님이었습니다. 결국 외출을 허락하셨어요. 우리는 선동을 차에 태우고 나와 좋은 경치가 보이는 닭갈비집에 앉아 기쁨과 승리감을 나누며 점심을 함께 먹었어요. 하지만 그건 오래가지 못했어요. 선동의 누나와 형들이 득달같이 전화를 해서 어마어마하게 화를 냈거든요. 저는 살면서 그렇게 심한 말을 처음 들어봤어요. 통화하는 내내 제 심장이 쿵쿵 널을 뛰었어요. 가족들은 야학과 센터 사무실까지도 전화를 해서 대표 바꾸라고 소리를 질러댔어요. 당장 쫓아와서 교장 선생님 머리채라도 잡을 기세였죠. 그분들은 우리가 선동을 납치라도 한 것처럼 말했어요. 그리고 선동에게도 평생 속을 썩인다고, 온갖 잔인한 말들을 쏟아냈어요.

그날 선동을 들여보내고 서울로 돌아와 작전 회의를 했어요. 그리고 며칠 후에 가족분들을 만났어요. 차라리 잘된 일이었어요. 그 사달이 없었다면 가족들은 절대 우리를 만나주지 않았을 테니까요. 우리는 잔뜩 긴장해 있었어요. 교장 선생님이 함께 만났는데, 저는 그분들이 교장 선생님의 긴 머리채를 낚아챌까 봐 미팅 장소로 야학의 교실, 그중에서도 문이 투명한 교실을 잡았어요. 가족들은 여전히 화가 나 있었어요. 교장 선생님은 조금 쫄아서 말을 시작했어요.

"요즘은 시설이 소규모화되고 있는 추세예요. 꽃동네 같은 대형 시설은 이제 거의 없습니다. 아시다시피 대형 시설은 문제가 많이 생기니까요. 거기가 믿을 만하다고 생각하시는데 전혀 그렇지 않습니다."

그리고 선동이 탈시설하면 받게 될 활동보조서비스와 수급비, 장애수당 등을 설명했어요. 가족들은 믿을 수 없다는 표정이었어요. 왜냐하면 그것들을 현금으로 따져 합치면 한 달에 600만 원이 넘었으니까요. 교장 선생님이 설명을 좀 잘하셨어요. (짝짝짝!) 그동안 공무원들이랑 싸우면서 생긴 노하우도 있었겠지만, 무엇보다 가족들의 마음을 잘 이해하고 걱정하지 않도록 이야기해주셨어요. 설명을 듣고 있자니, 선동이 꽃동네에 들어갔던 2008년 이후 생겨난 변화가 저조차도 믿을 수 없을 만큼 놀라웠어요. 그리고 평원재와 체험홈, 자립생활가정 등 선동이 살 수 있는 집들에 대해서도 설명했어요.

우리는 가족들을 모시고 야학과 센터, 활동보조인 교육기관, 평원재를 방문했어요. 선동이 오면 지내게 될 곳, 만나게 될 사람들, 활동보조를 연결해줄 센터, 그 활동보조인을 교육하는 기관들이었죠. 그리고 야학 휴게실에 옹기종이 모여 있는 학생들도 보셨어요. 모두 선동과 같은 중증장애인이었어요. 가족들은 차츰차츰 오해를 풀었어요. 처음엔 우리가 선동을 납치해서 뭔가를 뜯어먹으려는 사람들인 줄 알았대요. 하하. 누나들은 안심을 하시고, 마지막엔 고맙다고 말하신 후에 집으로 돌아가셨어요. 헥헥, 그렇게 또 한 고비를 넘겼어요. 이젠 정말 탈시설만 남은 건가 싶기도 했지요.

희망의 첫발, 그러나

그리고 지난 10월, 대망의 1박 2일 외박이 추진되었어요. 긴 시간 동안 선동과 이야기를 나누고, 선동의 건강 상태를 확인하고 싶었거든요.

그동안 꽃동네에 함께 갔었던 야학 교사 조사랑과 임영희는 사정이 생겨서 같이 가지 못하고, 저와 필순이 준비했어요. 운전과 활동보조로는 야학 교사 준호가 회사에 휴가를 내고 달려와 주었어요. 가족들의 동의까지 얻었으니 외박엔 전혀 문제될 게 없는 듯했어요. 우리 마음처럼 날씨도 너무 청명했고요. 선동은 그렇게 8년 만에 서울에 돌아왔어요.

오랜만에 노들야학의 교사와 학생들도 만났고 선동의 탈시설을 추진해줄 노들센터에 가서 인사도 했어요. 그리고 대학로를 돌며 이어폰과 작은 가방도 샀어요. 아, 선동은 바로 이틀 전에 핸드폰을 장만했어요. 지난 5월 외출 때 선동이 핸드폰을 사고 싶다고 우리에게 말했거든요. 우리는 꽃동네 직원들에게 전했어요. 선동 씨가 핸드폰 구입을 원하신다고요. 직원들은 알았다고 했지만 차일피일 미뤘어요. 그러다가 5개월이 지나서야 장만했는데, 그게 딱, 우리가 선동을 만나러 10월에 꽃동네에 가기로 한 날의 바로 이틀 전이었어요. 참 공교롭지요!

선동은 핸드폰을 신주단지 모시듯 했어요. 그곳에 간 후로 선동이 가진 개인 소지품으로는 핸드폰이 유일했을 테니까요. 선동이 서울에서 사고 싶어 한 것도 모두 핸드폰과 관련된 것들이었어요. 음악을 듣기 위한 이어폰과 핸드폰을 보관할 작은 가방요.

야학에서 저녁을 함께 먹었는데 선동이 무척 힘들어 보였어요. 매일 누워서만 지내다가 하루 종일 앉아 있으려니 몸이 힘들었나 봐요. 숙소인 평원재로 계획보다 일찍 들어가게 되었어요. 선동을 만나기 위해 '옛날 교사들'이 한자리에 모였어요. 평원재 거실에 이불을 편 후 선동은 누웠고, 우리는 그 앞에 옹기종기 모여 앉았어요. 보쌈을 시켜 8년 동안의 회포를 제대로 풀어볼 작정이었지요.

그리고 사건은 또 시작되었습니다. "나는 꽃동네에 살겠다"라고 선동이 말했어요. 우리는 우리의 눈을 의심했어요. (선동은 눈빛으로 말한답니다.) 살겠다고요? 아니, 나오겠다가 아니고 살겠다고요? 살면서 뒤통수를 하도 여러 번 맞아서 내 뒤통수가 이렇게 납작해졌지만, 선동의 말은 38년 인생에서 맞았던 뒤통수 중 베스트 쓰리 안에 들 만한 것이었어요. 저는 직감했어요. '조선동이 돌아왔구나!'

오래전 야학에서 한글 수업을 할 때면, 선동이 숙제를 안 해 와서는 숙제 안 한 이유를 설명하기 시작하는데, 선동의 언어 장애 때문에 잘 알아들을 수가 없잖아요. 그런데도 선동은 끝까지 말을 하거든요. 나는 말한다, 너는 알아맞혀라. 그런데 그게 또 묘한 마력이 있어서 그걸 들으려고 애쓰다 보면 어느새 수업 시간은 다 끝나가고, 다른 학생들은 짜증이 나 있고, 나는 지쳐 있었어요. 그런데 우리를 배신감에 치떨게 했던 건요, 그 숙제 안 한 이유가 너무나도 별것 아니었다는 거였어요.

아니, 꽃동네에 계속 살겠다고요? 그날 밤 평원재에 있던 모든 사람들이 모조리 달라붙어서 선동에게 계속 질문하고 확인하고 짐작하고 해석한 결과는 이랬어요.

"꽃동네에서 나를 일주일에 세 번 야학에 데려다주기로 했다. 그러므로 나는 꽃동네에 살면서도 야학을 다닐 수 있게 됐다. 그러므로 나는 굳이 나오지 않고 거기에 계속 살겠다."

우리는 말이 안 된다고 얘기했지만, 선동은 확신에 차서 우리의 말을 듣지 않았어요. 꽃동네 직원들이 자신의 이야기를 잘 들어준다면서, 그 예로 핸드폰도 사줬고 요금도 내준다는 것이었어요. 우리는 말했죠. 그건 몇 달 전에 우리가 요구한 것이 이제야 이루어진 것이고, 요금도 당신의 장애수당으로 내는 것이지 꽃동네가 내주는 것이 아니라고요. 선동은 계속 아니라고 했어요.

같은 말을 자꾸만 반복했어요. 이러다간 밤을 꼴딱 샐 것 같았죠.

아, 복병. 우리는 왜 그렇게 수녀님과 싸웠고, 왜 그렇게 가족들에게 쌍욕을 먹었던가. 어떻게 여기까지 왔는데. 아, 조선동. 저는 너무 힘이 빠졌어요. 사실 그 외출이 너무 힘들었거든요. 늘 같이 다녔던 조사랑도 없고(사랑이는 베테랑이거든요) 임영희도 없어서(영희는 늘 밝고 긍정적이죠) 마음의 부담이 컸어요. 저의 정신 상태는 널을 뛰었어요. "이 사람아, 꽃동네가 그럴 리가 없잖아!" 하고 선동에게 짜증을 냈다가, "휴, 그러세요. 거기 수녀님하고 행복하게 사세요" 하고 세상 포기한 듯 웃었다가, "선동이 형, 이제 난 거기 안 가도 되는 거죠. 안녕" 하고 잔인하게 손을 흔들었다가. 선동은 눈에 잔

뜩 힘을 주고 이야기하다가도 내가 "안녕" 하면 대번에 슬픈 표정을 지었어요. 아아아. 얄미운 사람.

선동의 탈시설은 가능하겠죠?

다음 날 꽃동네에 도착하자마자 원장님을 만났어요. 그리고 선동이 했던 말이 사실이냐고 물었죠. 원장님은 손사래를 치며 그런 말 한 적 없다고 잘라서 말했어요. 아아아, 그렇게 단호하실 것까지야. 아아아, 허무해. 삼자대면으로 진실이 가려지자 그토록 확신에 차 있던 조선동은 온데간데없고 당황하고 무안한 조선동만 남아 있었어요. 간밤에 우리는 왜 그렇게 조선동과 씨름을 했던가, 내가 씨름한 조선동은 유령이었던가. 원장님께 혹시 다른 직원이 그런 말을 했을 가능성은 없냐고 물었더니 그조차 가능성이 없다고 했어요. 그건 시설로선 정말 불가능한 일이니까요.

아직도 미스터리예요. 선동은 대체 누구에게 어떤 이야기를 들었던 걸까요. 어떤 이야기를 듣고 어떤 상상을 했고 어떤 과정을 통해 그토록 굳건한 확신으로 변했던 걸까요. 저로서는 알 길이 없네요. 그저 짐작할 뿐이에요. 8년 동안 살았던 곳이니 어느새 익숙해졌겠구나, 바깥세상이 뭔가 많이 낯설고 불편하고 힘들었구나, 몇 번의 외출만이라도 허락된다면 익숙한 곳에서 살고 싶어 하는구나. 8년이란 긴 시간이었겠죠. 8년, 아마 저는 상상조차 할 수 없는 시간이 흘렀을 거예요. 저는 그것이 '인간성을 상실하는 데 필요한 시간'이라고 생각했어요. 자유를 갈구하는 그런 인간성 말이에요. 그리고 같은 시간 동안, 시설 바깥에 있는 우리도, 그를 우리 사회에서 밀어내면서, 그를 잊으면서, 인간성을 상실해나간다고요.

선동에게 다시 물었어요.

"그래도 여기 사실 거예요?"

선동은 완전히 주눅이 들어 있으면서도 망설임 없이 "아니"라고 말했어요. 저는 선동이 얄미워서 어금니를 꽉 깨물고 말했어요.

"우리가 어제 그렇게 설명했잖아요. 왜 그렇게 말을 안 들어요? 어젯밤 그 귀한 시간을 다 허비해버렸잖아요. 형이 그런 태도를 보이면 밖에선 아무것도 추진 못 해요. 이런 기회를 놓치면 영영 못 나올지도 모른다고요."

나는 여전히 분이 풀리지 않아서 말했어요.

"나 이제 안 올 거야!"

알고도 한 말이지만 다시 써놓고 보니 참 잔인한 말이네요. 내가 꼭 신이라도 된 것처럼. 아마 선동은 많이 무서웠을 거예요. 엄마마저 자신을 이곳에 두고 가버렸는데, 대체 누굴 믿을 수 있을까요. 우리는 그가 노들을 믿고 잘 따라와 주기를 바랐지만, 그건 노들의 생각이겠죠. 표현할 수 없지만, 그는 지난 8년의 시간을 통해 알게 되었을 거예요. 세상이 자신을 버렸다는 걸. 다음에 또 올게,라는 말이 기다리는 사람에겐 얼마나 고통스러운 말인지를. 사람들이 자신을 잊는다는 게 얼마나 서럽고 무서운 일인지를 선동은 알고 있는 거겠죠. 아아아, 몰라요, 몰라요. 이것조차 모두 저의 짐작일 뿐입니다.

헤어지기 전에 말했어요.

"휴, 다시 올게요. 전화할게요."

요즘 선동은 저에게 자주 전화를 해요.

"밥 먹었어요? 아픈 데는 없죠? 조만간에 갈게요."

저 혼자 말하다가 끊는 그런 통화. 가끔은 선동이 버튼을 잘못 눌러서 영상 통화를 해요. 선동의 얼굴은 안 보이고 선동의 방 천장만 보여요. 선동이 8년 동안 바라본 그 천장을 핸드폰으로 바라보는 느낌. 참 이상했어요. 선동은 무슨 이야기를 하고 싶었던 걸까요.

이 글은 10월에 있었던 1박 2일의 외출에 대한 것인데, 그 외출을 설명한다는 게 이렇게 길어졌네요. 시설로 들어가는 건 한순간이지만 한번 들어간 시설에선 나오기는 이토록 어렵다는 걸, 나와 우리가 잊고 지낸 조선동이란 사람의 8년을 기록하는 의미로 길게 적어보았습니다. 내년엔 꼭 선동이 나온 것으로 이 기록이 마무리되었으면 좋겠네요.

들다방 탄생기

들판을 헤매다 차 한잔 마시자고, 소박한 꿈, 큰 노동……

김유미

노들야학에 4층이 생겼다. 덩치 큰 전동휠체어, 휠체어에 탄 사람과 활동보조인이 한 팀이 되어 움직이고, 탈시설한 분들이 '관문'을 통과하듯 야학에 입학하면서, 야학이 점점 좁아져 갔다. 지난 몇 년 교육청과 시청을 번갈아가며 찾아가 우리 사정을 알리고 지원을 요청한 결과, 야학은 4층을 얻게 되었다. 야학 학생, 교사 모두가 한자리에 모일 수 있는 대강의실과 교실을 만들고 바닥에 물을 맘껏 쏟아도 문제가 되지 않는 급식 주방을 만들고…….

그리고 또 무엇이 필요한가, 고민하다 카페가 생각났다. 발달장애인, 바리스타, 이 두 단어가 마치 한 세트처럼 장애인 노동 영역을 떠다니고 있었다.

월화수목금, 때로는 나보다 더 일찍 등교해 야학에서 하루를 보내는 야학 학생분들이 있었다. 우리도 바리스타 교육, 카페 운영을 할 수 있을 것 같았다. 그래서 4층 한구석에 카페 공간을 만들기로 했다. 4층 공간 공사를 하면서, 식당 뒤 옆구리에 작업 테이블과 개수대를 설치했다. 그리고 몇 달간 방치

했다. 에스프레소 머신이니 그라인더니 하는 것들은 무지 비쌌다. 살 수가 없었다. 작업대 위에 온 동네 짐이 쌓여갔다.

교장 선생님은 공간이 노는 걸 두고 볼 수 없었던지, 여기저기 찾아다니시더니 어느 날 공적자금을 구해오셨다. 내 눈에 어마어마한 돈이, 카페를 차리라고, 어느 날 뚝 떨어졌다. 그것이 지난 늦가을의 일이다.

인터넷 사이트를 뒤져, 에스프레소 머신 가격을 알아보고 견적도 받아보고 했지만, 뭔가 잘 모르겠고, 어려웠다. 야학의 오랜 친구인 통인동 ○○공방 사장님께 상담 전화 한 통 한 뒤로, 일들이 술술 풀리기 시작했다.

"그냥 카페요. 우리 사람들이 주로 오고, 또 오고 싶은 사람 있으면 와도 되고. 야학 학생분들이 일을 같이 하면 좋고…… 할 수 있으면요."

이 정도의 희망 사항을 전하자, 카페의 목표, 주요 고객, 유동 인구 등등을 파악하라고, 아니면 어차피 망할 테니 시작하지 않는 게 좋겠다 하셨다. 하루에도 수십 개의 카페들이 문을 닫고 있다 했다.

냉정한 조언 속에 조금씩 정신을 차려갔지만, 그럼에도 여전히 어리벙벙한 상태로 카페 세팅을 해나갔다.

에스프레소 머신을 정하고 얼음 낳는(와서 보면 낳는다는 표현을 이해하게 될 것이다) 기계도 들이고, 정수기, 그라인더도 샀다. 학생들과 함께 실습할 요량으로 핸드드립 세트도 여러 개 사고, 카페의 꼴을 갖춰갔다.

하지만 기계만 있으면 뭐하나⋯⋯. 커피○○에서는 숙련된 바리스타 유하 님을 연결해주었다. 유하 님은 커○○방, 파○○○ 등에서 여러 해 바리스타로 일한 분이었는데, 마침 일을 정리하고 다음 삶을 준비 중이었다. 고 틈새를 타, 우리는 유하 님을 야학으로 불러들였다. 열흘 넘는 시간 동안 유하 님은 나와 누리에게 에스프레소 머신 사용법, 음료 만드는 법, 주문받고 음료 만드는 노하우에 청소까지, 카페 운영 전반에 대해 가르쳐주었다. 하트.

그렇게 커피공방과 유하 님의 공덕으로, 노들의 카페를 시작할 수 있었다. 커피공방 박○○ 대표님은 나를 신당동 중고 시장에 데려가 중고 물품을 '눈탱이 맞지 않고' 살 수 있는 법까지 교육해주었다. 의자와 쇼파도 구해주고, 인테리어 조언도 해주어 '군대 급식장' 같던 공간이 '카페'로 탈바꿈해갔다. 그렇게 하나둘씩 분위기를 바꿔가면서 하루 4시간씩 시범 영업을 했더랬다. 영업한다는 소문을 들은 친구들이 오전 일찍 오거나 저녁 늦게 와서는 커피를 달라고 하고, 왜 문을 열지 않느냐고 타박하고 해서 들다방 영업시간은 아침 10시에서 7시 반까지 늘어나게 되었다.

이름 들다방

'노들 카페'라는 간편한 가칭으로 움직이던 우리는 이름을 짓기로 했다. 노들 전체 상근자들과 야학 교사들에게 의견을 물어, '뭐라카노', '노드리카노'가 될 뻔하다가, '들다방'이 되었다. "카페 이름 이거 어때? 들다방, 들밥상…… 카페 '들'. 들판의 들이기도 하고 복수의 의미 들(multi)." 박정수샘의 제안에, 박경석 고장샘은 여기는 복합문화공간이 되어야 한다며, 카페라는 이름 대신 다방을 밀었다. 중간 글자를 한자로, 많을 다(多) 자로 쓰자고 했다. 그렇게 이 공간은 전통찻집 같기도 한, 들다방이라는 이름을 달고 꿈틀거리게 되었다.

카페가 급식 주방 옆구리에 붙어 있고, 카페에 카드결제기와 포스기를 설치하고, 들다방은 일반음식점으로 사업자등록을 했고, 어느새 이 공간을 가운데 놓고 여러 사람이 여러 꿈을 꾸기 시작하면서, 들다방은 야학의 먹을거리 배급소처럼 되어버렸다. 급식도 카페도 다 들다방 이름으로 묶었다. 그리고 그 사업장의 대표를 어쩌다 내가 맡게 되었다. 빚더미 급식 통장이 왜 때문에 내 앞으로……. 카페 노동자가 되고 싶었던 적은 없었는데, 노들에서 별걸 다 해본다. 설거지하다가 회의를 진행하고, 밥을 먹다가 녹차라떼를 만드는, 아직은 약간 체기 있는 일상에서 살고 있다.

노들의 이름, 노란들판에서 들판이라는 단어를 떼어놓고 되뇌어보면, 자유로운 마음이 들면서도 아린 감각이 몰려온다. 허허벌판 같을 들판을 노랗게 가꾸려고 하는 농부의 입장에서 생각했을 때, 마음이 더 그렇다. 나는 종종 노란들판이라는 단어와 함께 바람도 막 불고 아무것도 없이 거칠기만 한 벌판을 맨손으로 가꿔야 하는 농부의 상태를 떠올리곤 한다. 막막하고, 먹먹하다. 도시의 시커먼 아스팔트 위에서 마찬가지 경험을 해왔다.

민을 거라곤, 기댈 데라곤 거친 땅뿐. 언젠가 텃밭 농사 짓는다고 나돌아 다닐 때, 누군가 내게 했던 말이 생각난다.

"농부는 땅을 탓하는 게 아니야."

내가 분양받은 땅이 너무나 거칠어서 푸념했더니 돌아온 말이었다. 땅은 그저 땅일 뿐이고, 그걸 가꾸는 건 농부 몫, 나의 몫. 들판을 생각하니 김소연의 시, 〈여행자〉도 떠오른다. "아무도 살지 않던 땅으로 간 사람이 있었다 / 살 수 없는 장소에서도 살 수 있게 된 사람이 있었다 / 집을 짓고 창을 내고 비둘기를 키우던 사람이 있었다" 그렇게 땅을 받아들인 사람, 그 땅의 농부가 된 사람은 어느 순간 그 땅을 가장 잘 아는 한 사람이 되어 있을 것이다. "그 창문으로 나는 지금 바깥을 내다본다 / 이토록 난해한 지형을 가장 쉽게 이해한 사람이 / 가장 오래 서 있었을 자리에 서서." 들판에 취해, 이야기가 옆으로 길게 샜다. 내가 가꿔야 할 들판에 다른 농부가 있다면, 동료가 있다면 그것만으로도 무지 고마울 것이다.

조만간 들다방에서 일할 후보자들과 면접 자리가 있다. 모두 '발달장애인'이라는 이름표를 받고 살아가는 이들이다. 이들에게 일을 할 수 있게 지원하는 직무 지도원, '잡 코치'도 지원해준다고 한다.

야학 학생들과 함께 카페에서 쿠키를 굽고 커피를 내려 마시면 좋겠다 정도의 소박한 꿈. 지금은 곱게 간 원두에 첫 물을 부은 것처럼, 빵~ 부풀어 있다. 소박한 꿈이 또다시 커다란 활동으로, 나의 커다란 노동으로 부풀어 있다. 두 번째 물을 부으면, 흠뻑 젖은 원두를 통과한 첫 커피 물이 내려올 것이다. 이번 잔은 맛이 어떨지. 적어도 들다방에서 커피를 마시는 시간만큼은 당신에게 지금이 '노란' 들판 같으면 좋겠다.

이건 내 두 번째, 소박한 꿈이다.

나에게서 당신이 빠져 있습니다
고(故) 이종각 선생님을 추모하며

홍은전

1.

작년에 이종각 선생님 추모제를 마친 후, 행사 순서가 적힌 종이를 집으로 가져와 창문에 붙여놓았습니다. 선생님 사진이 있어서 쓰레기통에 버릴 수가 없었거든요. 문득 선생님 웃는 모습이 눈에 들어오는 날이면 깨닫습니다. '아, 돌아가셨지. 이젠 못 뵙지.'

그런 순간이면 심장이 조금 아래로 꺼져 내리는 것 같습니다. 그건 호식이 형이 떠오를 때도 마찬가지였어요. 누가 들으면 서로 되게 친했나 보다, 하겠네요. 이종각 선생님과는 1년에 한두 번 만날까 말까 했으니, 다 해야 열댓 번쯤 만났을까요. 호식이 형하고는 15년을 만났는데, 따로 밥 한번 술 한번 먹어본 적이 없네요. 그런데 왜 그렇게 수시로 마음의 구멍이 느껴졌을까 생각해보니, 우리는 모두 2001년에 노들야학을 시작한 동기였더라고요. 저는 교사로, 호식이 형은 학생으로, 이종각 선생님은 후원자로. 제가 사랑했던 노들엔 항상 두 사람이 있었습니다.

영어로 'I miss you'는 '나는 당신이 그립다'는 뜻인데요. 거기엔 이런 뜻도 있답니다. '나에게서 당신이 빠져 있다.' 그래서 문득문득 그 구멍이 느껴지는 순간, 그걸 그립다고 표현하나 봅니다. 내가 사랑했던 그 시절에서 당신들이 빠져 있습니다. 그래서 그립습니다.

2001년 어느 날 야학으로 전화가 한 통 왔었습니다. 노들야학 학생 스물다섯 명에게 매달 10만 원씩 후원을 하고 싶다고요. 1년이면 3,000만 원이나 되는 어마어마한 후원이었죠. 전화를 건 사람은 '중생원'이라는 사회복지재단의 이종각이라고 자신을 소개했습니다. 그리고 그는 학생들에 대한 기본적인 서류만 요청한 후, 묻지도 따지지도 않고 장학금을 보내기 시작했습니다. 야학 상근자들은 생각했습니다.

'이 재단이 급히 처분(?)해야 할 돈이 있나 보다. 몇 차례 하다 말겠지.'

예상과 달리 후원은 계속되었습니다. 그리고 그는 여전히 야학을 찾아오지 않았습니다. 새 학기가 되면 변동 사항에 대한 서류를 보내달라고 전화하는 게 전부였습니다.

'이것은 정말 검은돈일까.' 인터넷을 뒤져보아도 중생원에 대한 정보는 없었습니다

2.

몇 해가 흐른 어느 날, 이종각 선생님께서 불쑥 전화를 하셔서는 물었습니다. "매실 보내주면 술 담가 먹을 수 있습니까?"

보내준 장학금이 1억은 넘었을 것 같은데, 그런 분이 하는 질문이라는 게, '매실 주면 술 담가 먹을 수 있냐'라니요. 아마 제가 이종각 선생님께 반한 것은 그때부터였을 겁니다. 그렇게 사랑스러운 질문은 처음 들어봤습니다. 선생님은 야학의 최신 정보에 훤했습니다.

우리가 무슨 데모를 했는지도 알고 계셨고, 우리가 얼마나 술을 좋아하는지, 누가 제일 많이 먹는지도 알고 계셨습니다. 그렇게 몇 해, 초여름이면 항상 초록색 매실 두어 상자가 야학 앞에 도착해 있었습니다.

2005년쯤이었던 것 같습니다. 무더위가 기승을 부리던 어느 날, 선생님은 또 불쑥 전화를 해 이렇게 물었습니다.

"에어컨 생기면 전기세 내면서 살 수 있습니까?"

질문의 의도를 파악하지 못해 멍해졌다가, 잠시 후 그것이 며칠 전 제가 홈페이지에 쓴 글에 대한 이야기란 걸 깨달았습니다. 그해 여름은 무척 더웠습니다. 더위를 잘 타지 않는다고 자부하는 저조차도 견딜 수 없을 정도였지요. 교실엔 낡은 구식 에어컨이 한 대 있었지만 전혀 기능하지 않았습니다. 어느 날 홈페이지에 "더워서 살 수가 없어요. 누가 에어컨 후원 안 해주나. 전기세도 같이"라고 썼습니다. 온갖 잡담을 홈페이지에서 나누던 시절이었습니다. 그저 일하기 싫어 징징댄 것이었죠. 진심도 아니었던 것이, 당시엔 상근자 활동비 주는 것도 버거워, 그걸 보고 누가 진짜로 에어컨을 사줄까 봐 오히려 걱정이었습니다.

선생님께서는 교실이 몇 개냐, 사무실은 몇 평이냐, 물어보시고는 전화를 끊었습니다. 그리고 며칠 후 다시 연락해, 돈을 부쳤으니 에어컨을 사라고 말씀하셨습니다. '교실은 몇 평형, 사무실은 몇 평형 에어컨이면 충분할 거다'라고, 미리 알아보신 내용을 꼼꼼히 일러주셨습니다. 그리고 당부하셨습니다.

　"삼성 에어컨으로 사세요. 당장은 비싼 것 같아도 AS가 가장 잘됩니다."

　그리고 마지막으로 이렇게 말씀하셨어요.

　"에어컨 다 사고 나면 얼마쯤 남을 겁니다. 올해 전기세는 될 거예요."

　이종각 선생님의 후원은 늘 이런 식이었습니다. 선물 같았습니다.

3.

　2007년 어느 날, 얼굴 없는 후원자, 노들의 '키다리 아저씨'가 돌연 우리 앞에 그 모습을 드러냈습니다. 야학 사무실로 성큼 들어선 선생님의 모습이 아직도 기억이 납니다. 6년 만에 나타난 사람답지 않게 걸음걸이에도 목소리에도 주저함 같은 것이 없었습니다. 저는 그 상황이 신기했고, 선생님은 왜 그렇게 쳐다보냐는 듯 태연하게 인사를 건넸습니다. 그런데 첫인상이 좀 놀라웠습니다. 중년의 남자가 그렇게 곱게 잘생길 수도 있다는 걸 처음 알았습니다.

　그날 선생님은 장애인이 자립해 살 수 있는 '집을 짓고 싶다는 이야기를 하셨습니다. 그 공간은 관(국가)의 통제로부터 자유로워야 하는데, 그러려면 관과 손잡고 일을 해선 안 된다고, 보조금을 받지 않아야 한다고 하셨습니다.

그리고 그는 신기하게도 그 일을 노들과 함께하고 싶다고 했습니다. 우리는 물었습니다. 야학을 어떻게 알게 되었는지, 본 적 없는 우리를 어떻게 믿었는지요. 선생님은 이동권 투쟁에 대한 뉴스를 보다가 노들야학을 알게 되었다고 하셨어요. 자신이 가진 정보력을 총동원하여 노들에 대한 뒷조사(?)를 하셨고, 믿어도 좋겠다고 판단하셨대요.

2008년 야학이 동숭동으로 이사를 온 후, 평원재단(중생원의 새 이름)도 곧바로 자립주택을 짓기 시작해, 이듬해 가을 문을 열었습니다. 자립주택의 이름은 '평원재'.

첫 입주자는 그해 여름, 석암베데스다요양원에서 뛰쳐나와 탈시설 투쟁을 이끌었던 여덟 명의 장애인들이었습니다.

이종각 선생님도 그곳 꼭대기 층에서 함께 살기 시작하셨습니다. '장애인일수록 좋은 걸 써야 해. 그래야 AS가 잘돼.' 그건 선생님의 지론 같은 것이었습니다. 평원재는 온갖 좋은 것들로 가득 차 있는, 누구나 살아보고 싶은 꿈의 집이었습니다. 방마다 화장실이 딸려 있고요, 한여름에 추울 만큼 에어컨을 틀어도, 한겨울에 더울 만큼 보일러를 틀어도 선생님은 절대 간섭하지 않았습니다.

4.

　작년 4월 선생님께서 돌아가셨을 때 빈소는 서울대병원 장례식장 301호에 차려졌습니다. 그곳은 정치인 김근태 님이나 전태일 열사의 어머니 이소선 열사 같은 유명한 분들의 빈소였던 곳이었습니다. 서울대병원에서 가장 크고 가장 비싼 곳이죠. 저는 그곳에 앉아서, 어쩐지 이곳은 이종각 선생님답지 않은 빈소라고 생각했습니다. 선생님은 사람 많은 곳에 절대 나타나지 않고 요란스러운 걸 질색하셨으니까요. 빈소는 한산했습니다. 20년 동안 사회복지재단의 이사장이셨는데, 친지들이나 몇몇 지인 외에는 조문객들이 많지 않았습니다.

　301호의 공간이 여느 빈소들과는 다른 점이 하나 있습니다. 그건 한편에 작게나마 입식 공간이 마련되어 있다는 겁니다. 휠체어를 탄 사람들도 편하게 드나들 수 있습니다. 커다란 전동휠체어를 몰고 방바닥에 앉은 조문객들 사이를 비집고 다니느라 눈치 볼 필요도 없고, 그게 불편해 복도에서 적당히 시간을 보내다 얼른 자리를 뜨지 않아도 되는 곳이죠. 우리는 하루 종일 그곳에서 시간을 보냈습니다. 저녁이 되어 퇴근 후 찾아온 조문객들로 다른 빈소들이 북적거릴 때에도 301호의 저편, 방으로 된 빈소는 여전히 한산했습니다

　그때 생각했습니다. '아, 이곳은 우리를 위해 마련된 자리구나. 선생님께서 우리 밥 한 끼, 술 한잔 대접하려고 준비하셨구나. 오지 말래도 올 사람들이니 이왕 온 거 편히 있다 가라고.' 그제야 그 넓은 빈소가, 그 비싼 공간이 참으로 '이종각

선생님답게' 느껴졌습니다. 그리고 처음으로 이런 생각도 했습니다. '우리에게 이종각 선생님이 소중했듯이, 그에게도 우리가 무척 소중했구나. 우리가 생각했던 것보다 훨씬 더 그랬구나. 그에게 우리는 중요한 동지였구나.'

5.

평원재단이 있어, 수급자가 될 수 없었던 ○○ 언니가 돈을 모아 조용필 콘서트를 갈 수 있었고, 호식이 형이 그 좋아하는 최신형 전자기기들을 살 수 있었을 겁니다. 평원재단이라는 뒷배가 있어, 2009년 장애인운동의 흐름을 바꾼 탈시설 투쟁이 가능했고, 평원재가 있어 '서울시민이 아니면 체험홈이나 자립생활가정에 입주할 수 없다'고 서울시가 밀어낸 사람들도 새로운 삶을 시작할 수 있었습니다. 그것은 평원재가 권력으로부터 어떤 보조도, 어떤 통제도 받지 않는 자유로운 공간이었기에 가능했을 겁니다. 그곳이 너무나 '이종각스러운' 공간이었기에 가능했을 겁니다.

그는 오랫동안 사회복지재단의 이사장이었습니다. 우리는 돈이 필요했고, 집이 필요했습니다. 그는 그것들을 가졌고, 우리에게 그것들을 주지 않을 권력을 갖고 있었습니다. 그의 앞에서 우리는 어쩔 수 없이 조심스러웠습니다. 아마도 선생님은 그게 싫어서, 그렇게 도깨비처럼 불쑥 찾아와 선물을 주고 재빨리 사라졌나 봅니다.

눈이 오면 새벽부터 눈을 치우고, 새해가 오면 멋진 달력을 걸어주고, 감이 열리면 감을 따주고는 사라졌습니다.

　평원재 옥상에서 사람들이 고기 파티를 한다는 소식을 듣고 '내가 그러라고 옥상까지 엘리베이터를 연결했지'라며 무척 뿌듯해했다던 선생님의 표정을 상상하면 기분이 좋아집니다. 그는 군림하지 않았고, 간섭하지 않았고, 애정도 충성도 기대하지 않았습니다. 디딤돌처럼, 징검다리처럼 그저 자신을, 평원재를 딛고 지나가게 했습니다.

　4년 전 이맘때 저는 야학 20년을 정리하는 작업을 시작했었습니다. 3개월 동안 고군분투해서 처음으로 글 몇 편을 쓴 후 그걸 홈페이지에 올려놓고 조마조마하게 사람들의 의견을 기다리고 있었습니다. 그런데 아무도 읽어봐주질 않더라고요. 성격이 소심하여, 읽어보라고 닦달하지도 못하고 끙끙 앓았었지요. 그때 이종각 선생님의 문자를 받았습니다. 다른 건 기억이 안 나는데 딱 한 문장이 기억납니다. '말씀이 비단 같습니다.' 그 말씀이 저에겐 비단 같았습니다. 늦었지만 감사합니다. 많이 보고 싶네요.

노들바람을 여는 창

김유미

어느 갇힌 사람(들)의 이야기가 저에게 큰 힘을 행사합니다. 장애인운동을 만나고 '갇힌 사람'이 있다는 사실을 알고 난 뒤로 내 안에는 무언가가 묵직하게 똬리를 틀고 앉아 있습니다. 얼마 전, 처음으로 정신장애인 요양시설에 가보았습니다. 정신장애인들이 모여서 지내는 곳은 어떤 모양새일지, 그곳에 있는 사람들은 어떻게 지내는지 궁금했습니다. 경기도 어느 산 아래 한적한 마을, 내비게이션이 안내하는 곳으로 따라가 보니 커다란 건물 두 동이 있었습니다. 건물 앞에는 펜스가 둘러쳐진 운동장이 있었고, 환자복을 입은 사람들이 줄지어 운동장을 도는 모습이 보였습니다. 건물 한 동은 정신병원, 한 동은 정신요양원이었는데요, 마음만 먹으면 누군가를 한평생 손쉽게 가두어둘 수도 있겠다 하는 불길한 의심이 들었습니다. 정신요양원 한 건물 안에서 지내는 사람은 300명에 가까웠습니다. 세 개 층에 나뉘어 하루 세 번 밥을 먹고, 약을 먹고, 운동장을 돌면서 내일을 맞는 삶들. 운동장에 나가는 것이 자유이고, 외출인 삶들. "밖에 나가면 순경이 잡아가", "집에 가고 싶어", 갇힌 사람들이 들려준 이야기가 소화

되지 않은 채, 또다시 똬리를 틀고 살기 시작합니다.

요즘 노들야학은 낮 시간이 무척 핫합니다. 서울 도봉구에 있는 장애인거주시설 인강원 생활인들이 야학에 다니고 있기 때문입니다. 시설 비리와 인권 침해가 있었던 이 시설은 운영진이 바뀐 뒤로, 운영의 방향도 완전히 달라져 이제 생활인들의 탈시설을 고민하며 새로운 실천들을 만들어내고 있습니다. 그 실천의 한 지점에 노들이 있는 것인데요. 하루 세 시간의 수업을 이뤄내기 위해, 야학은 요즘 많은 에너지를 쏟고 있습니다. 오래 갇혀 지낸 이 사람들이 보내는 메시지를 해독하려 애쓰며, 걱정과 실수를 거듭하는 큰 배움의 시간을 보내고 있습니다.

덧글. 인강원 분들이 노들 왔다 갔다 하는 거, 누가 영상으로 좀 찍어주면 좋겠다. 누군가의 말에 지난 7월 28일 세상을 떠난 박종필 감독이 가장 먼저 떠올랐습니다. 노들에 더없이 소중했던 박종필 감독님. 명복을 빕니다.

나의 금관예수 박종필 감독

고(故) 박종필 감독을 추모하며

박경석

박.종.필. 감독은
나에게 금관예수입니다.

나는 이 사회에서 거절당한
사람이었습니다.
'경쟁과 효율'을 우상으로
숭배하는 권력과 이 사회에서
나는 배제되고 소외된 사람이었습니다.
그래서,
나의 하늘과 벌판은 얼어붙었고,
나의 태양은 빛을 잃었습니다.

휠체어를 밀고 가야 하는 거리는
거대한 장벽이었습니다.
그 장벽에 갇혀
나는 너무 추웠고, 외로웠고,

어두웠고, 배가 고팠습니다.
그래서
나는 지하철로로 내려가,
가는 지하철을 막았고,
세종문화회관 앞에서,
나를 태우지 못하는 버스를
쇠사슬로 묶었습니다.
한강대교를 6시간 기었고,
권력과 자본이 불평등하게 점유한
공간마다 점거했습니다.
어디서 왔는지
나와 같이 얼굴 여윈 사람들과
무엇인가를 찾아 헤맸습니다.
너무 곤욕스럽고 외로워서
외쳤습니다.
'오, 주여 이제 우리와 함께하소서.'
우리가 있는 그 외치는 곳에
주님은 없었고,
박종필 감독의 카메라가
있었습니다.
박종필의 카메라는 가볍게 스치는
영상이 아니라,
얼굴 여윈 사람들,

외로운 사람들,

가난한 사람들의 삶이 되어주었습니다.

절규가 되어주었고,

웃음이 되어주었고,

이야기가 되어주었습니다.

그리고,

함께 있었습니다.

함께 있음으로,

나의 존재를 알게 해주었습니다.

박종필 감독의 카메라는

내가 찾아 헤매는 천국이

죽음 저편 구름 속에 있는 것이 아니라,

발 딛고 살아가는 이곳에

있다는 것을 알려주었습니다.

차별에 저항하는 모든 사람들에게

장애인운동의 현장에서,

가난한 사람들의 공간에서,

세월호의 '망각과 기억' 속에서,

이 땅에서 살 만한 가치가 있고

가장 소중한 존재임을 기록해주었습니다.

그것이

박종필의 카메라이고,

다큐였습니다.

박종필 감독은 나에게 금관예수입니다.
내 힘이 너무 미약해서 민망하지만,
내가 줄 수 있는
소중한 선물은
박종필 감독이
차별에 저항하는 사람들 모두의
금관예수가 되었으면 하는 것입니다.

종필은 마지막 순간에도 나에게
이렇게 이야기했어요.
"'장애인운동은 이렇게 하는 거야'를 알리기 위해
형의 삶에 대한 영상을 작업했어야 했는데……"라며
아쉬워했습니다.
이제 '다큐는 이렇게 하는 거야'를
알리기 위해 박종필의 삶을 찾아
기록하고 기억하고 싶습니다.
꼭 박종필의 다큐를 기억하고 남기겠습니다.

박종필 감독,
너무 고마웠어요.
종필 감독,
그거 알고 있지요.
당신이 만든 〈장애인이동권보고서-버스를 타자〉는

장애인운동을 알리는
가슴 뛰게 만드는 교과서라는 것을요.
나보다 먼저 가서
너무 야속하고 아프지만,
편히 잘 쉬어요.
나의 금관예수.

노들바람을 여는 창

김유미

2012년 8월 21일

이번 농성은 얼마나 길게 할까? 나쁜 제도가 폐지될 때까지 무기한 농성을 하자는데, 폐지될 때까지 뭐든 해야겠지만, 농성을 무기한 하자고? 여러 현실적인 질문과 함께 어벙벙하게 지하역사에 앉아 있던 날.

경찰이 아주 오래도록 우리를 막았지만, 끝내 우리가 이겨 자리를 차지한 그날 밤의 땀 냄새가 종종 생각납니다.

지하, 겨울, 영정들

영정이 하나둘 검은 천을 두른 책상 위에 새롭게 놓일 때마다, 저는 그저 그것을 보고만 있었는데도 병이 들어가는 사람처럼 힘들었습니다. 농성장에 가는 날에도 안 가는 날에도 영정들을 떠올리면 괴로웠습니다. 할 수 있는 게 떠오르지 않는 한 사람이 되곤 했던 저는 무력감에 시달렸습니다. 발이 꽁꽁 어는 농성장에서, 목소리도 쉬 나오지 않는 날엔 영정 위에 쌓인 먼지를 닦아내곤 했습니다.

울면서 움직이는 사람들

도처에 널린 죽음들이, 소리 없이 계속되는 죽음들이 자꾸만 눈에 띄었습니다. 어떻게 함께하고, 어떻게 힘 모아야 할지 어렵기만 하던 운동이 함께 붙어 있는 농성 공간 속에서 풀어져 나갔습니다. 100일, 200일, 1년, 500일, 3년, 1,000일, 5년…… 수차례 기념일을 보냈네요. 튼튼하게 농성장을 굴려 준 사람들, 함께해온 사람들에게 고맙습니다.

2017년 9월 5일

저들을 어떻게 믿고 농성장을 빼느냐고 고장샘을 괴롭혔습니다. 나 같은 1들의 질문을 수없이 받았을 고장샘은 '우리가 힘이 있을 때 정리해야 한다'고 했습니다. 새로운 장관이 농성장에 찾아와 영정들 앞에 조문하고, 제도 개선을 약속했습니다. 지금은 장애등급제 폐지, 부양의무제 폐지를 논의하는 민관협의체가 구성돼 회의가 진행되고 있습니다. 텅 빈 광화문 지하역사 농성장 자리를 떠올리면 아직 얼떨떨합니다.

노들바람 112호에서는 광화문 농성 1,842일의 기억들을 기록했습니다.

노들바람을 여는 창

김유미

"일자~리도 1만 개" 후렴구에 "나도 노동하고 싶어" 랩(?)
이 무한반복 깔리는 '일자리 1만 개 최저임금 제외 폐지 송'.
새롭게 꾸려진 노동권 농성장에선 이 노래를 매일같이 부릅
니다. 또 무슨 농성을 하느냐, 아직 소식을 못 들은 분들도 계
실 듯합니다. 저희는 지난 11월 21일부터 남산스퀘어 빌딩 11
층 한국장애인고용공단 서울지사에서 중증장애인 노동권 확
보를 위한 점거 농성을 진행하고 있습니다. 많은 이들의 최
저임금을 지켜주기 위해 만들었을 최저임금법. 그 법의 제7
조는 최저임금 적용 제외에 대한 조항입니다. 이 법이 품지
않는 이는 "정신장애나 신체장애로 근로능력이 현저히 낮은
자"입니다. 이 조항을 폐지할 것과 중증장애인을 위한 공공
일자리 1만 개를 만들 것 등을 요구하고 있습니다.

"일하지 않는 자들의 메이데이." 2009년 노들야학은 노동
절 집회에 이런 구호를 큼지막하게 써서 참여했습니다. "우리
의 신체는 자본주의를 거부한다." 일본의 푸른잔디회가 외쳤
던 구호도 베껴서 써 갔습니다. 어쩐지 너무나 혁명적인 구호
같아서 두려웠습니다. 야학에선 멋지고 힘 받던 이야기가 노

동자들 틈에 있으니 4차원이 되는 것 같은 느낌도 받았습니다. 그날 많은 이들이 우리를 사진 찍었는데, 이 사람들이 우리 구호를 보면서 무슨 생각을 할까 무지 궁금했습니다. 우리는 여전히 같은 위치에서 '노동권'을 주장합니다. 중증장애인으로서, 자본주의를 거부하는 몸 자체로, 노동하는 것은 어떤 모습일까. "함께 사는 세상을 위해~", "1만 개~ 1만 개~", "나도 노동하고 싶어." 함께 불러보신 분들은 알겠지만, 농성장에서 부르는 이 노래는 끝이 없습니다.

이번 호에 싣지 못한 이야기

지난 11월 13일 10여 년 동안 장애인운동을 함께해온 배정학 활동가가 갑작스레 세상을 떠났습니다. 배정학 님은 한국장애인자립생활센터협의회, 전국활동보조인노동조합 등에서 오래 활동하셨고, 성북구 장수마을에 살면서 '동네목수'로, 주민협의체 대표로도 활동하셨습니다. 장수마을이 노들 근처 낙산에 위치한 까닭에 배정학 동지가 이웃처럼 느껴질 때도 있었습니다. 가난하고 소외된 사람들의 이장님, 배정학 님의 명복을 빕니다.

최후변론
2018년 1월 8일 오후 5시 서울중앙지방법원 418호에서
박경석

존경하는 재판관님,

제가 이곳 법정에서 유무죄를 판결받기 전에 재판관님께 꼭 드리고 싶은 말씀이 있습니다. 조금 길지만 들어주시면 감사하겠습니다.

재판관님, 2015년 4월 15일, 새벽 6시경. 서울시 중랑구에 사는 한 아버지가 가족들이 집을 비운 사이에 혼자 안방에서 잠을 자고 있던 자신의 친자식의 뒤통수를 망치로 세 번 치고, 그래도 죽지 않자 목 졸라 살해한 사건(사건 2015고합111 살인)이 있었습니다. 그 아버지에게 새벽에 망치로 맞아 죽은 친자식은 41세의 지적장애1급인 장남이었습니다. 그 아버지는 그 아들을 수십 년 동안 집에서 돌보아왔습니다. 그런데 이제 자신이 늙고 병들어 죽을 때가 다 되었고, 자신이 죽고 나면 처와 둘째 아들이 그 장애인 아들을 돌보며 살아야 한다는 것이 심히 부담이 될까 봐, 그 장남을 죽이고 자신도 죽으려 했던 비극적인 사건이었습니다.

2016년 11월 20일, 전주에서도 한 아버지가 장애인 아들을 목 졸라 죽였습니다. 2016년 11월 23일, 경기도 여주에서 또다시 한 어머니가 장애인 아들을 목 졸라 죽였습니다.

단 3일 동안 벌어진 일이었습니다. 이 짧은 기간 동안 두 명의 부모가 두 명의 장애인 자녀를 살해하였습니다. 중증장애인들이 이렇게 한 명씩 한 명씩 그 가족들에게 죽임을 당하는 것이 지금 대한민국의 현실입니다.

이는 그 부모와 가족들이 중증장애인을 부양하느라 가중되는 부담을 견디지 못하고 선택한 비극적인 결과였습니다.

재판관님, 그런데 과연 그 부모가 살인자일까요. 저는 더 근본적인 문제에 이 사건들의 원인이 있다고 생각합니다. 이 사회가 장애인을 대하는 기본적인 태도와 구조적인 문제 때문에 벌어지고 있는 비극이라고 생각합니다.

가족에게조차 죽임을 당하는 중증장애인은 이 사회에서 도대체 어떤 존재입니까.

2001년 1월 22일, 오이도역에서 장애인이 지하철 리프트를 타다가 떨어져 사망한 사건이 있습니다. 그 사건을 계기로 우리는 〈공간 이동〉이라는 노래를 만들어 장애인들의 이동권 문제를 이 사회에 알리기 위해 많은 노력을 하였습니다. 시민들과 친숙하게 다가서기 위해 리듬도 경쾌하고 그 당시 유행했던 '랩'도 있는 노래입니다. 그 노래의 랩 부분을 들려드리고 싶습니다.

"내 모습, 지옥 같은 세상에 갇혀버린 내 모습, 큰 모순, 자유, 평등, 지키지도 않는 약속 흥! 닥치라고 그래, 언제나 우린 소외받아왔고, 방구석에 '폐기물'로 살아 있고 그딴 식으로 쳐다보는 차별의 시선, 위선 속에 동정받는 병신인 줄 아나! 닥쳐 닥쳐라, 우린 병신이 아냐!!"

그 당시 보건복지부가 조사한 통계에 의하면 장애인 인구의 70.5퍼센트가 한 달에 다섯 번도 외출하지 못했습니다. 그 이유는 대중교통을 이용할 수 없었고, 거리의 턱 때문에, 그리고 혼자서 움직일 수 없는 중증장애인들을 지원할 수 있는 제도가 없었기 때문이었습니다.

한 달에 다섯 번도 외출하지 못했다는 것. 그것은 사회 전체가 장애인들에게 창살 없는 감옥이라는 것입니다. 그래서 우리는 모든 지하철 역사에 엘리베이터 설치를 요구했습니다. 버스도 같이 탈 수 있도록 계단이 없는 저상버스를 도입할 것을 끊임없이 요구했습니다. 그리고 마침내 우리는 '교통약자이동편의증진법'을 만들어서 제3조에 이동권이라는 권리를 명시할 수 있었습니다.

'교통약자이동편의증진법 제3조(이동권): 교통약자는 인간으로서의 존엄과 가치 및 행복을 추구할 권리를 보장받기 위하여 교통약자가 아닌 사람들이 이용하는 모든 교통수단, 여객시설 및 도로를 차별 없이 안전하고 편리하게 이용하여 이동할 수 있는 권리를 가진다.'

이 법은 2001년에 장애인이 오이도역 지하철 리프트에서 떨어져 사망하고 4년을 싸워서 2005년 1월 27일에 제정이 되었던 법입니다. 그리고 12년이 지났습니다. 그런데 여전히 고속버스, 시외버스, 마을버스는 장애인들이 한 대도 이용할 수 없습니다.

법에는 모든 교통수단을 차별 없이 안전하고 편리하게 이용하여 이동할 수 있는 권리를 가진다고 했지만, 버스사업자나 국가는 우리의 권리를 지켜주지 않았습니다.

그것이 우리가 강남고속버스터미널과 동서울버스터미널에 고속버스 차표를 끊고 매번 명절 때마다 가는 이유입니다. 우리도 법에 명시된 최소한의 권리를 누리고 싶어 버스표를 끊고 고속버스를 타러 간 것입니다. 그것이 집회가 되어 불법 집회라 검찰이 기소한 것입니다. 백 번 양보해서 검찰의 기소를 받아들인다 해도, 중증장애인들도 평등하게 모든 교통수단을 차별 없이 안전하게 편리하게 이용하여 이동할 수 있는 권리인 이동권만큼은 포기할 수 없습니다.

이동권. 재판관님 그것을 함께 지켜주시길 간곡히 바랍니다.

중증장애인들은 이동할 수가 없어서, 교육을 받지 못했습니다. 장애인 중 45퍼센트가 초등학교를 겨우 졸업한 학력으로 살아가고 있습니다. 저는 노들장애인야학에서 교장으로도 활동하고 있습니다. 70명이 넘는 중증장애인들이 학령기에 마땅히 초등학교에 다녔어야 하는데 장애 때문에 받지 못해서 지금 그들과 함께 밤에 공부하고 있습니다. 저는 그들과 함께 공부하고 그들이 지역사회에서 완전하게 통합하여, 이 사회에 함께 참여하며 살아가기를 원합니다.

노들장애인야학 학생들 중 다수는 지역사회에서 비장애인들과 함께 살기 위하여, 늦은 나이에 장애인을 수용하는 거주시설에서 탈출하듯 나온 사람들입니다. 어떤 이들은 밤에 시설에서 기어서 탈출해 나오기도 했습니다. 그리고 지금은 우리와 함께 공부하며 사랑하는 사람과 결혼해서 활동보조 서비스를 받으며 살아가고 있습니다.

장애인을 수용하는 거주시설. 대한민국에서 가장 유명하고 큰 곳이 바로 '꽃동네'입니다. 교황님께서 한국에 방문하신다 했을 때 저희들은 많이 기뻤습니다. 세월호 광장에 유가족들을 만나서 위로한다는 뉴스를 보며 그들에게 큰 힘이 될 것이라 생각했기 때문입니다.

그런데 그 기쁨도 잠깐이었습니다. 교황님께서 '꽃동네'를 방문하신다는 뉴스를 들었습니다. 너무나도 큰 충격이었습니다. 우리는 아무리 장애가 심한 중증장애인도 수용 중심의 거주시설이 아니라 지역사회에 나와서 살 수 있도록 정부에게 요구하고 있었기 때문입니다. 주택을 마련해달라 요구하고, 활동보조서비스 시간도 늘려달라고 요구하고, 장애등급제·부양의무제를 폐지해서 중증장애인들이 지역사회에서 안전하게 살아갈 수 있도록 필요한 만큼 서비스를 확대해달라고 요구하고 있었기 때문입니다. 그렇게 탈시설 운동을 열심히 하고 있었기 때문에 교황님의 꽃동네 방문 소식은 우리의 눈앞을 캄캄하게 했습니다.

그래서 명동성당을 찾아갔습니다. 저희는 단지 교황님께서 대표적인 장애인 수용시설인 꽃동네를 찾아가지 말아 달라고 간곡하게 의사를 전달하고 싶었을 뿐입니다. 교황님처럼 힘 있는 분들이 한국에 오셔서 꽃동네를 간다는 것은 한국에서 탈시설을 꿈꾸고 있는 중증장애인들에게 큰 절망을 안겨다 줄 수 있기 때문입니다. 그리고 장애인의 현실을 잘 모르는 비장애인들에게 장애인에 대한 왜곡된 인식을 심어줄 수 있기 때문입니다. 장애인 수용시설을 유지하는 데 기여해온 정부가 그들의 책임을 회피하는 근거가 될까 봐 심히 우려되었기 때문입니다. 명동성당을 찾아간 것은 이 밖에 다른 이유가 없었습니다.

그런데 그 명동성당에서 우리를 막아설 줄은 꿈에도 몰랐습니다. 교회가 힘없는 약한 사람들의 목소리를 듣고 포용하는 곳이라 생각했던 것이 우리들의 착각이었나 봅니다. 다만 이러한 이유로 명동성당에 들어가려다 갑자기 일어난 불상사에 대해서는 명동성당에 깊이 사과를 드렸고 지금도 사과를 드리고 싶습니다.

재판관님,

우리 노들장애인야학 학생이 저에게 이런 말을 한 적이 있습니다. "선생님, 저는 개새끼입니다." 깜짝 놀랐습니다. 왜 그런 말을 하는지 궁금했습니다. 그 학생은 35년이 넘어 처음으로 세상 밖으로 나왔고 노들야학을 다니면서 글을 배우기 시작했습니다. 어릴 적에는 집구석에서만 있었고, 부모님들이 직장에 나갈 때면 그는 '밥 먹어라. 집 잘 봐라'란 말만 들어야 했습니다. 저녁에 돌아오면 '밥 먹었냐. 집 잘 봤냐'라고 한 말이 그가 들은 말의 전부였습니다. 동생 친구들이 집에 놀러 오면 구석방으로 비켜서 혼자 지내야 했답니다. 그래서 그는 자신이 '개새끼'라 여겼답니다. 집만 지키는 '개새끼' 말입니다.

재판관님,

부모에게 맞아 죽어야 했던 그 자식들의 처참한 현실과 자신을 '개새끼'라 생각하는 우리 노들장애인야학 학생들의 피눈물 나는 고백을 어떻게 이해하면 좋겠습니까.

그런데 헌법 제11조 1항에는 '모든 국민은 법 앞에 평등하다. 누구든지 차별을 받지 아니한다'라고 되어 있습니다. 과연 그것이 진실인지 알고 싶습니다. 그 진실을 재판관님께서 지켜주시고 증명해주시기 바랍니다.

장애인들은 방구석과 시설에서 쓸모없는 폐기물로 살아가고 있습니다. 그래서 그 가족이 부담스러워 그 자식을 죽였습니다. 그 자식을 집구석에 개새끼처럼 묶어두고 있습니다. 그것도 부담스러우면 장애인을 수용하는 시설로 보내버렸습니다.

모든 국민은 차별받지 말아야 합니다.

장애인과 가난한 사람들도 인간답게 살아갈 권리가 있고, 그것은 개인과 가족의 책임이 아니라 국가의 책임입니다. 그래야 최소한의 '나라'라고 말할 수 있는 것이 아니겠습니까.

지금 대한민국에서는 중증장애인들이 살아갈 수 있는 권리가 보장되지 않고 있습니다. 헌법은, 법은 그들의 권리를 보장하라고 하지만, 정부는 언제나 예산 타령으로 그 법을 지키지 않았습니다.

제가 참여했던 그 모든 집회와 시위는 중증장애인들이 이 세상에서 '폐기물'로 처분당하지 않기 위함이었습니다. 절박한 심정으로 소리 높여 외친 목소리였습니다. 그 목소리를 내는 것은 이 사회에서 무척 외롭고 힘든 일입니다. 그래도 포기하지 않고 중증장애인들이 자신의 목소리로 그 권리를 노래할 수 있게 해주십시오.

이 대한민국 사회에서 장애인들이 차별 없이 살아갈 수 있도록 그 권리가 뿌리내리게 해주십시오.

재판관님, 긴 이야기를 들어주셔서 감사합니다.

2018. 1. 9. 박경석 드림.

* 이날 검찰은 박경석 고장샘에게 징역 2년 6개월을 구형했습니다. 최종 선고는 서울중앙지방법원에서 2월 8일에 있을 예정입니다.

노들이여, 끝까지 살아남으라

고병권

2019년 노란들판의 꿈. 난생처음 문화제 사회라는 걸 맡았다. 예정된 순서대로 출연자들 소개만 하면 되겠거니 하고 수락했는데 정말로 진땀 뺐다. 그나마 정숙 누님이 함께 진행을 맡아주었고, 연출자가 틈틈이 도움말 쪽지를 건네줘서 큰 사고 없이 넘길 수 있었다.

무대 장치에 작은 문제가 생겨서 어떻게든 채워야 하는 10분의 짧은 시간, 평소 같으면 언제 지나갔는지도 모르게 지나가는 그 짧은 시간을 메우는 데도 얼마나 큰 재능이 필요한지를 실감했다.

사회를 보면서 조금 흥미로운 시각 체험을 했다. 내가 누군가를 소개하면 그에게는 조명이 비춰졌다. 그러고 나면 그는 환하게 빛났다. 사람만 그런 게 아니다. 눈앞의 마이크도 빛났고 악기도 빛났으며 심지어는 플라스틱 의자까지도 빛났다. 모두가 조명을 받았기 때문이다. 대부분 평소에 내가 알고 지낸 사람들이었음에도 조명 속에서 그들은 또 달랐다. 그래서 알게 되었다.

'노란들판의 꿈'은 모두가 조명받는 자리라는 것, 무엇보다

'노들'이 조명받는 자리라는 것 말이다.

그런데 이번 행사 중 특히나 환하게 빛났던 것이 있다. 그것은 '탈시설 투쟁 10년'을 기념하는 대담을 하던 중에 나왔다. 이 대담은 2009년 본격적인 탈시설 투쟁의 봉화를 올렸던 '마로니에 8인'의 투쟁을 기념하고 앞으로의 탈시설 투쟁의 각오를 다지는 자리였다. 대담이 열린 '이곳'은 10년 전 여덟 명의 장애인이 농성장을 차린 '그곳'이기도 해서 감동이 더했다. '마로니에 8인' 중 한 사람인 동림 형에게 왜 여기 농성장을 차렸느냐고 묻자 간단한 답변이 돌아왔다. 여기에 노들이 있었기 때문이라고. 그 말을 듣고는 갑자기 이상한 느낌이 들었다. 여태까지 잘 알고 있던 곳이 낯선 곳으로 돌변했다고 할까. 도대체 노들이 있다는 건 무슨 뜻인가.

대담 중에 소개되었지만 올해도 한 사람의 장애인이 노들을 찾아왔다. 자신을 돌보던 어머니가 쓰러진 후 혼자 남겨진 중증발달장애인 문기두 님. 그에 대해 복지 담당 공무원들은 시설 말고는 살 곳이 없다는 결론을 내렸다. 그러나 시설 아닌 다른 삶의 가능성을 찾아서 그는 친척의 손을 잡고 노들에 왔다.

10년 전의 여덟 사람과 10년 후의 한 사람. 그들은 노들이 있었으므로 노들에 왔다. 둘의 이유는 달랐다.

10년 전의 사람들은 시설에서 나오려고 했고, 10년 후의 사람은 시설에 들어가지 않으려고 했다. 그러나 둘이 찾는 길은 똑같은 길이었다. 중증장애인이 시설에서 나와 살 수 있는 길이 중증장애인이 시설에 들어가지 않고서도 살 수 있는 길이 기 때문이다.

이들은 노들이 있었기 때문에 노들에 왔다. 그러나 노들에는 해법이 없다. 노들에는 돈이 없고 권력이 없다. 그때도 그랬고 지금도 그렇다. 중증장애인 한 사람이 사비로 24시간 활동지원서비스를 받으려면 500만 원이 넘는 비용이 든다고 하는데, 노들은 단 한 사람의 중증장애인을 건사할 비용도 마련하기 쉽지 않은 곳이다. 그래서 매번 일어나는 일이 '비상사태'고, 매번 만드는 것이 '대책위원회'다. 비상! 비상! 10년 전과 10년 후가 똑같다. 문제를 든 손님들은 초대 없이 닥쳐오고, 노들은 미리 말려둔 곳감 같은 대책도 없는 상태에서 그들을 맞이한다. 도대체 노들은 뭐하는 곳인가. 여기 노들이 있다는 것은 무슨 뜻인가.

6년 전 노들야학 20주년을 축하하는 강연 자리에서 나는 노들의 정체를 물었던 적이 있다. 이 이상한 학교를 어떻게 명명해야 할까. 과거 자료들을 읽고 나서 나는 이곳이 단순한 교육단체도 운동단체도 아니라는 결론에 이르렀다. 굳이 말한다면 이곳은 '배움 이전의 배움', '운동 이전의 운동'이 일어나는 곳이라고 했다. 여기서의 배움은 지식의 습득 이전에 일어나는 주체의 각성이고, 여기서의 운동은 이념과 조직 이전에 생겨나는 새로운 삶을 향한 내면의 움직임, 욕망의 깨어남이라고.

그런 결론에 도달하고 나서 나는 스스로 물었다. 노들은 언

제까지 계속될 수 있을까. 아니, 노들은 언제까지 계속되어
야 할까. 그 강연 날에도 덕담 삼아 누군가 노들이 빨리 없어
지는 세상이 왔으면 좋겠다는 말을 했다. 노들이 없는 세상이
좋은 세상이라고. 모든 장애인이 비장애인과 마찬가지로 학
교에 다닐 수 있다면, 그리고 장애인 차별을 시정하는 제도적
장치들이 마련되어 장애인들이 힘겹게 운동하지 않아도 된다
면 노들야학은 없어질 거라고.

좋은 세상이라면 노들이 필요 없다는 말을 이해 못 할 바는
아니다. 그러나 이것은 노들을 세상이 아프다는 증거로, 일종
의 '증상'으로 간주하는 말이다. 그런데 이는 내가 이해한 노
들과는 완전히 달랐다. 내가 이해한 노들은 문제의 장소도,
해법의 장소도 아니었다.

노들은 문제를 제기하는 장소, 문제가 새롭게 정의되는 장
소였다[철학적 표현을 쓰자면 '문제(problème)'가 아니라 '문
제설정(problématique)'이 일어나는 곳이다]. 그리고 새롭게 정
의된 문제를 따라 새로운 주체, 새로운 투사가 만들어지는 공
간이었다. 처음에는 장애인 개인의 딱한 처지이자 매달 500
만 원을 조달하는 문제처럼 보였던 것이, 노들에 오면 우리
사회의 장애인 차별 문제이며 이 차별을 어떻게 깨나갈 것인
가의 문제가 된다. 그러니까 노들이 없는 세상이란 문제가 없
는 세상이 아니라 문제 제기가 없는 세상인 것이고, 차별받는
장애인이 없는 세상이 아니라 차별을 깨뜨려나갈 장애인 투
사가 태어날 공간이 없는 세상인 셈이다. 나는 그때 이런 결

론에 도달했다. 노들이 있는 세상이 좋은 세상이다.

그런데 2019년 '노란들판의 꿈'을 진행하면서 나는 무대에서 훨씬 빛나는 것, 내가 알던 것보다 더 소중한 어떤 것이 노들에 있음을 알게 되었다. 그것은 홍은전 선생이 노들의 존재에 대한 생각을 들려줄 때 나타났다. 그는 '문기두 님은 이제 어떻게 살아야 하느냐'고 물었을 때 노들 활동가들 모두가 약속이나 한 듯 "언니는 일단 밥을 먹어야 해요"라고 답한 것에 깊은 인상을 받았다고 했다. 그러고는 이렇게 덧붙였다.

"노들에 대해서 사람들이 이런 말을 되게 자주 했어요. 차별이 없어져서 노들이 필요 없는 세상이 되었으면 좋겠다고. 이런 말을 덕담처럼 했었는데, 나는 그 말이 묘하게 듣기 싫었어요. 좋은 뜻에서 한 말인데, 왜 저 말이 듣기 싫었을까. 그런데 기두 언니의 이야기를 들으면서 다시 한번 생각했던 것, 세상이 망해도 노들은 살아남아야 한다. 마지막에 누군가 살아남아야 한다면 노들이 살아남아야 한다. 다시 그런 생각을 했어요."

순간, 사람들의 눈에서 눈물이 터져 나왔다. 세상이 망하는 그날까지, 아니 세상이 망해도, 누군가 살아남아야 한다면 그것은 노들이다. 이 말이 노들의 깊은 곳에 있는 무언가를 끌어올렸다. 나는 노들 사람들의 눈에서 툭툭 떨어지는 그것을 보았다. 교육이니 운동이니 각성이니 욕망이니 문제 제기니 하는 말들보다 더 깊은 곳에서 흐르고 있던 그것. 노들에서 자라나는 모든 식물들의 뿌리가 향하는 그것. 내가 만난 노들 사람들 모두가 가슴 한편에 최소한 한 컵씩은 가지고 다니는 그것. 그날 무대에서 그것이 모습을 드러냈다. 수십 년을 죽어지내던 사람들이 노들에 오면 살아나는 이유가 있었다. 노들은 살길을 찾는 사람이 해야 할 첫 번째 일이 무엇인지를 정확히 알고 있는 곳이다. 그래서 노들은 끝까지 살아남아야 한다. 세상 끝에서 "언니는 일단 밥을 먹어야 해요"라고 말하는 사람들이 없다면 세상은 정말로 끝나고 말 것이다.

노들바람을 여는 창

김유미

야학은 코로나 때문에 휴교를 연장하다 수업 시수를 대폭 줄여 임시 수업을 진행하고 있습니다. 수업이 줄었으니 할 일이 조금은 줄겠구나, 싶었지만 새로운 시절에 맞는 새로운 일들을 구상하느라 되레 바빴습니다. 휴교 기간에 야학 학생들 집을 방문할 계획을 짜고, 방역 물품을 준비하고, 반찬을 준비하고, 차를 몰아 가가호호 방문. 단순한 일처럼 보였지만 전혀 그렇지 않은 일이더군요.

이 와중에 야학 건물에 엘리베이터 공사를 시작해 야학은 1층 주차장에 천막을 치고 학교를 운영했습니다. 코로나 시기에 걸맞은 임시 시간표와 수업 내용이 필요하고 부족한 것은 어떻게 채울지, 안 해본 것들을 새롭게 계획하고 이행하느라 바쁜 시간을 보냈습니다.

6월에는 또 다른 새로운 일을 준비하느라 장기 회의에 야근을 일삼으며 머리를 맞댔습니다. 고장샘은 피피티를 들고 같은 내용을 수없이 설명하고 다녔습니다. '권리중심 중증장애인맞춤형 공공일자리'라고 하는 — 우리에게 필요한 단어들을 다 짜깁기해놓은 — 새로운 일자리를 구상하고 7월부터 시행하게 되었습니다. 이 일자리는 근로 능력이 많이 부족하다고 평가되어 노동시장에서 배제돼온 최중증장애인, 시설 거주 경험이 있는 있는 분들을 우선하는 일자리입니다.

이 사업의 담당자인 박임당이 야학 학생들의 신청 서류를 훑어보다가 놀란 듯, 시설 거주 기간을 읊어줍니다. 신○○ 님 38년, 손○○ 님 42년, 박○○ 님 48년……. 교사 나이보다 많은 시설 거주 연수에 입을 딱 벌리고 맙니다. 장애인 거주시설 인강원에 사는 학생들과 낮 수업을 한 지 이제 4년이 되었고 수업에서 만난 학생들이 이제는 노동자가 되어 야학에 옵니다.

낮 수업 학생들이 적게는 3년, 많게는 5년, 그동안 함께 배워서 갈고닦은 것들을 지역사회로 들고 나갈 예정입니다. 그동안 춤을 배우는 수업을 해왔다면, 이제는 춤으로 공연을 만들어 낯선 사람들 앞에 서려고 합니다. 갇혀 지내온 중증장애인이 누구인지, 어떤 가능성이 있는 사람이었는지, 우리가 함께 살기 위해서는 무엇이 필요한지 바로 보게 하는 시공간을 만들어보려고 합니다.

누군가는 이것이 무슨 공연이냐, 이것이 무슨 노동이냐 할지 모르겠으나, 장애인에게 한없이 무례한 이 사회 속으로 용기 내어 들어가는 일입니다. 저 스스로도 이 길이 낯설고 어지러워서, 학생들과 동료들에게 손뼉 치며 용기를 내어보려고 합니다.

노들바람을 여는 창

김유미

코로나 19로 수업을 못 한 지 3주쯤 되었을까, 저녁 8시 반 사무실로 전화가 왔습니다.

(나이 지긋한 목소리) "나 ○○ 엄마인데요 우리 ○○ 바꿔 줄게요."

그리고 전화를 받은 ○○.

"선생님, 나 집에만 있으니까 이제 미쳐버릴 것 같아요. 언제까지 못 나가요?"

야학에서는 학생들이 걱정돼 전체 학생 가정방문을 진행했습니다. 교사들 만나는 것도 불안하다던 꽃님 언니는 마스크 들고 찾아간 교사들에게 올해 말까지 외출할 생각이 없다는 무서운 계획을 알렸습니다.

인강원에 사는 최 씨가 노들에 안 나오는 동안 어찌 지내는 지 많이 궁금했습니다. 사회적 거리두기 2단계가 되자 서울시에서는 거주시설 생활인과의 프로그램을 자제할 것을 권고했습니다. 장애인시설과 노인시설에서 코로나 19 집단 감염이 일어난 전적이 있기에 위험성이 높았습니다. 전화를 하면 좋겠지만 최 씨는 휴대폰이 없습니다.

등교 대신 원격교육을 하라는 이 시절에 교육은 그 대상으로 누구를 상정하고 있는가 자꾸만 생각해보게 됩니다. 문자 메시지를 못 읽는 학생, 카카오톡이 어려운 학생, 이메일 주소가 없는 학생, 이메일이 무엇인지 모르는 학생, 컴퓨터가 없는 학생……. 이메일을 만들고 컴퓨터가 생긴다고 해서 곧장 문제가 해결되는 것도 아닐 겁니다.

사회적 거리두기 지침이 다시 또 언제 단계 변화가 있을지 모르는 불안한 시절. 노들은 비대면 방식으로 살아갈 수 있을까요? 비대면 교육이 가능할까요? 노들이라는 공간은 또 어떻게 바뀌어야 하는지, 이번에도 어렵습니다.

나도 사회에 필요한 사람이라는 생각이 들었습니다

권리중심 공공일자리

조상지

저는 2020년 10월 20일 국회에서 열린 환경노동위원회 국정감사에서 더불어민주당 장철민 국회의원이 한국장애인자립생활센터협의회에 참고인 요청을 하여 사무총장 임소연 님의 추천으로 서울시 권리중심 중증장애인맞춤형 공공일자리 사업에 대한 참고인으로 출석하였습니다.

어떤 일자리에 참여하셨는지?

서울형 권리중심 중증장애인맞춤형 공공일자리에 참여하고 있습니다. 일자리에서 한 일은 저상버스 알리기가 있습니다. 저상버스는 버스 바닥이 낮고, 경사판이 있어서 휠체어, 유모차, 임산부, 어르신들이 쉽게 이용할 수 있는 버스입니다. 몸이 힘든 사람들에겐 이동할 때 꼭 필요한 버스입니다. 버스정류장에서 시민들에게 전단지도 나눠주고, 피케팅도 하면서 저상버스에 대해 많이 알리고, 보급률도 높이는 활동을 했습니다. 문화 활동도 했습니다. 직장음악대에서 소외된 계층의 인권에

대한 노래를 만들어 매주 연습해서 대학로 마로니에
공원에서 공연도 했습니다.

일을 하면서 어떤 변화가 있었는지? 어떤 점이 좋았는지?
저에게 일자리의 의미는 의식주를 위해 돈을 버는 활동,
그 이상입니다. 저는 생후 8개월에 뇌병변장애를 얻어 말도
못하고, 손도 쓰지 못하고, 걷지도 못하는 중증장애인으로
지금까지 살아왔습니다. 저는 중증장애로 인해 집과 시설
안에만 있어야 했습니다. 일자리를 통해 직장이 생기면서
사회생활을 하게 됐습니다. 내가 해야 할 일이 있고, 출근과
퇴근이 있고, 직장 동료들이 생겼습니다. 일자리는 그동안
경험하지 못했던 사회생활을 하게 해주면서 제 삶을 180도
바꿔놓았습니다. 좋았던 점은 중증장애인으로 태어나
혼자서는 아무것도 할 수 없는 쓸모없는 사람이 아니라
일을 하면서 나도 사회에서 필요한 사람이라는 생각이
들어 자신감을 갖게 되었고, 세상에 태어난 의미를 찾게
되었습니다.

추가로 하고 싶은 말이 있다면?
지금 하고 있는 일이 너무 좋습니다. 앞으로도 계속 일을
할 수 있게 해주십시오. 그리고 저와 같은 중증장애인들이
더 많이 일을 할 수 있도록 일자리를 많이 만들어주십시오.
부탁드립니다.

처음 참고인 출석 준비를 하라는 요청을 받고 저는 정말 많이 망설였고, 마음이 무거웠습니다. 올해 처음 시행하는 중증장애인 공공일자리 사업에 참여하는 노동자 260명의 대표로 제가 얘기를 해야 된다는 게 너무 부담이 됐습니다. 참고인 증언을 끝내고, 국회에서 나오면서 깊은 한숨이 나왔습니다. 천 명, 만 명으로 중증장애인 공공일자리 사업을 반드시 확대시켜야 하는데 내가 말을 잘한 건지, 못한 건지 아쉽고 답답한 마음의 한숨이었습니다.

시간만 주어졌다면 중증장애인인 제가 일자리 사업에 참여한 후에 변화된 모습을 길게 얘기해서 그곳에 있는 국회의원들에게 중증장애인 공공일자리가 어떤 의미인지, 얼마나 중요한지를 얘기하고 싶었지만, 제게 허락된 시간이 짧아 간단하게 말할 수밖에 없었습니다. 그때 제가 길게 하고 싶었던 말을 《노들바람》지면을 빌려 올립니다.

안녕하세요.
서울시 권리중심 중증장애인맞춤형 공공일자리 사업에 참여해 노들야학에서 일하고 있는 노동자 조상지입니다. 중증장애인인 제가 일자리 사업에 참여한 후, 변화된 모습에 대하여 말씀드리겠습니다.

저는 생후 8개월에 뇌병변장애를 얻어 말도 못하고, 손도 쓰지 못하고, 걷지도 못하는 최중증장애인입니다. 동생과 저를 혼자 키우신 어머니는 살면서 저 때문에 힘들고 속상하실 때마다 이렇게 말씀하셨습니다.

"상지야, 엄마랑 같이 죽자."

"우리 상지 죽은 후에 내가 죽어야 하는데."

제 어머니는 장애인 자식을 낳은 죄로 평생 가슴앓이를 하셨습니다.

그러다 제가 다니던 학교 노들장애인야학을 통해 중증장애인 일자리 사업에 참여해서 직장이 생겼고, 첫 월급을 타서 어머니께 드렸습니다. 어머니가 이젠 이렇게 말씀하십니다.

"이제 상지보다 엄마가 먼저 죽어도 걱정이 없겠다."

"상지는 오래오래 재밌게 살다가 와라."

제 동생은 "우리 누나 장하네"라고 합니다.

일을 시작한 후부터 제 어머니와 동생은 주변 모든 사람들에게 저를 자랑하십니다. 대학교를 졸업하고도 직장을 구하지 못하고 실업자가 많은 현실에서 중증장애인인 제가 당당히 취업자가 되었다고, 제 한 달 수입은 89만 원 정도인데, 제 엄마는 100만 원 넘게 번다고 뻥도 치십니다. 그래서 저는 친척분들과 엄마 친구들을 만날 때마다 "훌륭하다, 상지가 잘될 줄 알았다"라는 칭찬과 격려를 받습니다.

일자리를 통한 제 삶의 변화된 모습으로 중증장애인에 대한 인식 개선을 제가 하고 있다고 생각합니다. 저와 같이 일을 하고 있는 동료들도 저와 비슷한 경험을 얘기합니다.

올해 260명의 중증장애인들의 가족 및 친지, 주변인들이 중증장애인을 바라보는 시각의 변화가 분명히 있었다고 생각합니다. 앞으로 천 명, 만 명의 중증장애인 일자리가 생긴다면 교육을 통한 장애인 인식 개선의 효과보다도 훨씬 더 큰 효과를 발휘할 것이라고 확신합니다.

저는 40년간 집과 시설을 오가며 세상에 나오질 못했습니다. 비장애인들에겐 당연한 지식적인 배움과, 사람들과 어울려 살아가면서 축적되는 삶에 대한 지혜를 저는 경험하지 못했습니다. 저는 혼자 할 수 있는 게 없습니다. 배가 고파도, 목이 말라도, 주변의 도움 없이는 먹을 수도, 마실 수도 없습니다. 그래서 남들이 나에게 함부로 하더라도 나에게 심한 장애가 있으니까 제가 참아야 한다고 생각했었습니다. 비장애인들이 당연하다고 여기는 지식적이고 사회적인 많은 권리를 저는 권리라고 생각도 못 하고, 장애 때문이라며 포기했습니다.

하지만 최중증장애인인 제가 직장이 생기고, 월급을 받으면서 최중증장애를 가진 나도 할 수 있다는 자신감이 생겼습니다. 장애인 권익 옹호와 장애인 인식 개선 교육, 최중증장애인 기준의 문화예술 활동에 참여하면서 늘 별나라 사람처럼 사회와 떨어져 있던 제가 이제는 사회 속으로 들어가기를 두려워하지 않게 되었습니다. 중증장애인 일자리는 제게 없었던 자신감을 만들어주었고, 사회 속에서 사람들과 같이 살아가는 통로를 열어주었습니다.

일을 시작하고 제 삶에 목표가 생겼습니다. 그것은 서울에서 저상버스라는 말을 없애는 것입니다. 제가 하는 일 중에 인식 개선 사업의 일환으로 시민들에게 저상버스 알리기와 보급률 높이기가 있습니다. 버스정류장에서 저상버스에 대한 피케팅을 할 때마다 시민들이 피켓을 유심히 보다가 물어보십니다. 버스에 장애인들이 타고 있는 걸 본 적이 없는데, 이용하지도 않는 저상버스는 왜 더 만들어달라고 하냐고.

저는 AAC(보완대체의사소통)로 미리 준비를 해서 이렇게 대답합니다.

"저상버스를 장애인용 버스라고 생각하시는데 꼭 그런 것만은 아니에요. 저상버스는 버스 바닥이 낮고 경사판이 있어서 휠체어뿐만 아니라 어린 아기가 탄 유모차, 버스 계단이 높아 오르기 힘든 유아들, 임산부, 어르신들이 쉽게 오르내릴 수 있는 버스예요. 그래서 꼭 장애인만이 아니더라도 많은 사람들에게 꼭 필요한 버스예요. 그래서 시내버스를 100퍼센트 저상버스로 꼭 바꿔야 합니다"라고.

프랑스 파리는 저상버스라는 말이 없다고 합니다. 이미 저상버스 보급률이 100퍼센트여서 저상과 비저상의 구분이 필요 없어진 거죠. 그래서 저는 천만 인구가 살고 있는 우리나라 수도 서울에서만이라도 교통약자들에게 꼭 필요한 저상버스를 저상버스가 아니라 그냥 '버스'라고 불러도 될 때까지 저상버스의 필요성을 홍보하고, 저상버스 보급률 높이기에 최선을 다할 겁니다. 그게 일자리 사업을 하면서 만들어진 제 목표예요.

제게는 한 살 차이 나는 남동생이 있습니다. 제 동생은 아기 때부터 저에게 양보만 하면서 살았습니다. 아기 때는 젖병을 양보했고, 어머니가 안 계실 때는 먹는 거, 입는 거, 대소변까지 모든 신변처리를 제 동생이 해야만 했습니다. 저희 어머니는, 제 동생이 결혼해서 사는데, 엄마가 돌아가신 후에 중증장애인인 누나로 인해 마음고생과 더불어 가족 간의 불화가 오지 않을까 늘 걱정하셨습니다. 지금까지 엄마의 인생은 저보다 하루 더 살면서 저를 보살피는 거였고, 엄마보다 하루 먼저 죽고 죽을 때까지 엄마에게 밥을 얻어먹어야 하는 게 제 삶이었습니다. 모든 중증장애인 가족들의 상황이 저희 집과 비슷할 거라고 생각합니다.

일자리 사업에 참여해 직장에 다니며 사회생활을 하는 저를 보고 지금은 엄마가 이렇게 말씀하십니다. "이제 엄마도 엄마 인생 살 테니, 상지도 상지 인생 살아라", 동생에게도 "누나는 이제 혼자 살아갈 수 있으니 아무 걱정 하지 말고, 너의 가족들하고 잘 살면 된다"라고 말씀하십니다.

엄마와 나, 제 동생의 인생이 분리됐습니다. 샴쌍둥이처럼 불가분의 관계였던 엄마와 저의 인생이 분리됐습니다. 동생에게 늘 그림자처럼 그늘로 따라다녔던 누나의 인생이 분리됐습니다. 저의 가족은 제가 일자리 사업에 참여한 후에 각자의 삶을 찾아가고 있습니다. 이것이야말로 중증장애인을 가진 가족들의 삶의 질을 최고로 높이는 것이라고 생각합니다. 제가 경험한 위의 네 가지 이유만으로도 중증장애인의 일자리는 앞으로 계속 확대되어야 합니다.

노들바람을 여는 창

김유미

'내 인생을 망치러 온 나의 구원자'. 영화 〈아가씨〉에 나오는 대사이지요. 이 대사를 노들장애인야학 교장 이취임식에 붙이니 딱 들어맞는 느낌이었습니다. 지난 2월 25일 노들야학 교장으로 24년을 살아온 박경석 선생님의 퇴임식과 새 교장 두 분의 취임식이 열렸습니다.

"우리 노들은 무려 24년 만에 박경석 교장의 퇴임식을 쟁취했습니다."

고병권 선생님의 표현대로, 박경석 교장의 퇴임은 투쟁이고 쟁취였습니다. 노들야학의 교장 교체는 노들의 오래 묵은 과제였습니다. 노들을 걱정하는 이들은 '교장 장기집권'이라는 농담 반, 진담 반의 말을 해왔는데, 딱히 대안이 안 보였습니다.

박경석 선생님이 그냥 할 수 있는 날까지 계속 교장을 하시면 좋겠다 싶었다가, 어느 날 갑자기 사라지면 어떡하지 싶은 것이 너무나 막막해지고 걱정투성이가 되기를 반복했던 것 같습니다. 교장 역할을 맡아보겠다 나서는 이가 없었던 것도 박경석 교장이 장기집권 할 수밖에 없는 이유이기도 했습니다. 그렇기에 노들이 박경석 교장 퇴임을 '쟁취'했다는 표현도 딱 들어맞는 느낌입니다. 야학 교장직을 내려놓은 박경석 선생님은 이제 야학 권익옹호반 수업 교사로 활동을 이어나갑니다.

야학의 큰 나무 같은 김명학, 삶의 많은 시간을 야학운동에 바쳐온 천성호. 이 두 분이 박경석 '고장' 다음의 교장 활동을 맡아주었습니다.

새 교장 두 분의 앞날이 노들로 인해 얼마나 망쳐지고, 어떻게 구원받을지 궁금해집니다.

이번 호에는 노들야학 교장 이취임식에 관한 글을 많이 담았습니다.

세 분의 교장과 노들야학의 앞날을 지켜봐주시고 응원해주셨으면 합니다.

노들장애인야학은 저의 인생에서
가장 깊고 넓은 소중한 선물입니다

박경석

노들장애인야학은 저의 인생에서 가장 깊고 넓은 소중한 선물입니다.

노들장애인야학. 노란들판에서 함께 죽치면서 하늘의 별을 바라보는 학생 여러분, 교사 여러분, 그리고 함께했던 동문 여러분. 진보적 장애인운동 전선체인 전국장애인차별철폐연대라는 별 볼일 없었던 척박한 대지에서 버티면서 장애인을 차별하는 시대에 저항하며 함께 투쟁하는 동지들. 너무 감사합니다. 지금 이 순간은, 저의 감사함을 조금이라도 더 선명하고 깊게 표현하고 싶은 간절한 시간입니다. 저의 고장 활동 24년의 고마움이 농축된 '감사 알약'을 모든 분께 전하고 싶습니다.

저는 잘 알다시피 1983년 8월 9일 스물네 살 때, 주일날 교회 가라는 엄마 말씀을 듣지 않고 토함산에서 행글라이더를 타다가 추락해서 장애를 입었습니다. 그래서 엘리베이터에서 만난 꼬마 아이가, "엄마, 이 아저씨 왜 휠체어 타고 다녀?"라고 물었을 때, 함께 있던 꼬마의 엄마가 "엄마 말 안 들어서 그래"라고 말하며 그 아이 손을 잡고 엘리베이터에서 내리는 뒷모습을 바라보면서, 저는 '죄인이라는 나락'에서 무감각했던 나의 하반신을 칼로 수없이 찌르며 혼자 방구석에서 5년이라는 시간을 공허하게 보냈습니다. 그때는 시간이 지옥이었습니다. 그 당시는 저의 마비된 하반신에서 흐르는 피를 보며, 가장 밑바닥의 절망은 아픔도, 고통도, 아무것도 느낄 수 없었던 '무감각이라는 것을 뼛속에 깊이 새기는 시간'이었습니다. 조금이라도 아팠으면, 조금이라도 즐거웠으면, 조금이라도 느낌이라는 것이 내 몸 한 조각을 통해 마음과 뇌로 전달되기를 간절히 원했던 시간이었습니다. 그때 저는, 저를 둘러싼 모든 관계와 감정을 마비시켰습니다. 그것은 저 자신과 친구들을 향한, 모든 사람들을 향한 관계에 '무관심'이라는 무덤을 파고 있었습니다.

'무관심의 무덤'에서 빠져나오게 된 계기는 5년의 시간이 다 지나가던 어느 날, 어두운 밤 바라보았던 별이었습니다. 별이 우리의 눈에 반짝이며 보이기 위해서는 '광년'이라는 시간이 필요하답니다. '찰나의 순간'을 나에게 보여주기 위해 수억 광년의 무한한 시간을 달려온 별의 기특함을 생각했었습니다. 그 순간, 내가 겪고 있는 '무감각을 뼛속에 깊게 새기는 시간'은 '순식간'이라는 간단한 지식이 깨달음이 되었을 때, 무감각의 시간이 살아보고 싶은 시간으로 변하기 시작했습니다.

깨달음에는 많은 지식의 양이 필요치는 않더군요. 1+1을 알면 2가 되는 아는 지식보다, 그 숫자를 몰라 내가 얼마나 차별받았는가에 대한 깨달음이 노들야학의 활동을 진짜 공부로 변하게 했다고 생각합니다.

삶의 가장 밑바닥. 저는 살아보고 싶은 시간에 노들장애인야학을 만났습니다. 그때가 노들장애인야학이 개교한 1993년입니다. 1983년 장애를 입고, 5년간 방구석에 홀로 처박혀 있었고, 새롭게 살아보려고 희망을 갖고 1988년 서울장애인종합복지관에 직업훈련을 받으러 갔습니다. 저는 서울장애인종합복지관에서 '나쁜 장애인' 태수와 홍수 형을 만나고 장애인운동이라는 '외롭고 쓸쓸한 맛없는' 것을 맛보았습니다.

그 맛이 너무 쓰고 외롭고 힘들 것 같아 그 맛을 살짝만 보고, 도망치듯 태수하고 홍수 형의 어깨를 두들겨주면서 현장에서 뼈 빠지게 고생하는 사람이 있어야 된다며 '고생하세요' 위로하며, 1991년에 대학에 도전해서 합격했습니다. 좀 더 우아하고 폼 나게 보여질 수 있는 사회복지사 자격증을 따기 위한 대학 공부에 매달렸습니다. '맛없는' 장애인운동보다 좀 더 '맛있게 보이는' 전문가 선생님이 되고 싶었습니다. 돈도 벌어야 하니까요. 우수한 성적으로 졸업한 후에 한국장애인고용공단, 장애인종합복지관 직원이 되기 위해 서성일 때, 그들은 나를 발길로 걷어찼습니다. 슬펐습니다. 화났습니다. 그때 나쁜 장애인들은 저를 약물로 유혹했습니다. 그 유혹 땜에 어쩔 수 없이 블랙홀로 빠져들 듯이 '노들장애인야학'에 빠져 버렸습니다. 그 만남이 운명이 되어버릴 줄 몰랐습니다. 그리고 지금까지 남아 있게 될 줄 몰랐습니다.

　나보다 못 배운 불쌍한 장애인, 나와는 비슷한 것 같은데 절대 나와 같은 위치에 올려놓기에는 자존심 상하지만, 그래도 장애인들을 형식적인 사회복지프로그램에서가 아니라 일상의 관계 속에서 만나기 시작했습니다. 그때는 나 자신이 장애인이지만 다른 장애인과 다르고 싶었던 내 속마음을 절대 내색하지 않았습니다. 길게는 1년 정도의 시간을 투자해서 사회복지사라는 전문가 이력에 폼 나는 한 줄 경력이 되기를 원했습니다. 그런데 노들장애인야학에서 학생들, 교사들과의 만남은 '무감각의 시간이 살아보고 싶은 시간'으로 변하고, '살아보고 싶은 시간이 전망이 되어가는 구체적인 공간'으로 변하게 되었답니다. 노들야학에서 우리의 공부는 세상의 기준을 이동시키는 기준이라는 것을 잘 아시지요.

　노들장애인야학에서의 지속 가능한 활동은 중증장애인이 역사의 전면에 보이기 시작한 2001년 장애인이동권연대의 조직과 2006년 진보적장애인운동의 전선체인 전국장애인차별철폐연대를 건설하는 과정에서 '믿음, 소망, 사랑, 그중에 제일은 투쟁'이라는 단어들이 차별에 저항하는 현장을 통해 노란들판 사람들 마음에 담겨질 때 가능했습니다.

　"쿼바디스 도미네. 주여 어디로 가나이까."

　돌아가신 저의 어머니, 서울장차연 '장비' 회원이자 노들야학 후원자이신 신지균 여사님께서 좋아하시던 성경 구절입니다. 그 세월에서 저는 수없이 피하고 싶었고, 기회만 되면 누구보다 빨리 도망치려 했습니다. 아마도 그 도망쳤어야 할 시간에 머뭇거리다 지금까지 끌려왔던 시간이었던 것 같습니다. 그리고 남게 된 시간입니다.

그런데 그 시간들, 노란들판과 전국장애인차별철폐연대의 공간. 이 시간과 공간이 내게 너무나 크고 깊은 선물이라는 것을 깨달아가는 과정이었습니다.

삶은 결과가 아니라 선으로 연결하는 과정이라 배웠답니다. 모두가 떠납니다. 중요한 것은 우리는 노란들판에서 만나고 있습니다. 이 만남의 과정을 우리가 알록달록 컬러로, 흑백으로, 유치하지만 찬란하게 색칠하면 좋겠습니다.

노들장애인야학은 진보적 장애인운동의 역사입니다. 그 역사에서 큰 힘으로 함께해주신 분들과 '감사 알약'을 많이 나누고 싶습니다.

이제 제가 떠나기 전에, 노란들판에서 함께하는 동지들이 떠나지 말았으면 하는 소망이 있습니다. 저의 똥고집 때문에 힘들어하는 동지들, 혹은 이곳에서 살아남아 존재하기 힘들어하는 동지들, 학생 여러분, 교사 여러분, 저도 수많았던 떠남을 하나씩 구체적으로 받아들이기가 이제 조금은 힘든 나이가 된 것 같습니다. 그래서 그 힘듦에 오히려 더 무감각해보려고 노력하지만 잘 안 되네요. 이제 저보다 현장을 먼저 떠나지 말고, 제가 먼저 떠날 수 있는 기회를 저에게 선물로 주면 감사하겠습니다. 노란들판과 진보적장애인운동 전선에서 떠나지 말아주십시오. 어떤 모습으로든 만나면 좋겠습니다.

노들장애인야학은, 노란들판은, 전국장애인차별철폐연대는, 장애인을 차별하는 전선에서 이 시대에 함께 사는 장애인들이 진실을 꿰뚫어 보고, 말하고, 힘을 모으기 위한 희망의 물리적 근거로서 기능하는 데 있다고 생각합니다. 그 역할을 죽는 날까지 하고 싶습니다. 어디에 무엇으로 있든지 간에 함께하고 싶습니다.

마지막으로 두 분의 교장 선생님께 특별히 감사함을 전하고 싶습니다. 김명학 교장 선생님, 천성호 교장 선생님. 너무 감사합니다. 고맙습니다.

당신의 해방이 나의 해방과 긴밀하게 결합되어 있기 때문이라면, 그렇다면 함께 투쟁해봅시다. 길고 가늘게, 굵고 길게 투쟁합시다.

박경석 교장의 퇴임식을 성취한 노들을 축하하며
고병권

제가 박경석 선생님을 처음 뵌 것은 2007년 봄입니다. 장애인차별금지법이 국회를 통과하고 하루 이틀 지난 즈음인가 싶습니다. 지금으로부터 13년 전이네요. 그때 저를 비롯한 몇몇이 《부커진R》이라는 잡지를 창간했는데 창간호에 교장샘 인터뷰를 꼭 넣고 싶었어요. 2001년의 이동권 투쟁부터 노들야학을 눈여겨보았습니다. 2007년 즈음에는 활동보조인 투쟁을 격렬하게 벌일 때인데요, 노들의 투쟁에 마음을 빼앗겼습니다. 그래서 창간호 제목을 '소수성의 정치학'으로 잡고, 무조건 노들의 교장 선생님을 만나야겠다고 결심했습니다. 인터뷰 요청 자체는 쉽게 허락하셨어요. 그런데 약속을 몇 차례 바꾸셨지요. 워낙 바쁜 분이었으니까요. 그래도 포기할 수 없어서 잡지 발간을 늦추면서 기다렸지요.

처음 만나 뵙고는 제가 말려들었다고 해야 하나, 하여튼 박경석 교장의 묘한 매력에 빠져들었습니다. 얼마나 말려들었는지, 인터뷰 마지막에는 제 스스로, 제가 속했던 수유너머가 노들과 함께할 수 있는 일을 알려달라고 사정하는 수준이 되었지요. 정작 교장 선생님은 도와달라는 말도 하지 않았는데

제가 알아서 조직되었다고 할까요. 연대를 사정하는 저를 보고, '음…… 학생들을 만나는 건 그렇고 교사들과 세미나나 좀 조직해보라'고 하셨죠. 좀 이상한 말이지만 그렇게 연대를 허락받았습니다.

박경석 교장의 매력이 어디에 있었을까, 나는 왜 말려들었을까. 그동안 여러 훌륭한 사람들을 만났는데요, 그 사람들과 아주 다른 부분이 있었습니다. 착하지 않다고 할까요. 선생님은 희생정신 충만한 착하고 아름다운 운동가의 계열이 아닙니다. 물론 그렇다고 사악하다는 뜻은 아닙니다. 이분에게는 눈물 쏟게 하는 진정성도 있고 불끈 분노를 일으키는 선동가이기도 한데, 그 이상으로 천진난만하다고 할까. 뭐라고 말해야 할지 모르겠어요. 천연덕스럽게 거칠다고 할까, 거친데 천진난만하다고 할까.

처음 만난 자리에서 노들야학이 당신에게 어떤 의미가 있느냐고 물었을 때, 선생님은 당시 외부 사람인 나에게 천연덕스럽게 말했습니다.

"노들야학은 학생들을, 장애인 대중들을 일상적으로 만나는 공간입니다. 장애인 대중들을 만나는 데, 그들을 조직하고 운동하는 데, 그렇게 많은 시간 동안 만날 수 있는 곳이 없어요. 일주일에 보통 여섯 시 반부터 밤 열 시까지 5일 만나니까, 한 이삼십 명을 집중적으로 만나니까, 얼마나 조직하기 좋겠습니까."

이런 이야기, 그러니까 학교를 운동 수단으로 생각한다고,

이렇게 노골적으로 말해도 되나 하는 생각이 들었지요. '장애인들이 배우고 싶어도 못 배우고 어쩌고저쩌고' 하는 식의 이야기를 상상했던 나로서는, 장애인 대중을 조직하는 데 학교만 한 게 없다는 말에 깜짝 놀랐습니다. 그런데 이것은 어떤 음모를 꾸미는 사람의 흉중의 말이 무심코 튀어나온 게 아니었습니다. 이것은 장애인 대중을 조직하는 것이 정말로 중요하다는 걸 뼛속 깊이 자각한 사람, 장애인 대중을 조직할 수 있다면 뭐라도 하겠다는 사람의 말이었습니다.

대체로 1990년대 중반, 한국 사회 주류 운동은 길바닥을 떠났습니다. 단순히 야학이든, 길거리 투쟁이든, 소위 길바닥 운동을 낡은 것으로 비웃는 시대가 도래했었지요. 그런데 나는 그날 그 길바닥에 씨앗을 뿌리고 있는 황당한 농부를 보았습니다. 소위 아름다운 성자와는 거리가 먼, 너무나 시대착오적인, 그러나 너무나도 멋진 운동가를 보았습니다.

박경석 교장의 24년은 노들야학의 28년과 차이가 별로 없습니다. 노들야학에는 박경석이 없는 역사가 많지 않으며, 박경석의 인생사도 노들 빼고는 남는 게 별로 없을 겁니다. 노들야학은 장애인들의 학교입니다. 그리고 박경석은 오랫동안 여기 교장이었습니다.

그런데 사실 노들야학이 더 많은 가르침을 준 사람들, 노들야학에서 더 많은 배움을 얻은 사람들은 비장애인들이었다고 생각합니다. 정말로 많은 비장애인들이 이 학교에 들어왔습니다. 말 그대로, 많은 비장애인들이 노들야학에 '입학'했습니다. 저도 그렇고요. 그리고 참 많이 배웠습니다. 이 학교에서는 많은 장애인 활동가들이 배출되었지만 또한 그만큼 많은 비장애인 활동가들이 배출되었습니다. 그리고 노들장애학궁리소가 상징하듯, 이들 활동가들을 따라 많은 연구자들이 생겨났습니다.

노들야학에 입학한 사람으로서, 제 개인적으로 감사의 말을 드리고 싶습니다. 노들은, 리베카 솔닛이라는 사람의 표현을 빌리자면, '지옥에 세워진 천국'이었던 것 같습니다. 지옥에서 살아가는 사람들이 지옥에 세운 천국. 저는 천국의 불빛만 보고 여기가 지옥인지도 모르고 굴러들었습니다만, 이제는 이 지옥 사회에서 이곳이 얼마나 귀한 천국인지 알게 되었습니다. 박경석이라는 이름은 지난 28년간 이곳을 지키고 가꾸어온 이들을 상징했던 이름이기에, 깊은 감사를 표하고 싶습니다.

끝으로, 오늘 퇴임식 행사 제목이 '내 인생을 망치러 온 나의 구원자'더라고요. 너무 절묘해서 무릎을 쳤습니다. 정말로 노들의 많은 이들이 그렇게 생각하지 않을까 싶습니다. 많은 이들이 박경석 교장 덕분에 인생 망치고 구원을 얻었지요(그리고 이렇게 구원을 얻은 사람들 중 상당수가 다른 이들에게 이런 이상한 구원자가 되고 있습니다). 그런데 알고 보면 우리의 구원자 역시 사실은, 노들에 이끌려 자기 인생을 망치고서 구원자가 된 사람입니다. 박경석 교장의 책 《지금이 나는 더 행복하다》에는 장애인복지관에 취직한 박경석 직원이 노들에 갈까 말까 고민하는 대목이 있습니다. "안정된 직장인으로 남을 것인가 아니면 재미있고 즐거운 것은 사실이나 험한 가시밭길이 뻔히 내다보이는 노들야학으로 갈 것인가?"

결국 박경석도 말려들었던 겁니다. 다만 그는 빠져나가지 못했습니다. 아니, 빠져나가지 않았습니다. 떠나는 사람들이 핑계 삼아 내놓는 명언보다 남아 있는 사람의 텅 빈 마음, "텅 빈 들판에 홀로 낮술에 취해 하늘을 바라보는 농부의 마음"에 붙잡힌 거죠. 왜 이렇게 오랫동안 교장 자리에 앉아 있었는가. 기다렸답니다. "누군가가 교장이 되어주기를". 그런데 그의 이 마음을 받아주는 사람이 없었다고. 그런데 이제 일이 일어났습니다. 두 분 신임 교장 선생님이 이 마음을 받아주었습니다. 이로써 우리 노들은 무려 24년 만에 박경석 교장의 퇴임식을 쟁취했습니다. 그러니까 오늘은 박경석 선생님과 노들이, 박경석 교장의 퇴임을 쟁취한 날이라고 할 수 있습니다. 모두 축하합니다.

교장 선생님, 그리고 명학이 형

김명학

안녕하세요.

노들장애인야학 김명학입니다. 요번에 노들장애인야학 제 4대 공동 교장으로 선출이 됐습니다. 저 자신 많이 부족합니다. 그런 저를 지지해주시고 격려와 깊은 관심으로 대해주신 여러분께 깊은 고마움의 뜻을 전합니다. 진심으로 고맙습니다. 한 분 한 분의 의견들과 소통을 통해서 함께한다는 마음 가짐으로 일하겠습니다. 1997년부터 2020년까지 24년 동안 박경석 전 교장 선생님, 그동안 수고 많이 하셨습니다. 진심으로 고맙다고 이 지면을 통해서 깊은 감사를 드립니다. 앞으로 하시는 일마다 잘 이루어지시길 바랍니다. 특히 늘 건강하시길 바랍니다.

노들야학의 교장으로 선출되었지만 실감이 나지 않는 요즘입니다. 노들의 여러 분들께서 저를 만나면 교장 선생님이라고 부르고 있습니다. 그 교장 선생님이란 호칭이 낯설고, 어색하고 부담스럽게 들립니다. 저는 명학이 형이란 호칭을 좋아합니다. 그래서 교장 선생님 하고 부르면 저는 그분들한테 나는 교장 선생님이 아니고 그냥 예전처럼 명학이 형이라고 하세요, 이렇게 이야기를 합니다. 그렇게 저는 '명학이 형'을 아주 좋아합니다. 여러분들께서도 그렇게 불러주세요.

저도 노들장애인야학의 공간을 많이 좋아합니다. 수업도 하고 투쟁을 하면서 사람들과 이야기를 나누며 인생을 배우며 슬픔과 웃음, 희망, 그리고 실패를 경험하면서 그렇게 사람 사는 냄새가 나는 공간이 노들의 공간입니다. 노들장애인야학에서 배움을 통해서 자신들의 꿈을 이루어가는 사람들, 노동으로 각자의 삶의 의지와 자신감을 키우며 생활하는 사람들, 잘못된 제도들과 투쟁으로 열심히 싸우는 사람들, 우리의 투쟁으로 이 사회는 변할 수 있습니다. 중증장애인이 살 수 있는 환경이 만들어집니다. 그래서 중증장애인도 얼마든지 이 사회에서 살아갈 수 있습니다. 저 역시 이런 것을 노들장애인야학에서 알게 됐습니다. 그래서 우리 야학, 노들장애인야학에서는 지금도 이렇게 투쟁을 한다고 생각합니다. 저는 교장 선생님이 아니고 명학이 형입니다.

이제 봄입니다. 여러분, 따뜻하고 좋은 나날들이 되시길 바랍니다.

새로운 공동 교장으로 노들야학 공동체에 인사를 드립니다

천성호

노들장애인야학에 공동 교장을 맡았지만, 아직 여전히 그 자리의 책임의 무게를 가볍게 느끼고 있습니다. 박지호 학생이 "교장 선생님, 교장 선생님" 하고 부르지만, 여전히 나를 놀리고 있다는 생각도 종종 듭니다. 김수지 학생이 "새로 교장 선생님이 되셨어요"라고 동그란 눈을 크게 뜨고 다른 사람들에게 소개할 때면 조금 부끄럽기도 합니다. 그래서 여전히 교장 선생님보다는 '천 동지'라는 별명이 맘에 들어요. 같을 동(同), 뜻 지(志), 같은 뜻을 가진 사람입니다. 노들은 같은 뜻을 가진 사람들이 모인 곳이라고 생각해요.

아직도, 저는 여전히 교장이라는 직책과 호칭이 부담스럽지만, 노들야학 상근운동가로서 교장이라는 직책의 차이를 못 느끼고 있거나 체감 중인 상태입니다. 살아오면서 앞에 나서기를 좋아하지 않는 성격이기도 하고, 감투도 그리 좋아하지 않는 성격이었던 것 같습니다. 사실 말하자면, 저는 성격이 내성적이라 남 앞에서 말도 잘 못했는데, 야학에서 수업하다 보니 어쩔 수 없이 나서서 말을 하게 되었답니다. 교사라는 역할이 저의 성격에도 영향을 주었네요.

노들야학을 처음으로 갔던 것이 1997년쯤인가? 서울·경기 야학협의회 일을 할 때, 아차산 정립회관에 한 번 탐방을 갔던 기억이 나네요. 그때 교장샘을 만나고, 2001년도 이동권 투쟁을 할 때 지지 방문을 했던 것 같아요. 좀 더 시간이 흘러, 2010년 자원 교사로 국어 수업을 했습니다. 그때 가장 기억이 남는 학생이 막 탈시설을 한 경남 씨였고요. 이래저래 경남 씨를 지원하기 위해 시장에 가서 국수도 먹고, 지하철을 타고 지원도 했어요. 지하철을 타면 경남 씨는 내 등 뒤에 숨어 "사람들이 나를 봐요~씨"라고 말하곤 했어요. 그렇게 2년을 야학에서 보내고, 수많은 데모와 집회에 참여하지는 못했지만 종종 같이하기도 했지요. 명희샘은 끈질기게도 거의 매번 교사수련회를 가서, 수업시간표에 교사 이름을 채울 때면 전화를 해서 "수업 안 하실래요? 경남 씨 보고 싶지 않아요?"라고 묻곤 했지요. 마치, 당신도 책임이 있는데 왜 안 오냐고 묻는 것 같았지요.

2017년 10월쯤인가? 여의도 이룸센터에서 무슨 장애인 평생교육 학술대회를 하고 노들야학 사람들을 다시 만났어요. 그리고 충무로 장애인고용공단 점거 농성장에서 승리의 연말 파티를 하고 그 분위기도 좋아 야학 상근을 결심했습니다. 그렇게 3년간의 시간을 야학에서 상근운동가로 담금질을 당하고(?), 연마의 기술을 익혔습니다. 노들에서 오래 버티는 방법은 조금 무심한 상태로 버티거나, 반대로 덜 무관심하거나, 덜 부지런하거나, 아니면, 강한 정신력으로 무장을 하는 것인데, 저는 이것도 저것도 어렵더라고요. 그래도 내가 남들보다 조금 잘하는 것은 '참는 것'이었는데, 그냥 참는 것입니다. 화가 나도 참고, 일이 많아도 참고, 그냥 참고, 심심해서 참고⋯⋯. 그럼, 뭘로 야학의 스트레스를 풀었냐고요? 당연히 약물치료(술)지요. 교사수련회에 가서 몇 번 마지막까지, 아침까지 살아남자, 교사들이 지어준 '뒤풀이의 대가'라는 별명도 얻었는데요.

노들장애인야학이 좋은 점은 맘껏 데모하면서 월급을 받아서 좋다고 누군가는 말하고, 노들은 상근활동가로 경력이 쌓이면 전문 데모꾼으로 거듭난다고 하더라고요. 다만, 딴 곳에 취업하고 적응하기는 쉽지 않아요. 그래서 많이들 노들을 나가 기존 사회의 쓴맛을 보고, 인권의 온실 노들로 빙빙 돌아 다시 오기도 하는 것 같아요. 자유를 맛본 사람은 다시 길들지 않는 것이 사람인 것처럼요. 일부 사람들은 노들의 낭만과 감성에 터져 어슬렁어슬렁 야학을 유령처럼 배회하기도 하지요. 그러나 노들야학의 낭만과 실천하는 현실은 다른 것이니까요.

'전문 데모꾼'이라는 별칭은 논란의 여지가 있지만, 노들야학은 데모가 일상인 것은 맞습니다. 데모를 통해 우리는 지금의 사회로 변혁시키고, 이동시켰으니까요. 지금 이 글도 농성장 천막을 지키며, 쭈그리고 앉아 쓰고 있으니까요. 때때론 농성장을 몇 개 깔았는지 모를 정도로 헷갈리네요. 다음 주에 가야지 하면, 이미 접은 농성장도 있고요. 지금 이 순간에도 여의도에 농성장을 깔았다는 소식이 들려오네요. 비장애인 중심의 사회를 학생, 교사, 활동가들이 함께 바꾸어나가는 것, 참 아름다운 일이지요. 그러나 마냥 아름답지도 않아요. 하루에도 수십 번을 물어보는 학생들, 온갖 상담과 생활 지원 등, 해도 해도 끝이 없는 일이라, 그냥 흐르는 강물처럼 흘러가도록 해도 좋은 것 같아요.

물론, 힘든 일도 있지요. 학생들로부터 새벽, 아침, 밤늦게 오는 전화, 일요일이고 공휴일이고 시간도 알 수 없이 오는 전화를 받을지 말지 잠이 덜 깬 멍한 상태로 꼼꼼히 자신의 양심을 살펴야 하는 극한 직업이기도 합니다. 그렇지만 누군가는 학생들의 전화가 서로의 안부를 전하고, 별일 없다는 안도감으로 표현되어서 때때로 전화위복(電話爲福)이 되기도 하더라고요.

교장 후보였던 명학 형과 저는 공동 후보의 공약을 만들고 — 학생, 교사들에게도 물어보고 만들고 싶었지만 — 같이 천천히 실현해보려고 해요. 몇몇 사람들이 "교장을 맡아서 뭐가 힘들어요?"라고 묻는데, 우선 약간의 책임이 무게를 누르고, 돈도 조금 걱정이고, 사람들 간의 조정도 어렵고 하네요. 뭐, 잘되겠죠. 욕심을 버린다면……. 또한 이것은 제가 하기보다는 노들의 학생, 교사 모두의 몫이라고 생각도 해요. 저는 잘 조정하고, 모나지 않게 하는 것이 역할이라고 봐요. 어찌 보면 교장을 시작하면서 더 많은 것을 내려놓았다고 하는 편이 맞는 것 같아요.

　'어차피 깨진 꿈'을 줄여 '어깨꿈'이라는 닉네임을 쓰고 있는 교장 선생님이 노들을 만들기 위해 노력했던 헌신과 노력을 모두 알고 있을 거예요. 노들이 전장연인지, 전장연이 노들인지 데모나 집회에 가서 영 헷갈리기도 합니다. 서로가 서로에게 힘도 되기도 하고, 힘도 빠지게 하지만 같이 함께 손잡고 가는 조직인 것 같아요. 지금의 노들 조직을 탄탄하게 만들고, 상근구조를 만들고, 재정의 안정성을 가한 것도 교장 샘 덕분입니다. 공동 교장을 맡은 명학 형이나 저나 아마도 '어깨꿈'의 '어깨' 위에서 더 넓게 노들을 바라보고 '꿈'을 꾸고 있는 것은 분명한 것 같아요. 그러니 '깨진 꿈'은 아닐 거예요.

　노들이 꿈꾸는 노란 들판은 장애인과 비장애인이 서로 평등하게, 자유롭고, 정의롭게 사는 세상일 것입니다. 언제 올줄 모르지만, 언젠간 올 그때를 기다리는 마음이 더 즐겁고 신나는 일일 것 같아요. 길지 않은 인생을 살았지만, 사람은 조금 부족한 면이 있는 것이 좋아요. 그래야 남과 함께 어울리는 '사람의 공간'이 만들어지니까요. 노들장애인야(野)학의 공동체가 장애해방의 전선 위에서, 거리의 교육과 투쟁 속에서, 일상의 교육과 노동 속에서 함께 서로의 부족함을 채우고, 해방의 공동체를 만들어가면 좋을 것 같아요.

노들바람을 여는 창

김유미

2022년 새해.

1. 학생들과 함께 보는 모니터를 켜고, 영상을 찾기 위해 유튜브에서 검색어를 입력합니다. 노드ㄹ…… 이렇게 자음 모음을 하나씩 써나가자 등 뒤에서 학생들이 수군거립니다.

"오, 잘한다. 선생님 글자 진짜 잘 쓴다."

이런 칭찬은 야학 말곤 다른 곳에서 받아본 기억이 없습니다.

2. 야학 사무국에 입사한 신입 활동가가 학생들에게 자기소개를 합니다.

신입 활동가의 이름이 네 글자였고, 이분이 이름을 말하자 한 학생분이 "아, 어려워 어려워. 난 몰라." 손사래를 치고, 웃음바다가 됩니다.

요즘은 한글과 안 친한 야학 학생분들, 발달장애가 있는 비문해인들이 체득해온 세상살이 방식이 궁금해집니다. 글자로 넘쳐나는 일상 속에서 그것들을 어떻게 받아들여왔을까. 어떤 차별을 경험할지, 궁금한 것이 많아지고요. 제가 따라온 글자의 세계와 학생들의 세계를 어떻게 연결해나가는 것이 좋을지 고민도 됩니다.

이《노들바람》역시 작은 글자들로 가득해 청솔반 학생들에게 인기가 있진 않습니다. 글을 쓰는 학생도 많지 않고요. 하지만 본인 얼굴이 등장한 지면이나, 조력을 받아 작성한 원고가 있으면 누구보다 열렬한 애정과 관심을 보여주셨습니다.

글자와 안 친한 이분들과 글자로 기록해나가는《노들바람》을 어떻게 연결할지 새해 첫날에 학생들의 칭찬을 받으며 또 한 번 고민하게 되었습니다. 좋은 아이디어 있으면 나눠주세요.

사람 사는 세상, 노들 세상

류재용

　여기는 좀 다를 것 같긴 했다. 안경 쓴 풍채 좋은 선생님이 연신 싱글벙글 웃으며 나의 입학 상담을 하는데, 왜인지 기분이 좋아졌다. 이 선생님은 내가 알아듣지 못해도, 빠르게 대답하지 못해도 나를 이상하게 바라보지 않았다. 그래서 이 학교에는 나를 애자라고 부르고 답답하게 여기며 무시하는 사람도 없을 것 같긴 했었다.

　진짜 노들학교에 다니고 보니 도통 알아듣지 못하는 소리만 하던 국어 시간도, 수학 시간도 없다. 내가 알아듣지 못해도 가볍게 웃어버릴 수 있다. 누구나 실수하고 실수가 부족함이 아닌 재미남으로 웃어진다. 서로 주고받는 눈길이 재밌다. 더 이상 내가 못하는 것이 창피하지 않다. 애자도 이상한 것도 아니다. 그냥 재미있는 류재용 씨로 바라보고 불러주고 웃어준다. 그것이 좋다.

　여기 노들학교에서는 답답하지 않다. 줄로 꽁꽁 묶여 있던 발이 풀리고 손이 풀리고 입이 열린 것 같다. 사람 사는 세상에서 나만 사람이 아닌 것 같았는데, 여기서는 나도 사람인 것 같다. 노들 세상이다. 사람 사는 세상, 노들 세상. 나도 사람인 세상, 노들 세상. 숨이 크게 쉬어진다.

나는 류재용이다.

* 조력자와 함께 작성한 글입니다.

불현듯

서한영교

그러니까 그게, 요즘 제가 좀 이상합니다. 집에 돌아가는 지하철 통로. 걷다가 불현듯, 내 앞에 걷고 있는 무수한 사람들의 반듯한 직립보행이 묘하게 느껴질 때가 있습니다. 장애 보행자 하나 없는 일상의 질서정연함에 놀랄 때가 있습니다. 아침에 일어나 화장실에 들어가는데 유난히 높은 화장실 문턱 앞. 화장실 문손잡이를 잡다가 불현듯, 이 문턱을 넘지 못할 야학에서 만난 동지들의 표정이 스칠 때면 이 평화로운 아침이 난감해지기도 합니다. 노들야학에 온 뒤로 단 한 번도 느껴본 적 없는 어떤 세계감이 나의 일상을 불현듯 침범합니다.

그러니까 그게, 하루에도 몇 번씩 익숙하고 편안한 이 세계가 불현듯, 기울어질 때가 있습니다. 말을 알아듣기 위해 허리를 숙여 귀를 기울일 때, 주먹 악수를 위해 어깨를 기울일 때, 보행 안내하며 겨드랑이 아래로 손을 기울일 때, 지하 방에서 코로나 격리 중인 학생의 안부를 물으며 먼발치에서 눈을 기울일 때, 이 세계도 불현듯, 함께 기울어집니다. 내가 누리던 세계의 기울기가 변경되고 있습니다.

그러니까 그게, 노들야학에 온 뒤부터 그랬습니다. 나의 아름다운 일상이, 장애 민중을 시설과 방구석으로 배제한 채 이루어진 것이라는 감각이 스칠 때면 불현듯, 이게 다 내가 누리고 있는 특권이라는 생각에 불끈, 가 닿습니다. 그러고 나면 이 도시가, 이 문명이 전속력으로 서늘해집니다. 질문은 쏟아지고, 응답을 피하고 싶지 않아서 책과 현장, 외침과 중얼거림 사이를 오가며 세계를 새로 익히며 배우고 있습니다.

제게 가르침을 주고 삶을 이끌어온 것은 체험이 아니라 그 체험을 이야기하는 태도였습니다. "나를 거부한 세계를 나도 단호히 거부한다"(시인 장 주네)라고 외치며 투쟁하는 노들의 혁명가와 전사들의 태도를 통해 오늘도 불현듯, 배우는 중입니다.

노들바람을 여는 창

김유미

2021년 12월 혜화역에서 시작한 전국장애인차별철폐연대의 장애인권리예산확보투쟁이 지하철 타기, 삭발 투쟁, 오체투지 등 다양한 방식으로 전개되고 있습니다.

올해 3월 30일부터는 대통령직인수위원회의 답변을 기다리며 아침 8시 경복궁역에서 삭발 투쟁을 하기 시작했습니다. 지하철을 타는 대신 삭발 투쟁을 하며 인수위의 답변을 기다려보기로 한 것이었는데요. 5월 윤석열 대통령이 취임할 때도 기대를 해보았지만 답이 없었고, 투쟁의 거점을 대통령 집무실이 있는 삼각지역으로 옮기게 되었습니다. 새 정부와 정치권 어디에서도 책임 있는 답이 없어 7월 현재까지도 삭발 투쟁이 이어지고 있습니다.

이 투쟁에 노란들판 전체가 들썩이고 있습니다. 반년 동안 아주 밀도 높은 투쟁을 해온 것 같습니다. 상근자들은 조를 나눠 아침 투쟁 현장에 참여하려 애쓰고, 삭발 투쟁을 하겠다고 나서는 동료들이 있습니다. 대표님들은 어디서 힘이 나는 건지, 거의 매일 아침 출근길 선전전에 나섭니다. 건물에 빡빡 깎은 머리들이 너무 많이 보입니다. 누군가는 매일같이 바리깡을 들고 동료의 머리카락을 밀어냅니다.

어떤 아침엔 옆자리 사람이 지하철 바닥을 온몸으로 기어 훑습니다. 그의 곁의 어떤 이는 이제 지하철을 타면 바닥의 먼지부터 보게 된다고 합니다. 이런 매일 아침의 몸부림에도, 어째 어디서도 답이 없을까요.

《노들바람》여름호에는 노들의 지금 이 뜨거운 시간을 기록해두고 싶습니다.

노란들판 활동가들의 삭발 투쟁 결의문을 모아 싣습니다. 71차 삭발 동안 노들 활동가는 열세 명이 참가했더군요. 오체투지에 참여한 중증장애인 활동가들의 이야기도 들어보았습니다. 큰 관심을 모았던 이준석, 박경석의 썰전 후기와, 날카로운 비난이 쏟아지는 아침 투쟁 현장에 함께 있으며 힘을 보내준 연대자들의 목소리도 담았습니다.

오체투지! 다시 시작이다

조상지

처음부터 계획되어 있었던 건 아니었다.

나는 단지 노들야학 수요일 지하철 집회에 홍기 형이 삭발 투쟁하는 날이라 노들야학 부총학생회장으로, 홍기 형의 동료로 함께하기 위해 그날 집회에 참석한 것이었다. 집회 장소에 도착한 지 10분쯤 후에 집행부에서 '오체투지'를 할 수 있겠냐는 질문을 활동지원사를 통해 들었다. 시간이 멈춰졌다. 내 작은 눈도 커졌을 것이다.

한 번도 생각해보지 못했던 오체투지.

오체투지는 박경석, 이형숙 등등 대단한 활동가들만 하는 줄 알았다. 그런데 아무것도 아닌 내가? 오체투지를? 하지만 고민할 시간이 없었다. 내가 하지 않으면 삭발한 홍기 형이 오체투지를 해야 했으니 그날은 나여야만 했다.

손목과 팔꿈치, 무릎에 보호대를 했다. 휠체어에서 내려와 바닥에 엎드려 지하철을 바라봤다. 지하철 문이 열리면서 비장애인들의 발이 쏟아져 나왔다. 밤에 헤드라이트를 켜고 달리는 자동차들의 빛같이 어지러웠고, 발자국 소리는 천둥처럼 크게 들렸다. 나의 모든 감각이 바쁘게 움직이는 비장애인들 발에 집중됐다. 시간이 되어 숨을 고르고 이동하는 순간 나는 최선을 다해 팔과 다리를 바둥거리며 배를 밀고 앞으로 나갔다.

솔직히 앞으로 나가진 못한 것 같다. 옆에서 활동지원사와 온슬 선생님이 팔을 잡고 앞으로 당겨줘서 움직일 수 있었다. 지금 생각하니 내 오체투지는 한 살배기 아가의 배밀이보다도 못했다. 온전히 혼자 기었다면 지하철을 올라타는 것으로만 반나절은 걸렸을 것이다.

'혼자 기었으면 지하철 연착 투쟁이 제대로 됐겠구나.'

지금 생각하니 그렇다. 가급적이면 꺼내 보지 않고, 깊게 묻어두고 싶었던 지난 기억들이 지하철에 앉아 있는 비장애인들의 발등 하나하나에 얹혀져 있었다. 장애인은 장애인들끼리 모여 살아야 한다고 반복했던 아버지의 말들. 차에 태워져 시설이 있는 강원도 철원으로 가던 길. 시설에서 물을 주지 않아 욕실로 기어가서 대야에 담긴 물을 더위 먹은 개처럼 핥아먹은 후 누워서 쳐다봤던 시설 천장. 올라갈 방법이 없어 떨어져 죽지 못했던 2층 창문. 3층 창문에서 떨어질 때 들렸던 장애인의 비명 소리. 하늘나라에서는 비장애인으로 살라고 죽은 그를 위해 빌었던 명복. 그렇게 죽을 수 있기를 소망했던 매 순간들.

기억들을 뿌리째 뽑아내듯 움켜잡으며 기를 쓰고 앞으로 나갔다. 수많은 생각과, 몸에서 느껴지는 고통으로 정신이 혼미해질 즈음 잠시 멈춰서 숨을 골랐다.

몸을 일으켜 앉았는데 누리 선생님이 기대라고 했다. 선생님 다리에 몸을 기대고 앞을 보니 활동지원사와 온슬 선생님이 나를 바라보며 앉아 있었다.

뒤에서 천성호 교장 선생님의 목소리가 들렸다. 우리가 왜 삭발과 오체투지를 하는지, 지하철에서 이동권 투쟁을 할 수밖에 없는 이유들을 말씀하시고 계셨다. 그 순간 눈물이 쏟아지는 걸 지하철에 앉아 있는 비장애인들의 얼굴을 보면서 참았다. 약해 보일까 봐, 내가 힘들어서 우는 걸로 생각할까 봐 이를 악물고 참았다. 내 편들이 있었다. 내 편에게 힘든 몸을 기댈 수 있고, 내 편이 투쟁의 이유에 대해 얘기해주고 있고, 나를 바라보면서 응원해주는 내 편들이 있었다.

1년 전 오늘, 상황은 다르지만 같은 느낌이었던 적이 있다. 어머니와 함께했던 구리시 인창동 성일장 철거민 투쟁 막바지였다. 조합 측에서 성일장으로 들어오는 모든 진입로를 펜스로 막고, 깡패 용역을 고용하고 강제집행을 하기 위해 스카이차와 포클레인이 들어올 곳에 건물을 허물고, 땅을 다지고 있는, 정말 죽느냐 사느냐 하는 순간이었다. 집회 신고하러 갔던 나의 활동지원사가 철거민들과 공범이라고 긴급체포되었을 때 내 몸 하나 보호하지 못하는 중증장애인인 나는 모든 걸 포기하고 있었다.

그때 노들야학 천성호 교장 선생님이 오셨고, 노들야학과 장애인 단체들이 구리시청에서, 구리경찰서에서 활동지원사

석방과 철거민들의 주거권 보장을 요구했다. 내 편들이 갇혀 있는 나를 위해 구리에 와줬고, 말을 못하는 나를 대신해 외쳐주었다. 그렇게 나는 내 편들의 힘으로 철거 투쟁 현장에서 살아남을 수 있었다. 살아남은 나는 계속되는 발달장애인의 죽음을 맞이하고 있다. 국가가 나를 죽이려 할 때 느꼈던 분노와, 사회가 나를 죽이려 할 때 느끼는 공포감이 어떤지 나는 안다. 장애가 있어서 죽어야 했던 그들이 느껴야만 했던 분노와 공포를 더 이상 느끼지 않게 할 것이다. 장애인들을 죽이는 이 사회를 바꿔내야 하는 게 살아남은 나의 몫이다.

나는 노들야학으로 돌아왔다. 1년 후 오늘, 다시 살아난 나는 더 이상 우리들을 죽이지 못하게, 죽지 않게 하기 위해 오체투지를 하고 있다.

오체투지 마지막 장소 혜화역에 지하철이 도착해 문이 열렸다.

기어 나오다 힘이 들어 지하철과 역내에 몸을 반씩 걸쳐 엎드렸다. 숨 쉬기가 힘이 들었다. 힘이 든 만큼 이를 악물었다.

비장애인들은 생애 주기에 맞게 학교 교육을 받고, 노동을 하고, 이동을 한다. 그것이 너무 당연해서 그들은 권리를 권리라고 느끼지도 못한다. 그 권리를 우리 장애인들은 온몸을 내던지며 요구해도 돌아오는 건 '병신들이'라는 욕이다. 억울하고 분하지만 내일의 장애해방을 위해 오늘은 투쟁해야 한다. 차별받고 배제되어왔던 장애인들이 교육을 받고, 노동을 하고, 사람을 만나기 위해 가장 우선적으로 갖춰져야 하는 이동권을 나는, 우리는 절대 포기하지 않을 것이다. 집과 시설에 갇혀 죽기만을 기다리는 마지막 한 명의 장애인이 지역사회로 나오는 그날까지 지치지 않고 나는 끝까지 그들의 편이 될 것이다.

오체투지를 끝내고 휠체어에 앉아 주변을 보니 많은 동지들이 내 옆에 있었다. 몸은 힘들었지만, 장애해방을 위한 투쟁의 길에 조그만 힘이라도 보탤 수 있어 행복했다. 동지들과 함께 투쟁의 의지를 다짐했다.

오체투지는 다시 시작이다.

1

1. 2020년 권리중심 중증장애인맞춤형 공공일자리를 시작하며.

2

3

2. 2014년 장애등급제·부양의무제 폐지 광화문 농성장.
3. 2022년 지하철 역사 안에서 열린 수업.

4. 2022년 29번째 개교기념제.
5. 2015년 강촌으로 간 모꼬지, 댄스 타임.

6. 2017년 평등한밥상 후원 행사에 참여한 노들장애학궁리소 연구활동가.
7. 2023년 들다방 배식대에서 줄지어 밥을 푸는 사람들.
8. 2017년 장애인거주시설 인강원 분들과 함께한 낮 수업.
9. 2022년 코로나19로 인해 3년 만에 가게 된 모꼬지.

10

11

10~12. 2023년 노들장애인야학 30주년 행사.

노들바람

공부하고 투쟁하고 일하는 노들야학 30년의 기록

초판1쇄 발행 2023년 10월 13일
기획 노들장애인야학
엮은이 한혜선
글쓴이 고병권 김명학 김상희 김선심 김유미 김진수 김혜옥
류재용 문애린 박경석 박임당 박준호 서한영교 안명옥 안소진
윤혜정 이규식 이영애 이정민 이진희 임영희 임은영 정민구
조상지 천성호 최정숙 최진영 한명희 현정민 홍은전

발행인 박지홍
발행처 봄날의책
등록 제311-2012-000076호 (2012년 12월 26일)
서울 종로구 창덕궁4길 4-1 401호
전화 070-4090-2193 E-mail springdaysbook@gmail.com

편집 박지홍 김현림
디자인 공미경
인쇄·제책 한영문화사

ISBN 979-11-92884-27-1 03810